KB123324

문학의 공간 옛집

허경진

보고사

머리말

　나는 그 동안 문학 창작의 현장이자 배경인 집에 관해 많은 관심을 가지고 글을 썼다. 『대전지역 누정문학연구』(1998)와 『충남지역 누정문학연구』(2000)는 한국학술진흥재단의 연구비를 지원받아 출판했으며, 사진작가 김성철과 함께 『한국의 읍성』(2001)을 출판하기도 했다. 10여 년 전에 미국 하버드대학 옌칭도서관에서 찾아낸 『숙천제아도(宿踐諸衙圖)』에 관한 글을 썼다가, 역사, 미술, 건축 전문가들과 함께 영어판 『숙천제아도』를 올해 봄에 출판하였다. 한필교라는 관원은 31세에 참봉으로 부임한 첫 관아 목릉부터 시작해 72세에 공조참판으로 부임할 때까지, 새 관청에 부임할 때마다 화공에게 관아 그림을 그리게 해서 15점을 모아 『숙천제아도(宿踐諸衙圖)』라는 화집을 엮었다. 이름 그대로 "오랫동안 거쳐 온 여러 관아의 그림책"인데, 관아 그림으로 기록한 한필교 개인의 평생 이력서인데다, 문학 창작의 현장을 그림으로 정리한 책이기도 하다. 문인에게 관아는 행정의 공간이면서, 문학 창작의 현장이기도 했기 때문이다. 이러한 책들의 연장선상에서 『문학의 공간 옛집』을 낸다.

　이 책에 실린 글들은 대개 건축 및 도시계획 분야의 연구소나 기관들로부터 부탁을 받고 썼으며, 글의 성격상 나의 전공인 문학분야 학술지에 싣지 않았다. 이 글들을 발표한 계기와 발주기관은 다음과 같다.

　　＊ **집에 대한 문학적 이해** : 한국건축역사학회 월례회 강연(2003년 6월)
　　＊ **문학작품에 나타난 서촌의 모습** : 서촌 - 역사 경관 도시조직의 변화

(서울역사박물관-서울시립대학교 서울학연구소. 2010)
* **경복궁 서측지역의 문화유산** : 경복궁서측 제1종 지구단위계획 -인문역사환경 및 한옥조사보고서 (서울특별시 주택국-(주)종합건축사사무소 온고당. (주)대한콘설탄트. 2010)
* **문학에 나타난 한양도성의 이미지** : 유네스코 세계유산 잠정목록 등재를 위한 학술연구 (서울특별시-이코모스 한국위원회. 2011)

이 글 가운데 일부는 내용이 다소 겹치지만, 부탁받았던 글의 성격을 살리기 위해 그대로 편집하고, 일부 문장만 수정했다.

옥인동 47-133에 있던 서용택가가 순정효황후 윤비가 1906년 동궁 계비에 책봉되기 전에 살던 잠저(潛邸)로 전해져 왔지만, 「경복궁 서측 지역의 문화유산」 보고서를 준비하는 과정에서 그러한 사실이 없었음을 밝혀내기도 했다. 윤비가 책봉될 당시 아버지 윤택영의 집 주소가 종로구 간동 97번지 5호로 되어 있었을 뿐만 아니라, 이 집이 그 이전에 지었다는 증거도 확실치 않기 때문이다.

「문학에 나타난 한양도성의 이미지」는 「유네스코 세계유산 잠정목록 등재를 위한 학술연구」의 한 부분인데, 이 연구를 바탕으로 해서 서울 한양도성이 유네스코 세계유산 잠정목록에 등재를 신청하게 된 것도 뜻 깊은 일이다. 문학 공간에 관한 글들을 쓰도록 도와주셨던 서울학연구소의 송인호 소장님과 서촌 사진을 새로 찍어 준 유춘동선생에게 감사드린다. 앞으로도 문학과 건축에 관한 글을 계속 쓰면서 문학의 공간에 관심을 가지고 싶다.

2012년 2월
문천서실에서 허경진

차 례

집에 대한 문학적 이해

집을 한자로 쓰면 주택(住宅), 또는 가옥(家屋)이라고 하는데, 집이란 말의 정확한 번역은 아니다. 주택은 사람이 사는 건물을 뜻하는데, 집에는 개집도 있고, 칼집도 있다. 가옥은 '집 가(家)' 자와 '집 옥(屋)' 자가 합해서 된 말이지만, 가(家)와 옥(屋)은 서로 다른 집이다. 『천자문』에 '가급천병(家給千兵)'이란 구절이 있는데, 『주해 천자문』에서 "제후국에 병사 1천명을 두어 그 집을 지키도록 허락하였다[侯國, 許置兵千人, 以衛其家.]"라고 설명하였다. 여기서 '가(家)' 자는 단순한 건물이 아니라 제후의 집이며, 집안이다. 『대학』에서 "수신(修身) 제가(齊家) 치국(治國) 평천하(平天下)"를 말했는데, 여기서 말한 가(家)도 건물이 아니라 집(집안)이며, 보통 집안이 아니라 제후의 집안이다. 가(家)는 건물을 넘어서, 사람까지 포함한 의미의 집이다.

'큰집'은 큰 건물을 가리키기도 하지만, 장남의 집, 큰아버지네 집도 가리킨다. '작은집'은 따로 사는 아들이나 아우의 집을 가리키며, 시앗이나 시앗의 집을 말하기도 한다. '높은 집'은 높은 건물을 가리키기도 하지만, 높은 사람이 사는 집도 가리킨다. '양반집'은 양반이

란 신분이 없어진 지금도 양반같이 사는 집안을 가리킨다. '집' 앞에
여러 가지 수식어가 붙으면서 집의 의미는 무한대로 넓어지고 달라
진다. 이 글에서는 단순한 건물이 아닌 집, 그 가운데서도 문학을 통
해 본 집을 정리하고자 한다.

1. 상상 속의 집

사물이 생긴 뒤에 그 사물을 가리키는 말이 생겼지만, 사물이 생
기기 전에도 그러한 개념을 가리키는 말이 있었다. 문학은 눈앞에
있는 현실이나 사물을 표현하기도 하지만, 현실 세상에 없는 사물이
나 개념을 만들어내기도 한다. 없는 것을 만들어 내는 것이 바로 창
작이고 상상인데, 상상은 문학의 생명이다. 건축가가 여러 가지 재
료를 가지고 집을 짓는다면, 문학가는 아무 것도 가지지 않고 상상
속에서 집을 지어낸다. 20세기의 우주선이 달에 착륙하기 전에, 우
리 선조들은 이미 달나라에 초가 삼간을 지었으며, 광한전 백옥루도
지었다.

상상 속의 집이란 예전에 있었지만 지금은 없어진 집일 수도 있
고, 자신이 지어보고 싶은 집일 수도 있다. 이 세상에 있었으면 좋겠
다고 생각하는 집일 수도 있고, 이 세상에 꼭 있어야 한다고 생각하
는 집일 수도 있다.

인자함은 사람의 편안한 집이요, 의로움은 사람의 올바른 길이다.
그런데도 편안한 집을 비우고 살지 않으며 올바른 집을 내버리고 따

르지 않으니 슬픈 일이다.[1]

맹자는 크고 호화로운 집이 편안한 집이 아니라, 인자한 마음이 바로 편안한 집이라고 했다. 이때의 집은 물론 자신의 몸과 마음이다. 인자하게 살면 아무리 좁고 누추한 집에 살아도 몸과 마음이 편안하다는 뜻이다. 그런데도 사람들이 눈앞의 편안한 집을 짓기 위해서 인자하고 의롭지 않게 사는 것을 보고 개탄하였다.

공자는 사람이 살 집을 고를 때에는 어진 사람들이 사는 동네를 고르라고 했다.[2] 맹자는 이 말을 설명하면서, "인(仁)은 하늘이 내려주신 존귀한 작위(爵位)이고, 사람의 편안한 집이다. 아무도 방해하지 않는데 인자하게 살지 않는 것은 지혜롭지 않다"고 했다.[3] 이중환이 사대부가 살만한 곳을 설명하면서 책이름을 『택리지(擇里志)』라고 한 것도 이 때문이다. 사람은 이웃을 잘 만나야 하기 때문에 "집을 사면 이웃을 본다"고 했으며, "세 닢 주고 집 사고, 천 냥 주고 이웃 산다"고 했다.

공자가 말한 '택리(擇里)'나 맹자가 말한 '인택(仁宅)'은 조선시대 사대부들의 이상적인 집이었으며, 몸가짐이었다. 퇴계(退溪)가 『인택가(仁宅歌)』를 지어 자신의 몸가짐을 바로잡고, 제자들에게도 인택(仁宅)에 살기를 권면하였다.

---

1) 仁, 人之安宅也, 義, 人之正路也. 曠安宅而弗居, 舍正路而不由, 哀哉! –『孟子』「離婁 上」.
2) 인자한 (사람들이 사는) 고장에 사는 것이 좋다. 살 곳을 택하는데 인자한 (사람들이 사는) 고장에 살지 않으면, 어찌 지혜로운 사람이 될 수 있으랴?
   子曰. 里仁. 爲美. 擇不處仁. 焉得知? –『論語』「里仁」.
3) 『맹자』「公孫丑 上」.

어와 벗님네야 / 집 구경 가자스라
집이야 많건마는 / 此則 집이 다르니라
鳳凰坮 黃鶴樓는 俗士의 구경處요
樂成坮 岳陽樓는 騷客의 吟詠處라
宇宙에 비겨서서 / 上古를 생각하니
아마도 좋은 집은 / 孔夫子님 집이로다[4]

　　퇴계가 지은 이 가사는 「공부자궐리가(孔夫子闕里歌)」라는 제목으
로 널리 알려졌으며, 「권선가(勸善歌)」·「지로가(指路歌)」·「권선지로
가(勸善指路歌)」·「안택가(安宅歌)」·「도덕가(道德歌)」 등의 이름으로
도 전한다. 맹자가 말한 '인택(仁宅)'과 '의로(義路)'를 생각한다면 이
제목들이 모두 같은 뜻임을 알 수 있다. 서로 다른 가사가 아니라,
같은 가사를 필사하는 사람들이 자신의 뜻을 담아 제목을 다시 붙인
것이다.
　　궐리(闕里)는 공자가 살던 마을 이름이다. 퇴계가 구경가자고 했
던 집은 중국 산동성 곡부현 궐리에 있는 공자의 집이 아니라, 공자
의 가르침이다. 그래서 "집이야 많건마는 此則 집이 다르니라"라고
했다. 눈에 보이지 않는 집이기 때문이다. 원래 이 구절은 이본마다
다르게 필사되었는데,

초ᄌ갈 집 다르도다　　　　　　　　　「공부ᄌ궐리가」
차자갈 집 따로 잇다　　　　　　　　　　　「道德歌」
此則 집이 다르니라　　　　　　　　　　　「仁宅歌」

---

4) 필자가 대전 고서점에서 구입한 필사본 『옥진(玉振)』에 실린 「인택가」의 첫 장인데,
　전문을 『목원어문학』 제7집에 영인 소개하고, 현대어 문법에 맞게 옮겼다.

이 책의 필사자는 "찾아갈"을 "此則"이라고 썼다. 가사를 듣는 대로 받아쓴 것이지만, "내가 말하는 이 집은 눈 앞에 보이는 집들과 다르다"는 뜻이다. 「인택가」와 「안택가」는 많은 어휘가 비슷하고 교훈하는 내용까지 비슷해서 흔히 같은 내용이라고 말하지만, 「안택가(安宅歌)」는 편안한 집이라는 제목 그대로 가신(家神)에게 치성드리는 노래이기도 하다. 「인택가」가 관념 속의 집을 노래했다면, 「안택가」는 집 모습을 구체적으로 표현했다. "포량동ᄒ니…"라는 상량문 형식의 구절을 썼으며, "이 집 제도 본바듭소"라고 끝을 맺었다. 이 노래는 학문의 단계를 집에 비유한 공자의 말을 바탕으로 전개된다.

유(由)의 학문은 당에는 올랐지만, 아직 방에는 들어가지 못했다.[5]

「인택가」가 제목 그대로 공자의 학문세계를 인택(仁宅)에 비유하고 학자들이 그 집을 찾아가 구경하는 과정을 그렸다면, 「안택가」는 학문을 이루는 과정을 집 짓는 과정에 비유한 것이다. 퇴계가 지은 「인택가」는 70구 안팎이었는데, 후세 학자들이 이 노래의 구조를 집 구경에서 집 짓는 과정으로 바꾸면서 「안택가」는 80 내지 116구까지 늘어났다. 퇴계의 7세 봉사손 이세덕(李世德, 1701~1749)이 퇴계의 후손이라는 특전을 받아 1746년에 영조를 모셨는데, 영조가 그에게 「권선가」에 대해 물었다.[6] 왕궁에 있던 영조까지도 알고 있을 정도로

---

5) 由也 升堂矣, 未入於室也. -『論語』「先進」.
　　공자의 제자인 자공도 선생의 학문을 집에 비유하였다.
　　"집의 담장으로 비유하자면, 내 담은 어깨 높이쯤 되어 집안에 있는 좋은 것들을 누구라도 엿볼 수 있다. 그러나 우리 선생님의 담은 몇 길이나 되어, 대문으로 들어가지 않고는 그 종묘의 웅장함과 다양한 건물들을 볼 수가 없다. 그 문을 들어가 본 사람조차 적다." -『論語』「子張」.

「인택가」는 널리 퍼졌던 것이다.

조선시대 문인들 가운데는 철저히 현실지향적인 문인들도 있었지만, 현실을 벗어난 문인들도 많았다. 현실을 벗어난 문인일수록 상상 속에 집을 지었다. 가장 큰 규모의 집을 상상했던 문인은 매월당(梅月堂) 김시습(金時習)이다. 그는 물론 이 절 저 절을 떠돌아다니며 살았기에 자기 집을 따로 지니지 못했지만, 경주 금오산 속에 들어앉아 『금오신화』를 지으며, 우리 역사상 가장 큰 집들을 만들어냈다.

「만복사저포기」의 주인공 양생은 매월당같이 절간 구석에 방 하나를 얻어 사는 처지였으며, 그가 여인과 함께 첫날밤을 보낸 곳은 거친 숲 무덤 속이었다. 저승의 집[陰宅]을 다녀온 것이다. 「이생규장전」의 주인공 이생이 최씨 처녀를 만나기 위해 담을 넘어 늘어간 집은 처녀의 별채만 해도 뒷동산 아래 연못과 누각과 침실이 갖춰진, "부모님이 계신 곳은 여기서 멀기 때문에 아무리 웃으며 크게 이야기해도 쉽게 들리지 않을" 정도의 저택이었다.

「취유부벽정기」의 주인공 홍생은 천오백년을 거슬러 올라가, 기자조선의 마지막 왕 준(準)의 딸과 만나 시를 주고받았다. 준왕의 딸은 달나라 광한청허지부(廣寒淸虛之府)에 들어가 수정궁(水晶宮)으로 항아를 방문해 시를 주고받다가 그의 시녀가 되었으며, 오랜만에 고국에 돌아와 조상 무덤에 절하고 부벽정에 놀러왔다가 홍생을 만난 것이다.

「남염부주지」의 주인공 박생은 염부주(炎浮洲)의 염라대왕과 만나 불교와 지옥에 관해 이야기했다. 그는 뜨거운 불꽃이 이글거리며 타

---

6) 이가원, 『한국문학연구소고』, 연세대학교 출판부, 1980, 66면.

오르는 지옥의 철성(鐵城)과 왕궁 모습을 잘 그려냈다.

「용궁부연록」의 주인공 한생은 용왕의 초청을 받고 용궁에 가서 상량문을 지었다. 용왕이 딸을 시집보내기 위해 가회각(佳會閣)이란 별당을 짓기로 했는데, "공장(工匠)도 이미 모았고, 목재와 석재도 다 갖추었다. 아직 없는 것이라곤 상량문뿐이었다." 그래서 개성에 사는 한생을 초청한 것이다. 한생은 그 자리에서 먹을 갈고 곧바로 상량문을 지었다. 한생이 용궁의 건물들을 구경하고 싶어 하자, 용왕이 조원루(朝元樓)·능허각(凌虛閣) 등의 누각으로 안내하게 하였다.

김시습이 『금오신화』를 다 짓고 나서 한시를 지었다.

> 오막집에 모포를 까니 두루 따뜻한데
> 창에 가득 매화 그림자 달이 막 밝았구나.
> 등불 돋우며 밤 늦도록 향을 사르고 앉아서
> 사람들이 못보던 글을 한가롭게 지어냈네. ―「제금오신화 2수·1」

사람들이 올라가기 힘든 용장사 골짜기 오막집에 들어앉아 그는 하늘과 땅, 땅속과 바다 속에 이르는 여러 세계의 집들을 만들어내고, 주인공들이 그 집에 찾아다니는 기행문을 지었다. 물론 소설 속의 주인공들은 모두 현실에서 인정받지 못한 김시습 자신이었으며, 그는 천오백년 전 기자조선의 공주와 만나 시를 짓고, 용궁의 누각에 상량문을 지음으로써 자신의 문장을 선녀와 용왕으로부터 인정받게 만들었다.

상상 속의 집을 짓는 작품은 도교 성향의 문인들에게서 많이 나타났다. 그들이 읽은 책은 모두 선계(仙界)를 지향했으며, 그 책에는 선경(仙境)과 신선들이 등장한다. 따라서 이러한 책들을 많이 읽은

문인들의 머릿속에는 언제나 선계가 자리 잡고 있었으며, 글을 쓸
때마다 자연스럽게 신선세계를 그려내었다. 가장 화려한 집을 상상
속에서 지었던 문인은 허난설헌이다.

　　(광한전) 주인의 이름은 신선 명부에 오르고, 벼슬도 신선 반열에
들어 있어서, 태청궁에서 용을 타고 아침에 봉래산을 떠나 저녁에
방장산에서 묵었다. (줄임) 여러 신선들이 모여들 것을 생각해보니,
상계에 거처하던 누각이 오히려 비좁게 느껴졌다. (줄임 : 그래서 백
옥루를 새로 지을 생각을 하게 되었다.) 이에 십주(十洲)에 통문을
보내고 구해(九海)에 격문을 급히 보내어, 집 밑에 장인(匠人)의 별을
가두어 놓게 하였다. 목성이 재목을 가려 쓰고 철산(鐵山)을 난간 사
이에 눌러 놓으니, 황금의 정기가 빛을 내고 땅의 신령이 끌을 휘둘렀
다. 노반(魯般)과 공수(工倕)에게서 교묘한 설계를 얻어내어 큰 풀무
와 용광로를 쓰고, 기이한 재주를 도가니에 부리기로 했다. (줄임 :
이 모든 것이 다 갖춰졌지만) 구슬 상인방에 (상량문) 글이 없는 것만
이 한스러웠다.
　　그래서 신선들에게 노래를 바치게 하였지만, 「청평조(淸平調)」를
지어 올렸던 이백(李白)은 술에 취해서 고래 등을 탄 지 오래이고,
옥대(玉臺)에서 시를 짓던 이하(李賀)는 사신(蛇神)이 너무 많아서
탈이었다. (백옥루) 새로운 궁전에 명(銘)을 새긴 것은 산현경(山玄
卿)의 문장 솜씨인데, 상계에 구슬을 아로새길 채진인(蔡眞人)은 이
미 세상을 떠났다.
　　(나는) 스스로 삼생(三生)의 티끌 세상에 태어난 것이 부끄러운데,
어쩌다 잘못되어 구황(九皇)의 서슬푸른 소환장에 이름이 올랐다.
(줄임) 붉은 붓대를 천천히 잡고 웃으며 붉은 종이를 펼치자, 강물이
내달리듯, 샘물이 솟아나듯 (상량문) 글이 지어졌다. (줄임) 그 자리
에서 비단 주머니 속에 있던 신령스러운 글을 지어 올리고, (백옥루

에) 두어서 선궁(仙宮)의 장관을 이루게 하였다. 쌍 대들보에 걸어
두고서 육위(六偉)의 자료로 삼는다. (줄임)7)

이 상량문에는 수많은 신선과 선녀, 목수들이 등장하며, 여러 선
경(仙境)과 건물들이 등장한다. 난설헌이 방대한 규모의 선경을 상정
하고 노반(魯般)과 공수(工倕) 같은 목수들을 동원하여 그 안에 신선
들의 잔치 자리로 백옥루를 세우게 한 상상력도 놀랍지만, 새로 세
우는 건물의 상량문을 지을 문인으로 자신을 내세운 것도 대담하다.
난설헌이 광한전 백옥루 상량문 말고도 「유선사(遊仙詞)」 87수를
지어 선계의 신선과 누각들을 그려낸 배경에는 방대한 독서량이 있
었다. 그의 아버지 초당(草堂) 허엽(許曄)은 화담(花潭) 서경덕(徐敬
德)의 제자여서 그의 집에는 도가 계통의 책도 비교적 많았으며, 난
설헌은 별당에서 향을 사르고 앉아 『태평광기』 등의 책을 읽었다고
한다.
상상 속의 집을 가장 체계적으로 지었던 문인은 홍길주(洪吉周)이
다. 그는 30세 이전의 작품을 모아 『현수갑고(峴首甲藁)』 10권을 엮고,
다시 50세 이전의 작품을 모아 『표롱을첨(縹礱乙襜)』 16권을 엮었으
며, 그가 죽은 뒤에 남은 글을 모아 『항해병함(沆瀣丙函)』 10권을 엮었
다. 그는 젊은 시절에 가회방(嘉會坊) 재동(齋洞)에 살았는데, 자신이
살던 북산 고개를 우리 말로 '재'라고 하는 점에 착안해 자신의 호를
현산자(峴山子), 또는 현수(峴首)라 했으며, 이 시절에 지은 글들을 모
은 첫 번째 문집에 『현수갑고(峴首甲藁)』라는 이름을 붙였다. 자신이

---

7) 허난설헌, 「광한전백옥루상량문」, 허경진 옮김, 『허난설헌시집』, 평민사, 2002 개
   정증보판, 178~189면.

살고 있는 재동 고개마루 집의 구조를 설명하며 「복거지(卜居識)」라는
글을 지었는데, 외문을 '원득문(爰得門)', 10간이 채 못 되는 외정(外庭)
을 '만간대(萬間坮)', 중문을 '용중문(用中門)', 중정을 '허백정(虛白庭)',
헌(軒)을 '관원헌(觀遠軒)', 재(齋)를 '수일재(守一齋)', 협실(夾室, 外寢)
을 '지사료(持思寮)', 내문을 '요락문(聊樂門)', 내정(內庭)을 '식난정(植
蘭庭)', 내원(內園)을 '견산대(見山臺)', 내헌을 '아우당(我友堂)', 서침
(西寢)을 '영수지실(永綏之室)', 동합(東閤)을 '정수지합(靜壽之閤)'이라
이름 짓고, 그 뜻을 설명하였다. 「부소지(附小識)」에 13칙으로 각각의
뜻을 다시 설명하였다.[8] 건물 하나, 뜨락 하나, 문 하나에 각기 이름을
지어 뜻을 부여하는 것이 바로 문학의 출발이다.

　그는 평생 염원했던 세계를 꿈꾸며 지었던 글들을 모아 『숙수념
(孰遂念)』이란 책을 엮었는데, "누가 이 염원을 이뤄주랴?" 또는 "누
군가 이뤄줄 염원"이란 뜻의 제목이다. 이 책은 주거공간에서 학업
저술까지 열 개의 범주로 나누어져 있는데, 그 가운데 첫 권인 「원거
념(爰居念)」에 이상적인 주거공간과 우주적인 주변 환경에 관한 글
들을 실었다.[9]

　『숙수념』은 상상 속의 원림(園林)에 대한 기록인 황주성(黃周星,
1611~1680)의 「장취원기(將就園記)」를 읽고 촉발되어 엮어졌는데, 조
화로운 삶을 이루기 위한 첫째 조건이 바로 조화로운 주거환경에 있

8) 허경진, 「峴首甲藁」, 『연세대학교 중앙도서관 소장 고서해제 II』, 평민사, 2004,
　433면.
9) 열상고전연구회에서 「홍길주 문집의 세계」를 주제로 2003년 춘계학술대회를 개최
　했는데, 김철범 교수(경성대)가 「홍길주 숙수념의 세계」라는 논문을 발표했다. 이하
　『숙수념』에 대한 글은 김철범 교수의 발표를 정리한 것이다. 2003년 5월 17일. 연세
　대학교 새천년관 112호실.

다고 자각하고 주거공간에 관한 글부터 정리했다. 뒤이어 전개되는 아홉 가지 념(念)들은 모두 「원거념」을 중심으로 상상의 세계가 펼쳐지고 있다. 그가 생각한 정자 하나를 살펴보자.

> 술자리가 무르익어 즐거워지자, 내가 손님에게 물었다. "이곳의 아름다움이 어디에 있을까요?" 그러자 "물이 맑은 데 있습니다."라고도 하고, "꽃이 고운 데 있습니다."라고도 했으며, "정자가 그윽하여 가려있는 데 있습니다"라고도 했다. 이들은 모두 (이 정자를) 함께 볼만한 사람이 못된다. (줄임) 일찍이 바위와 산과 물가가 그려진 그림을 보며 그 그림을 두고 기묘한 점을 논평한 사람들이 있었는데, 이는 모두 그림을 모르는 사람들이다. 그림의 품격은 그림 밖의 나머지 공간에 있다. 그림의 품격이 나머지 공간에 있다는 사실을 아는 사람이라면 도를 배워 묘경(妙境)에 나아갈 수 있으며, 만사에 응대하여 여유가 있고, 천하국가를 다스려 백성을 편하게 할 수 있을 것이다. (줄임) 땅 한가운데 못이 있고, 못 한가운데 연꽃이 있으며, 못가엔 정자가 있다. 그러면 정자 바깥과 연꽃 위에는 무엇이 있을까? 이곳은 허공의 영역이다. 옛 시인 가운데 연꽃을 노래한 사람이 수도 없이 많지만 오직 이태백의 "맑은 물에 솟아난 연꽃, 꾸밈이 없어 천연스럽구나[淸水出芙蓉, 天然去雕飾]"라는 두 구절이 가장 빼어나다고 한다. 이 말이 어째서 가장 빼어나다고 하는지 물으면, 아무도 답하지 못한다. 이 시구의 묘경은 그림 밖의 나머지 공간과 같고, 정자 바깥 연꽃 위 허공의 영역과 같다.[10]

그림의 품격과 같이 청부정(淸芙亭)의 참다운 아름다움은 눈에 보이는 물이나 연꽃, 정자 같은 실제 사물에 있는 것이 아니라, 그것을

---

10) 홍길주, 「청부정기(淸芙亭記)」, 『숙수념』 제1관 「원거념」.

초월한 허공의 영역에 있다. 청부정에서 정자 건물이나 물이나 연꽃
은 더 이상 변화하지 않는 고정된 사물이다. 그러나 사람의 생각은
고정되지 않는다. 청부정을 참으로 즐길 수 있는 사람은 고정된 건물
자체에 매이지 않고, 그 너머 상상의 세계를 소요(逍遙)한다. 그러한
경지에 이르러야 도의 묘한 경지를 이룰 수 있고, 만사에 두루 적용할
수 있으며 정치에 참여하여 백성을 편하게 해주는 참된 사대부 지식
인이 된다고 홍길주는 생각했다. 이것이 『숙수념』의 세계이다.

2. 안과 밖으로 나누어진 집 - 문학의 공간

조선시대 선비들은 세상의 생성원리를 음양(陰陽)으로 설명했으
므로, 세상 만물도 음양 이분법으로 설명했다. 땅과 하늘, 여자와 남
자, 밤과 낮, 안과 밖, 이 모든 것이 음과 양이다. 부부유별(夫婦有別)
이나 '안사람', '바깥양반'이란 말도 모두 음양사상에서 나왔다. 사대
부나 중인들은 집을 지을 때 안채와 바깥채로 나누어지었고, 평민들
도 여유가 있으면 안과 밖을 구별했다.

바깥채는 물론 남편의 영역이며, 안채는 아내의 영역이다. '아내'
라는 말도 '안해(안의 것)'에서 나왔다. 안채와 바깥채는 담장이나 문
으로 나누어졌으며, 남자 손님들은 바깥채(사랑채)에서 일을 보았다.
친척이 아니면 안채까지 들어오지 않았다. 남편들도 낮에는 안채에
들어오지 않았다. 『홍길동전』의 주인공이 서얼로 태어난 것도 안채
와 바깥채로 나누어진 양반집의 구조와 체면 때문이다. 홍승상(경판
본에서는 홍판서)이 바깥채에서 낮잠을 자다가 용꿈을 꾸었다.

　　길이 끊어져 (승상이) 갈 바를 모르더니 문득 청룡이 물결을 헤치고 머리를 들어 고함하니, 산이 무너지는 듯하더니, 그 용이 입을 벌리고 기운을 토하여 승상의 입으로 들어뵈거늘, 깨고 보니 평생 대몽이라.

　　홍승상은 산을 무너뜨릴 만한 힘을 지닌 청룡을 아들로 얻게 되었다. 그러나 이 청룡이 사람의 몸을 입는 과정에서부터 그의 운명이 일그러진다. 조선사회에서 떳떳한 사대부의 길을 걸으며 자기의 포부를 펴기 위해서는 정실부인의 몸에서 태어나야 한다. 그런데 홍승상이 안채에 들어가 부인의 손을 끌어 잡는 순간 부인은,

　　승상은 나라의 재상이라 체위 존중하시거늘, 백주에 정실에 들어와 (저를) 노류장화(路柳墻花) 같이 하시니, 재상의 체면이 어디 있나이까.

라면서 옷자락을 떨치고 밖으로 나갔다. 용꿈 이야기를 입 밖에 내면 꿈이 깨지기 때문에, 말할 수도 없었다. 승상이 그 좋은 꿈을 헛되이 버리고 싶지 않아서 마침 눈에 뜨인 계집종 춘섬을 이끌고서 골방에 들어가 길동을 임신하게 하였다. 안채와 바깥채가 갈라져 있어 남녀분별의 세뇌교육에 젖은 정실부인이 체면을 내세우던 순간이 바로 길동에게는 운명의 갈림길이 되었다. 길동의 사주팔자가 달라졌으며, 적자와 서자의 차이는 너무나 엄청났다.
　　허균은 안채와 바깥채가 비인간적으로 나누어진 것을 비판하기 위해 영웅 주인공 길동을 서자로 태어나게 했는데, 자신은 가장 열심히 안채에 드나들었다. 죽은 아내 김씨를 회상하며 지은 글에서

그는 신혼시절을 이렇게 회상했다.

> 나는 한창 젊었을 때 부인에게 지나친 사랑 표현을 좋아했는데,
> 부인은 언짢은 기색을 얼굴에 보이지 않았다. 어쩌다 내가 방자하게
> 굴면 이렇게 말했다.
> "군자가 처신할 때에는 반드시 엄하게 해야 한답니다. 옛사람들은
> 술집이나 찻집에도 드나들지 않았다니, 이보다 더한 짓이야 어찌 했
> 겠어요?"
> 나는 이런 말을 들으면 부끄러워져서, 잠깐이나마 그 짓을 그만
> 두었다. 부인은 나에게 (안방에 너무 자주 들어오지 말고) 부지런히
> 공부하라고 권했다.
> "장부가 세상에 태어났으면 과거에 급제해야만 높은 벼슬에 올라
> 부모님께도 영화를 돌릴 수 있고, 내게도 돌아오는 것이 또한 많답니
> 다. 서방님의 집안은 가난하고 어머님도 또한 늙으셨으니, 재주만을
> 믿고서 되는 대로 나날을 보내지 마셔요. 세월은 너무나도 빨라서,
> 나중에 뉘우쳐도 어쩔 수가 없답니다."[11]

허균의 스승 손곡 이달이 결혼축하시를 지어보낼 정도로, 이들 부
부는 당시로는 보기 드물게 금실이 좋았다. 안정복은 「천학문답(天
學門答)」에서 허균의 말을 다음과 같이 인용해, 명교(名敎)의 죄인이
라고 비판했다.

> 남녀 간의 정욕은 하늘이 주신 것이요, 인륜과 기강을 분별하는
> 것은 성인의 가르침이다. 하늘이 성인보다 높으니, 나는 차라리 성인
> 의 가르침을 어길지언정 하늘이 내려주신 본성을 감히 어길 수 없다.

---

11) 허균, 「망처숙부인김씨행장(亡妻淑夫人金氏行狀)」, 『성소부부고』 권15.

허균은 유학의 죄인이라는 비판을 무릅쓰고 안채와 바깥채의 장
벽을 넘나들었는데, 다리에 병이 나자 아예 처가에 옮겨가 살았다.
그러자 작은형 허봉이 시를 지어 보냈는데, 황문(黃門)을 세워 주겠
다고 했다. 열녀에게는 나라에서 홍살문을 세워 표창하므로, 정남(貞
南)에게는 황문을 세워 주어야 한다고 놀린 것이다.12) 허균같이 안
팎 가리지 않고 사랑을 나누었던 선비들도 많았지만, 대개는 안채와
바깥채를 엄격히 구분했다.

안채의 안주인은 딸이 뒷마당에서 나가 놀지도 못하게 했다. 충청
도 회덕의 사대부집 안주인이었던 호연재(浩然齋) 김씨(金氏, 1681~
1722)도 어린 딸을 엄격하게 키웠는데, 그 딸의 아들이 자란 뒤에 외
할머니 김씨를 이렇게 회상했다.

> 딸이 겨우 다섯 살이 되자 뒷마당에서 놀지 못하게 했으며, 늘 종
> 아리를 쳤다. 이렇게 하여 아들은 학문과 행실로 소문나고, 딸은 대
> 가의 어진 부인이 되었는데, 사람들이 모두 부인의 교훈한 힘이 많았
> 다고 했다.13)

다섯 살 때부터 뒷마당에도 나가지 못하도록 종아리를 맞고 자랐
으므로, 뒷날 대갓집 어진 부인이 되었다. 남녀분별의 세뇌교육에
젖어 살던 홍승상의 정실부인이 바로 대갓집의 어진 부인이었던 것
이다.

---

12) 허균, 『학산초담』 88.
13) 김종최, 「사실기(事實記)」, 허경진, 『사대부 소대헌 호연재 부부의 한평생』, 푸른역
   사, 2003, 143면.

창밖에 우는 저 새야.
간밤에 어느 산에서 자고 왔느냐.
산속 일은 잘 알겠구나.
진달래꽃이 피었는지 안피었는지.
窓外彼啼鳥, 何山宿便來.
應識山中事, 杜鵑開未開.[14]

원주 기생 죽서(竹西)가 열 살 때에 지은 시이다. 어린 소녀는 집 밖에 혼자 나갈 수 없어, 언제나 바깥 사정이 궁금했다. 죽서는 안채에서도 창안에 갇혀, 창밖을 내다보았다. 진달래꽃이 피면 어머니를 따라 화전놀이를 나갈 수 있는데, 진달래꽃이 피었는지 안 피었는지 그게 궁금했던 것이다. 화전놀이는 사대부 집안 여성들의 해방 시간이자 공간이었으며, 「화전가(花煎歌)」는 안채를 벗어나려는 여성들의 완곡한 항거였다.

여성이 시집오면 시댁에서는 안이 되지만, 친정에서는 밖이 된다. 시집가는 순간 출가(出嫁)와 외인(外人)이 겹쳐져 출가외인(出嫁外人)이 된다. 족보에서도 딸의 이름을 올리는 것이 아니라 사위의 이름을 올렸다. 친정에서 시집간 딸을 부를 때에는 김실(金室), 이실(李室) 하는 식으로 시댁의 성을 붙여서 불렀다. 시앗 경우에는 남편의 성을 정식으로 부를 수 없으므로 남편이 사는 고을 이름을 붙여서 부르기도 했다. 춘향이가 변학도에게 곤장을 맞고 「십장가(十杖歌)」를 부른 뒤에 옥사장이 등에 업혀 삼문 밖으로 나오자, 동료 기생들이 춘향의 사지를 주무르며 "애고! 서울 집아. 정신 차리게."[15] 한

---

14) 죽서, 「십세작(十歲作)」, 『죽서집(竹西集)』.
15) 완판, 『열녀춘향수절가』.

것이 그 예이다.

일단 시집가면 근친(覲親) 말고는 친정에 돌아갈 기회가 많지 않았다. 남편에게 쫓겨나도 친정으로 돌아갈 수가 없었다. 경상도 선산(善山)의 처자 향랑(香娘)이 남편에게 쫓겨난 뒤에 친정으로 돌아가지 못하고 낙동강에 몸을 던져 자살한 이야기는 수많은 열녀전과 한시 「산유화(山有花)」를 창작케 했다.16) 여자가 한번 바깥(外)이 되면 다시는 예전의 안이 될 수 없었던 것이다.

남쪽 지방에 전하던 '반보기' 또는 '중로(中路)보기'17)는 시집가서 출가외인이 된 딸과 친정어머니가 일시적으로 만나는 풍습인데, 친정어머니는 시집간 딸이 보고 싶어도 딸네 시댁에 가지 못한다. 딸이 그 집에서 안사람이 되기는 했지만, 실제로는 안사람이 아니라 아직 시댁과 하나가 되지 못한 바깥사람이기 때문이다. 시어머니가 죽고 안방살림을 물려받아 안방차지가 될 때까지는 시댁의 '더부살이'이다. '시집살이'의 '살이'는 '머슴살이'만큼이나 일이 고달프고, '처가살이'만큼이나 떳떳치 못했으며, '감옥살이'만큼이나 자유스럽지 못했다. 그래서 친정어머니는 딸의 시댁에 마음대로 가지 못하고 어중간한 곳에서 만나 회포를 풀어야만 했다. 여기서도 '안채'는 여전히 '바깥채', 그것도 한 집에 있는 바깥채가 아니라 멀리 있는 바깥채이다.

---

16) 허경진 옮김, 『문무자 이옥 시집』, 평민사, 1997, 113~162면.

17) 한국정신문화연구원에서 간행한 『한국민족문화대백과사전』에선 '중로보기'를 음력 7월 백중부터 8월 추석 무렵까지의 농한기에 안사돈끼리 음식을 준비해 가지고 중간 지점에서 만나는 풍습이라고 설명했으며, 동갑내기 친구들까지 따라가 놀았다고 설명했다. 전라도 지방에서는 광복 이후에 중년 부인들의 야유회 성격으로 바뀌었다고 한다.

그럼에도 불구하고 사대부 집안의 안채는 그 집의 안주인이 사는 곳이다. 시집살이를 잘 치러내면 시어머니가 안방을 물려주었는데, 곳간 열쇠와 함께 집안살림도 물려주었다. 웬만한 사대부 집안에는 종을 몇 명씩 거느리고 있어, 대가족 살림을 꾸리기가 여간 힘들지 않았다. 대전 송촌동에 있는 송용억 가옥(대전광역시 민속자료 제2호)은 소대헌 송요화와 호연재 김씨 부부가 1714년에 구입해 들어왔다. 안채는 계축옥사의 희생자였던 서양갑(徐羊甲)이 한때 살았던 건물인데, 대청마루 세 칸에 안방, 찬방, 안골방, 부엌이 서편에 있고, 건넛방 두 칸이 서편에 있다. 호연재 김씨는 이 안채에서 자녀들을 기르고, 시를 지으며, 살림을 했다.

> 호연당 위에 호연한 기운이 있어
> 물과 구름 사립문에서 호연함을 즐기네,
> 호연함이 비록 좋으나 곡식에서 생겨
> 삼산태수님께 쌀을 빌리니 또한 호연하구나.
> 浩然堂上浩然氣. 雲水柴門樂浩然.
> 浩然雖樂生於穀, 乞米三山亦浩然.　　　　　－「乞米三山守」

부리던 종만 해도 30여 명이나 될 정도로 크고 넉넉한 살림이었지만, 어쩌다 흉년이 들거나 큰일이라도 치를라치면 쌀을 빌려야 했다. 그럴 때 호연재 김씨는 비굴하거나 아쉬운 소리를 하지 않고 당당하게 시를 지어 보냈다. '마음이 넓고 태연하다[浩然]'는 당호가 결코 빈말이 아니었다. 맹자는 군자가 모름지기 호연지기를 길러야 한다고 했으니, 호연재 부인은 안채 호연당에서 여중군자로 살았던 셈이다.

전해 들으니 새 풀이 남방에서 났다기에
돈으로 바꿔 오니 보배스러운 잎이 노랗구나.
향기로운 칼로 써니 천 오라기 어지럽고
말아서 금화로에 담아 불 붙여 맛보네.
연기 피우니 신기한 맛이 온갖 염려를 사라지게 해
서왕모의 연환도 상서롭지가 않네.
인간 세상 시름에 막힌 사람들에게 널리 알려
이 약을 가져다 걱정스런 창자를 풀리라.
傳聞新草出南方. 金錢換來寶葉黃.
剪得香刀千絲亂, 裁成金爐因火嘗.
薰煙神味消天慮, 王母連環不足祥.
遍告人間愁塞客, 願將此藥解憂腸.　　　　　　　　　　－「南草」

　　담배는 1615~1616년에 수입되었는데, 몇 십 년 사이에 겹대문 깊숙이 살던 사대부 집안의 안방마님까지도 사다가 피울 정도로 널리 퍼졌다. 담뱃대가 길어서 혼자서는 불을 붙이지 못했으므로, 안방마님에게는 몸종이, 사랑채 노인들에게는 연동(煙童)이나 손자아이가 담배도구를 가지고 다니며 시중을 들어야 했다. 젊은 여인은 담배를 피울 수 없었지만, 안방마님은 권위가 있어 호화스러운 담배도구를 갖춰놓고 계집종에게 담뱃불 시중을 들게 하며 담배를 피웠다. 이에 이르면 안채 주인이 그 집의 주인이 된다.
　　안채와 바깥채는 담장으로 나누어지고 문으로 이어지는데, 바깥채는 바깥 세상을 향해 열려 있었다. 그래서 길 가던 나그네들은 그 마을에서 가장 큰 집을 찾아가 하룻밤 재워주기를 청했으며, 주인은 특별한 사정이 없는 한 재워 주었다. 보통 마을에는 숙박시설이 따로 없었던 데다, 인심도 넉넉했기 때문이었다. 나그네가 쌀을 건네

주면 주인이 밥을 해 주었으며, 인심 좋은 주인을 만나면 밥을 얻어
먹기도 했다. 농경생활로 정착해 살던 시절이었으므로 다른 지방 소
식이 궁금한 주인들은 나그네에게 이야기듣기를 즐겼으며, 그런 요
구를 충족시키는 강담사(講談師)같은 직업까지도 생겨났다.

매월당 김시습, 백호 임제, 손곡 이달, 김삿갓(김병연) 같은 시인
들이 대표적인 방랑시인인데, 이 가운데서도 남의 집 신세를 가장
많이 지은 시인이 바로 김삿갓이다. 그의 시 가운데 절반 정도는 주
인을 위해서 지은 시이다. 재워 주는 주인에게 고마워하며 시를 지
어 주기도 하고, 쫓아낸 주인을 욕하며 시를 짓기도 했다. 재워 주지
않으려고 조건을 내건 주인에게는 억지로 시를 지어 주기도 했다.

> 고을 이름이 개성인데 왜 문을 닫나
> 산 이름이 송악(松嶽)인데 어찌 땔나무가 없으랴.
> 황혼에 나그네 쫓는 일이 사람 도리 아니니
> 동방예의지국에서 자네 혼자 되놈일세.
> 邑號開城何閉門, 山名松嶽豈無薪.
> 黃昏逐客非人事, 禮義東方子獨秦.　　　　　－「開城人逐客詩」

개성에서 쫓겨나 지은 이 시에서는 나그네에 대한 집주인들의 관
습이 잘 나타나 있다. 길 가던 나그네가 찾아오면 문을 열어 재워 주
는 것이 우리 인심이었는데, 땔나무가 없다는 핑계로 재워주지 않자
고을 이름을 들어서 풍자한 것이다. 그를 쫓아낸 개성 주인은 이 시
에서 오랑캐가 되었다.

굽은 나무로 서까랠 만들고 처마에 먼지가 쌓였지만
그 사이가 말만해서 겨우 몸을 들였네
평생 동안 긴 허리를 굽히려 안했지만
이 밤에는 다리 하나도 펴기가 어렵구나.
쥐구멍으로 연기가 들어와 옻칠한 듯 검어진 데다
봉창은 또 얼마나 어두운지 날 밝는 것도 몰랐네.
그래도 하룻밤 옷 적시기는 면했으니
떠나면서 은근히 주인에게 고마워했네.
曲木爲椽簷着塵. 其間如斗僅容身.
平生不欲長腰屈, 此夜難謀一脚伸.
鼠穴煙通渾似漆, 篷窓茅隔亦無晨.
雖然免得衣冠濕, 臨別慇懃謝主人.　　　　　　－「逢雨宿村家」

　평생 남에게 허리를 굽히지 않고 살았던 그였지만 시골집은 나지막해서 허리를 굽혀야 했다. 연기에 그을려 검어진 쥐구멍에 햇빛도 들어오지 않는 봉창이지만, 그는 이 집을 나서면서 고마워했다. 고대광실에서는 그에게 문을 열어 주지 않았기 때문이다.

수많은 운자 가운데 하필이면 '멱(覓)'자를 부르나.
그 '멱' 자도 어려웠는데 또 '멱' 자를 부르나.
하룻밤 잠자리가 '멱' 자에 달려 있는데,
산골 훈장은 오직 '멱' 자만 아네.
許多韻字何呼覓. 彼覓有難況此覓.
一夜宿寢懸於覓. 山村訓長但知覓.　　　　　　－「失題」

마을에서 언제나 열려 있는 집이 바로 서당이다. 낮에는 학동들에게 열려 있고, 밤에는 나그네에게 열려 있다. 개인 소유의 서당도 있었지만, 대개는 문중이나 마을의 공동의 소유였다. 그래서 집 주인이 따로 살지 않고, 다른 마을에서 초청한 훈장이 혼자 잤다. 그랬기에 지나가던 나그네가 하룻밤 잠자리를 얻기가 쉬웠으며, 글이라도 짓는 나그네라면 훈장과 말친구가 되었다. 그러나 김삿갓이 워낙 괴팍한 시인이라는 소문이 나자, 실력 없는 훈장들은 그와 함께 자는 것을 싫어했다. 그래서 이 시 속에 나오는 훈장도 그에게 '찾을 멱(覓)' 자를 운으로 부르며 시를 짓게 했다. "이 운으로 시를 지으면 재워 주겠다"가 아니라, "이 운으로는 시를 짓지 못할 테니, 잘 생각 말아라"는 뜻이었다. 칠언절구에는 1, 2, 4구에서 운을 달게 되는데, 훈장은 3구까지도 운자를 부르고, 그것도 다른 운자를 찾을 수 없는 멱(覓)자를 불렀다. 그런데도 김삿갓은 시골 훈장을 풍자하면서 네 구절을 다 잘 지었다. 김삿갓이 과연 그날 밤 그 서당에서 잠을 자고 갔는지 기록은 없지만, 언제나 열려 있는 집 서당도 인심에 따라서는 닫힐 수 있었음을 알 수가 있다.

나그네를 적극적으로 돕기 위해서 언제나 열어 놓았던 집이 바로 원(院)이다. 조선왕조가 한양을 중심으로 정치적 통합을 이룬 도구 가운데 하나가 역로(驛路)인데, 이 역로를 통해서 중앙과 지방이 연결되었다. 고려시대의 역로에는 불교 사찰에서 설치한 원(院)이 많았지만, 조선시대에는 불교가 쇠퇴하면서 그러한 원들이 차츰 줄어들었다. 회덕현 동쪽에 있던 미륵원(彌勒院)은 불교 사찰에서 운영하던 원은 아니었지만, 불교적인 이념 차원에서 나그네들에게 자비를 베풀기 위해 설치된 원이다.

황수(黃粹)가 미륵원을 지나가던 나그네들이 땀을 식히며 주변 경

치를 둘러보게 하기 위해 1380년경에 남루(南樓)를 지었는데, 이 누
정에 걸기 위해 목은 이색에게 기(記)를 부탁했다.

> 제 아비가 예전에 우리 고을 동쪽의 미륵원을 임신년(1332)부터
> 거듭 경영하여, 신묘년(1351)까지 (20년 동안) 겨울마다 시주하여 나
> 그네들을 도왔습니다. 그러다가 이듬해(1352) 7월에 병에 걸리시자,
> 아들들을 모아놓고 이렇게 말씀하셨습니다.
> "너희들은 내 가르침에 따라 미륵원을 수리하고, 혹시라도 내 뜻을
> 떨어뜨리지 말라."
> 이 말을 마치시고는 고요히 세상을 떠나셨습니다. 제게 형님이
> 셋 있는데, 그 뜻을 받들어 주선한지가 30년이나 되었습니다. 여러
> 사람의 재물이나 공장(工匠)을 모으지 않고, 모두 집안에 쌓아 두었
> 던 것만 써서, 낡은 건물을 헐고 새롭게 지었습니다. 그 규모가 다
> 른 원(院)들보다 훨씬 아름다웠습니다. 여름의 나물이나 겨울의 탕
> (湯)도 예전보다 줄어들지 않았으니, 거의 선친의 뜻을 저버리지 않
> 았습니다.[18]

회덕의 대지주 황연기(黃衍記)가 나그네들을 재워주기 위해 미륵
원을 짓고 20년 동안 무료로 운영했으며, 그의 아들 4형제가 아버지
의 뜻을 받들어 30년 동안 운영했다. 목조건물의 수명이 다하자 막
내아들 황수가 새 건물을 짓고 이름난 문인들의 글까지 걸어, 미륵
원은 더 널리 알려지고 더 많은 나그네들이 찾아들었다. 숙박은 무
료였으며, 쌀은 나그네가 준비했다. 미륵원에서 여름에는 채소를 마
련해 놓고, 겨울에는 난방과 함께 뜨거운 물을 마련해 나그네들에게

18) 허경진, 『대전지역 누정문학연구』, 태학사, 1998, 73~74면.

베풀었다.

조선 후기까지도 원은 운영되어, 수많은 문인들이 이곳에서 글을 지었다. 박두세가 지은『요로원야화기(要路院夜話記)』가 대표적으로 원에서 지어진 여행자문학이다.

3. 건물의 용도를 정해주는 이름

현대의 건물들은 용도가 자주 바뀐다. 그래서 용도변경이란 용어까지 생겼다. 학교의 경우에도 하나의 건물에 용도와 이름이 자주 바뀌어 공동체 구성원 사이에도 그 이름을 달리 기억해 세대차이를 느끼게 한다. 그러나 예전에는 하나의 주택이나 관아에도 용도에 맞게 여러 채의 건물을 지었으며, 그 건물마다 나름대로의 이름을 지어 주었다. 주택을 예로 든다면 안채와 사랑채가 따로 있었다. 곳간도 따로 있고, 뒷간도 따로 있었다. 요즘의 주택은 단독 주택이건 공동주택이건 하나의 건물에서 이 여러 가지 용도를 다 해결한다. 관아를 보더라도 고창읍성의 경우에 동헌·객사·내아·관청(官廳)·작청(作廳)·서청(書廳)·향청과 성황사 및 여러 군데의 문루(門樓)까지 복원되었으며, 그 밖에도 여러 채의 독립된 건물이 읍지에 기록되어 있다. 현대 관청은 이 여러 기능의 건물들을 한 건물 안에 다 소화할 뿐만 아니라, 독립된 여러 관청들을 한데 묶어서 종합청사라는 건물까지도 만들어냈다.

전통 건축에서는 독립된 건물마다 각기 이름을 지어 주었다. 동헌이나 객사의 경우에는 흔히 그 고을의 옛 이름을 붙였으며, 문루에는 동서남북의 방위나 문루의 기능, 지형이나 고을의 옛 이름에 따른 글자를 넣었다.

개인 주택에는 안채에 안방 마님의 당호를 붙였고, 바깥채에 주인의 호를 붙였다. 대전시 송촌에 있는 송용억 가옥의 경우, 안채에는 그 집에 처음 입주한 김씨부인의 당호 호연재(浩然齋)를 붙였으며, 바깥채에는 이 건물을 처음 지었던 송요화의 호 소대헌(小大軒)을 붙였다. 건물에 이름을 붙일 때에는 주인의 인생관이나 가치관에 따라 이름을 붙였다. '호연재'는 물론 『맹자』의 호연지기(浩然之氣)에서 따온 말이며, 자신이 그 집에서 호연한 마음을 지니고 살겠다는 다짐이다. '소대헌'은 "큰 테두리만 보고 작은 마디에 얽매이지 않는다[見大體不拘小節]"는 그의 몸가짐을 표현한 말인데, 당기(堂記)에 소개하였다. 소대헌에서 200여m 떨어져 있는 동춘당(同春堂)은 '(사철의 원기 가운데 봄이 으뜸이므로) 만물과 봄을 함께 한다[名其堂曰同春, 取與物同春之意也.]'는 뜻에서 동춘당(同春堂)이라 이름 지었다.

집은 자신의 몸을 담는 또 하나의 몸이다. 몸과 집은 하나의 작은 우주이기도 하다. 그랬기에 선비들은 자신이 사는 집에다 자신의 좌우명이나 몸가짐을 나타내는 글자들을 이름으로 붙였다.

김집이 호를 신독재(愼獨齋)라고 한 것은 "홀로 있을 때를 삼가라[愼其獨也]"라는 『중용』의 가르침을 몸소 실천하겠다는 뜻이다. '신독(愼獨)'이라는 편액을 건 집에서 방자한 생활을 할 수는 없을 것이다.

허균의 조카 친이 집을 짓고, 통곡헌(慟哭軒)이라고 이름을 붙였다. 사람들은 그 이름을 듣고 비웃었지만, 허균은 그가 '통곡'이라고 이름붙인 뜻을 알았다. 그래서 조카에게 『통곡헌기』를 지어 주었다.

세상 일을 어찌해볼 수 없는 게 가슴 아파 통곡한 사람은 가태부(賈太傳)였고, 흰 실이 그 본바탕을 잃게 되는 것이 슬퍼서 통곡한 자는 묵자였다. 동서의 갈림길에 서서 통곡한 사람은 양자(楊子)였고, 길이 막혀서 통곡한 자는 완적(阮籍)이었다. (줄임) 이들 몇 사람은 모두 뜻이 있어서 통곡한 것이지, 헤어지는 게 가슴 아프거나 억울한 생각이 들어서 못난 아녀자같이 통곡한 것은 아니다. (줄임) 만약 위의 몇 군자들이 이 세상을 목격한다면 어떤 생각들을 품는지 모르겠다. 아마 통곡할 겨를도 없어서 모두 팽함(彭咸)이니 굴원(屈原) 같이 돌을 품고 물에 빠져 죽을 것이다.

허균의 작은 형 허봉(許篈, 1551~1588)은 18세에 생원시에 장원하고, 22세에 문과에 급제하여 홍문관 교리로 있던 동인의 선봉장이었는데, 당시 서인의 후원자였던 병조판서 이이(李珥)를 탄핵하다가 유배되었으며, 끝내 한양 도성에 들어오지 못하고 38세에 세상을 떠났다. 허봉의 둘째 아들 친은 아버지가 억울하게 세상을 떠난 것에 한을 품고, 자기 거처의 이름을 통곡헌이라 붙였다. 그 집에서 기생을 불러다가 풍류를 즐기지는 못했을 것이다.

허균은 43세에 전라도 함열로 유배 갔는데, 친구도 없는 그곳에서 자신이 사모하는 문인 도연명·이백·소동파의 초상을 그려서 벽에 걸고 그 집에다 사우재(四友齋)라는 편액을 걸었다. 그들이 뛰어난 문장 솜씨를 지니고도 세상과 어울리지 못해 번번이 벼슬에서 쫓겨나거나 유배된 것이 자신의 삶과 비슷했기에, 마음속으로 친구를 삼았던 것이다.

내가 사는 집은 한적하고 외져서 아무도 찾아오는 이가 없다. (줄임) 나는 그 그윽하고 고요함을 즐기면서 북쪽 창에다 세 벗의 초상을 펼쳐놓고, 분향을 하면서 읍을 한다. 그래서 편액을 사우재(四友齋)라고 했던 것이다.[19)]

물론 사우재 건물은 그가 일부러 지은 게 아니라, 유배지에서 세든 집이다. 남들이 모두 그를 천히 여겼지만, 그는 문학사에 길이 남은 세 문인과 함께 친구가 되어 그 집에서 시공을 초월하여 교유하였다. 유배지의 좁은 오막이었지만 네 벗이 함께 사는 집이었기에 사우재(四友齋)라고 했던 것이다.

건물을 지으면서 아무리 좋은 이름을 붙여도, 실제로 그렇게 살지 못하면 오히려 풍자거리가 되었다. 그 대표적인 예가 한명회(韓明澮, 1415~1487)가 지은 압구정(狎鷗亭)이다. 송나라 재상 한기(韓琦)가 재상에서 물러나 세상의 일을 다 잊어버리고 갈매기와 친근하게 지내겠다고 하여 서재 이름을 '압구정'이라 지었는데, 한명회가 그 사실을 본 따 '압구정'이라 이름 지었다. 더 멀리 『열자』의 망기(忘機)에서 나온 이름이기도 하다. 명나라 사신이 오면 압구정에서 잔치를 벌이기도 했다. 그러나 한명회는 끝내 벼슬에서 물러나지 않았으며, 한강 건너 압구정까지 와서 갈매기와 친하게 노닐 겨를이 없었다. 그래서 '압구정(押鷗亭)'이라는 풍자시가 지어졌다. 이름을 아무리 잘 지어도, 이름값을 할 때에만 그 건물은 의미가 있다. 정도전이 새 나라를 세우면서 궁궐의 전각 하나하나에 훌륭한 이름을 붙여준 것도 훌륭한 정치를 베푸는 훌륭한 나라가 되기를 기원했던 것이다.

19) 허균, 『성소부부고』 권6 『사우재기』.

4. 소유가 아닌 삶의 공간

『시경』「북산(北山)」에서 '막비왕토(莫非王土)'라 하여, 모든 땅을 왕의 소유로 생각하였다. 개인 소유가 인정되어 땅을 사고팔던 시대에도 이러한 사고방식은 여전히 남아있었다. 땅의 주인은 왕 이전에 신이라고도 생각했다. 백제 무녕왕은 능을 축조하기 위해 토지신에게 땅을 사고 매지권(買地券)을 만들어 무덤 속에 넣었다. 민간에서 집을 지을 때 터 다지기 노래나 지경 밟기 노래를 부르는 것도 같은 이유이다. 조선 주재 프랑스 공사였던 플랑시는 1890년에 한옥 공사관을 헐고 양옥으로 짓는 과정에서 조선 인부들이 「원달고가」를 부르며 터 다지는 모습을 보고, '이 노래야말로 자신이 수집했던 어떠한 노래보다도 조선노래의 특징을 잘 보여준다고 생각'해 채록하였다.[20]

송요화(宋堯和)는 송촌(宋村)에 새 터를 사서 집을 지으며 「신거제토지문(新居祭土地文)」을 지었다. 이 땅을 (신에게서) 빌려 집을 짓겠다는 이야기와, 이 땅에 사는 동안 잘 지켜달라는 이야기를 토지신에게 아뢰는 형식이다.

5. 집을 짓기 위한 준비의 즐거움

집을 짓고 나면 재산이 늘어나 즐겁기 마련이다. 그러나 문인들은 집을 소유하는 즐거움뿐만 아니라, 집을 짓기 위해 준비하는 과정

---

20) 유춘동, 「구한말 프랑스 공사관의 터다지기 노래 「원달고가」」, 『淵民學志』 제12집, 2009, 201면.

자체를 즐거워했다. 송순(宋純)의 시조에 "십년을 경영하여 초가삼간 지어내니"라고 했는데, 경영(經營)은 『시경』대아(大雅) 「영대(靈臺)」의 "땅을 재고 푯말을 세우다[經而營之]에서 나온 말이다. 송순 같은 대지주가 초가삼간을 짓기 위해 10년이나 준비할 필요는 없었지만, 그는 집을 짓겠다는 꿈 자체를 즐거워했기에 10년이나 그 즐거움을 누리려 했다.

많은 문인들이 오두막에 살면서도 인생을 즐겼으며, 마음에 드는 경치를 보면 그곳에 집을 세우기 위해 애썼다. 오랫동안 준비해 땅을 사고, 또 오랫동안 준비해 집을 지었다. 마음에 드는 땅을 정하면, 자기 땅으로 만들기 전에도 그곳에 자주 찾아가 몸과 마음을 쉬었고, 글을 지었다. 만송(晩松) 권영주(權寧周)는 안동에 대대로 살다가 대전으로 이사 왔는데, 흑석동 경치가 좋아 자주 찾아가 노닐었다. 구봉산 아래 마음에 드는 곳이 있어 초당이라도 짓고 싶었지만, 끝내 이루지 못하고 세상을 떠났다. 그의 아들이 사업에 성공하자 구봉산 가운데 다섯째 봉우리 아래 골짜기에 땅을 사서 아버지를 장사지내고, 그곳에 재실과 정자를 지었다. 정자 이름은 아버지의 호를 따서 만송정(晩松亭)이라 하였다. 권영주는 땅을 사지 못했지만, 그곳을 자신이 쉴 곳으로 생각하고 자주 찾아 노닐었으며, 결국은 그의 아들이 아버지의 뜻을 이뤄준 것이다.[21]

끝내 집을 짓지 못했는데도 정자 이름이 남아 전하는 경우도 있다.

(백록정은 회덕)현의 서쪽 4리에 있다. 참판 신응시(辛應時)가 그 경치가 아름다움을 사랑하여, 정자 지을 땅을 잡았다. 그러나 이루지

---

[21] 허경진, 『대전지역 누정문학연구』, 태학사, 1998, 207~227면.

는 못하고 시만 지었다.[22]

신응시(辛應時, 1532~1585)의 호가 백록(白麓)인데, 송준길의 고모
부라는 인연으로 회덕에 정자 터를 잡았다. 그는 이 정자터에 자주
들러서 시를 지었다.

평생 땅 잘보는 눈을 지녀서
말 위에서 좋은 곳을 골라 두었네.
계족산의 푸르름이 어지럽게 꽂혔고
갑천 물줄기가 둘로 나뉘었네.
상자 속의 시권 한 축이
꿈속에서 몇 년이나 지났던가.
어느날에야 벼슬 내어놓고 돌아가
솔숲에 누워 맘껏 쉬려나.
平生有具眼, 馬上卜名區.
亂揷鷄山翠, 雙分甲水流.
笥中一挈卷, 夢裡幾春秋.
何日投簪去, 松間臥七休.   －「憶九巒奉呈雙溪丈」

그가 정자를 세우려고 했던 곳은 구만리(지금의 대전시 대화동)인
데, 이곳에서 갑천과 유등천이 만난다. 이 시와 『회덕읍지』를 보면,
그는 이곳에 자주 들러 시를 짓고 즐겼지만 끝내 정자를 짓지 못한
듯하다. 땅만 잡아놓고, 정자 이름만 지어놓고도 마치 정자가 있는
것같이 즐겼던 것이다. 마을 사람들은 그 자리를 최근까지도 백녹정

22) (英祖조에 편찬된) 『회덕읍지』누정(樓亭)조, 백록정.

날맹이라고 부른다.[23]

길가에 세운 정자는 지나가던 나그네들이 누구나 들어가 쉴 수 있었다. 주인이 굳이 재산권을 따지거나, 독점하지 않았다. 오히려 많은 나그네들이 자신의 정자에 올라와 쉬어 가기를 원했으며, 그에 따라 자신의 정자가 널리 알려지기를 원했다. 이름난 문인들이 찾아오면 더 반가워했으며, 그 정자에 글이라도 남겨주면 더 없는 영광으로 생각했다. 그러한 글은 목판에 새겨 정자의 벽에 걸고 대대로 전했다. 대부분의 정자가 벽이 없이 열려 있는 공간이기 때문에 많은 사람들이 함께 즐길 수 있었다.

---

23) 허경진, 같은 책, 21~22면.

기문과 제영시를 편집한
『벽수산장일람(碧樹山莊一覽)』

　　조선시대 선비들은 집을 짓는 과정에서 여러 편의 글을 지었다. 대들보를 올릴 때에는 상량문(上樑文)을 지었고, 당(堂)을 지을 때에는 당기(堂記)도 지었다. 서재의 이름을 당호로 흔히 썼으므로, 자호설(字號說)도 결국 집과 관련된 글이다. 집이 완성되기 전에 당기부터 지은 경우도 많다. 당호(堂號)가 그 집의 의미와 관련될 뿐만 아니라, 집 주인의 가치관, 처세관, 세계관과 관련되기 때문이다. 집이 완성되면 이름을 쓴 편액을 걸고, 기둥에는 주련(柱聯)을 써 붙였으며, 집이 이름날수록 손님들이 많이 찾아와 시를 지었다. 제영(題詠) 현판이 많이 걸릴수록 이름난 집이 되었다. 제영에는 몇 백 년 뒤에도 차운시(次韻詩)가 지어졌다.

　　회덕현에 살았던 선비 송요화(宋堯和, 1682~1764)는 1699년에 혼인하고 1714년에 송촌(宋村)으로 집을 옮기며 사랑채 소대헌(小大軒)을 새로 지었는데, 이때 토지를 구입하면서 「신거제토지문(新居祭土地文)」을 지었다. 실제로는 이때부터 집과 글을 함께 짓기 시작했다고 볼 수 있다.

국가에서 편찬한『동국여지승람(東國興地勝覽)』같은 지리지나 개인이 편찬한『조선환여승람(朝鮮寰興勝覽)』같은 지리지, 또는 읍지(邑誌)에도 제영시가 실려 건물의 분위기나 평판을 전달해 주었다. 읍지에 여러 건물의 규모를 소개했는데, 건물의 규모는 소개하지 않고 기문이나 제영시만 소개하는 경우도 있고, 건물이 없어졌다는 사실과 함께 예전의 기문이나 제영시만 소개하는 경우도 있다. 조선시대 사대부에게는 건물의 실용성만큼이나 기문과 제영시가 소중했음을 알 수 있다.

윤덕영(尹德榮)이 1910년에 송석원(松石園)을 구입한 뒤에 1914년부터 1917년까지 그 자리에 벽수산장(碧樹山莊)을 지었다. 그런데 그는 집을 지을 준비를 하다가 1913년에『벽수산장일람(碧樹山莊一覽)』이라는 책자를 신활자본으로 간행하였다. 이 책자에는 이백년 전에 김수항이 청휘각(淸暉閣)을 짓기 시작한 이야기부터 민씨네를 거쳐서 자신이 인수하기까지의 사연과 함께 송석원 경내 여러 건물에 걸려 있던 기문과 제영시들을 편집하여 소개하였다.

1. 두 군데의 송석원(松石園)

인왕산에서 모였던 위항시인들의 모임터 가운데 가장 대표적인 곳이 바로 송석원(松石園)이다. 송석원은 위항시인 천수경(千壽慶)의 집 이름이자 위항시인들의 모임터로 이름났으며, 그의 집에서 자주 모였던 옥계시사(玉溪詩社)를 송석원시사(松石園詩社)라고도 불렀다. 위항시인들의 후원자였던 추사(秋史) 김정희(金正喜)가 이들의 모임

터에 '송석원(松石園)'이라는 글씨를 써 주어, 송석원이라는 이름은
더욱 널리 알려졌다.

그런데 송석원이라는 이름은 위항시인들만 썼던 것이 아니라, 당
대 최고의 권력자들도 썼다. 그것도 거의 비슷한 곳에서 그 이름을
썼다. 옥류천이 흘러내리는 옥류동 일대, 지금의 옥인동 47번지에서
같은 이름을 쓴 집과 정원이 있었다.

안동 김씨 집권세력의 어른이었던 김수항이 1686년에 이 자리에
다 청휘각(淸暉閣)을 지었으며, 그의 후손인 김학진은 그곳을 '송석
원(松石園)'이라고 하였다. 그런데 천수경을 중심으로 한 송석원시사
(옥계사)는 1786년 7월 16일에 옥계가 흘러내리는 청풍정사에서 처음
모임을 가졌다. 이들도 계속 송석원에서 모임을 가졌는데, 당대 권
력자의 호화별장을 가난한 위항시인이 넘겨받을 수는 없었을 것이
다. 천수경의 송석원은 초가집이었다고 밝혀져 있다.

김수항의 별장 청휘각은 그의 아들 손자들을 거쳐서 민씨네로 넘
어갔다가, 다시 친일파 윤덕영(尹德榮)에게로 넘어갔다. 가난한 위항
시인 천수경에게로 넘어올 기회조차 없었다. 말하자면 같은 동네에
송석원이 두 곳에 있어, 호화별장 송석원은 당대의 권력자에게 대를
이어 넘겨지고, 그 이웃에 있던 초가집 송석원은 천수경을 중심으로
한 위항시인들의 모임터가 되었던 것이다.

윤덕영이 편찬한『벽수산장일람』에는 송석원이란 명칭이 나오지
않고 청휘각 중심으로 맥을 이었다. 공식적인 이름이 송석원은 아니
었지만, 옆에 있던 천수경의 송석원이 천수경 사후에 명맥을 유지하
지 못하게 되자 안동 김씨네 영역에 접수되어, 청휘각에서 시작했던
안동 김씨네 별장 일대가 송석원이라는 이름으로도 불렸던 것이다.

민씨네 때에도 다른 사람들이 송석원이라는 이름으로 불렀으니, 한
시에 나오는 '송석원(松石園)'은 어느 시인이 언제 썼는가에 따라서
다른 집, 또는 다른 주인을 가리킨 것이 된다.

2. 김수항의 청휘각(淸暉閣)

옥인동은 옥류동(玉流洞)과 인왕동(仁旺洞)이 1914년에 합쳐진 이
름이다. 조선시대에는 옥류천이 흘러서, 이 일대를 옥류동이라고 불
렀다. 옥류천 옆에 넓은 바위가 있었는데, 우암(尤庵) 송시열(宋時烈)
이 썼다는 '옥류동(玉流洞)' 세 글자가 최근까지도 새겨져 있었다.

인왕산에는 두 개의 물줄기가 흘러 내렸다. 하나는 청운동 쪽에서
흘러 내렸는데, 자하문터널에서 자하문길을 따라 지금도 땅밑으로
흐르고 있다. 다른 하나는 옥인동 쪽에서 흘러내리는 옥류천인데,
통인동 우리은행 효자동지점에서 위의 시냇물과 만나 금천교와 종
침교를 거쳐 개천(開川)으로 흘러 들어갔다. 이 시냇물들은 일제시대
에 모두 복개되어, 지금은 땅속으로 흐르고 있다. 옥류천은 누상동
과 지금은 철거된 옥인시범아파트, 그리고 옥류동 쪽에서 지류가 흘
러 내려 옥인동 47번지에서 모였는데, 이곳이 바로 송석원 터이다.

안동 김씨 집안은 원래 선원(仙源) 김상용(金尙容)이 청풍계 쪽에
늠연당(凜然堂)과 태고정(太古亭)을 짓고 살았다. 그의 아우인 청음
(淸陰) 김상헌(金尙憲)도 인왕산을 좋아했는데, 그가 옥류동에 노닐
다가 어머니의 눈병을 고치기 위해서 약수를 찾아다녔다.

갑인년(1614) 가을에 어머님께서 눈병을 앓으셨는데, "서산(인왕산)에서 영험한 샘물이 나와, 눈병 앓는 사람들이 그 물로 눈을 씻으면 곧 낫는다"는 소문을 들었다. 그래서 곧 날을 잡아 가 보았다. 형님과 나와 찬(燦), 소(熽)가 같이 따라갔다. 인왕동에 들어가 고(故) 양곡(陽谷) 소세양(蘇世讓) 대감의 옛집인 청심당(淸心堂), 풍천각(風泉閣), 수운헌(水雲軒)을 지나갔다. 무너진 섬돌과 남은 주춧돌들을 거의 분간할 수 없게 되었다. 양곡은 문장이 세상에 뛰어난데다 부귀를 누렸으며, 또한 심장(心匠)도 지녔다고 일컬어져, 집 지음새가 매우 공교하고도 아름다웠다. 사귀며 노닌 사람들도 모두 일세의 문장가들과 이름난 이들이어서, 그들이 읊은 시들은 반드시 외어서 전해졌다. 그러나 지금 백년도 채 안되었는데, (그 화려하던 집들이) 하나도 남지 않고 다 없어졌다. 선비들이 후세에 믿고 남길 것이 이러한 건물은 아니다.

이곳을 거쳐 올라가자, 절벽과 폭포, 푸른 잔디와 푸른 언덕이 곳곳마다 아름다웠다. 계속 이곳을 지나 올라가자 돌길이 험준해져, 말에서 내려 걸어갔다. 두 번이나 쉬고 난 뒤에야 샘물이 있는 곳에 이르렀는데, 인왕산 중턱쯤 된 곳이었다. 둥그런 바위 하나가 나는 듯이 지붕처럼 가로지르고, 바위 끝은 지붕의 처마 모습으로 되어 있어서, 예닐곱 명이 눈비를 가릴 수 있었다. 바위 바닥 조그만 틈으로 샘물이 솟아올랐는데 물줄기가 몹시 가늘어, 한 식경쯤 앉아 있어야 비로소 구덩이에 삼분의 일쯤 물이 찼다. 구덩이 둘레는 겨우 맷돌 하나 크기인데, 깊이도 또한 한 자가 되지 못했다. 물맛은 달고, 별다른 냄새가 없었으며, 아주 차갑지도 않았다.[1]

---

1) 金尙憲, 『淸陰集』 卷38 「遊西山記」. 歲甲寅秋, 慈闈目疾, 聞有靈泉出於西山, 病沐者往往輒效, 遂卜日以往. 伯氏及余燦, 熽俱從, 入仁王洞, 過故陽谷蘇貳相舊宅, 所謂淸心堂, 風泉閣, 水雲軒者, 退圯殘礎, 殆不可分, 陽谷用文章顯世, 旣貴而富, 又稱有心匠, 結構極其工麗, 交遊之士, 皆一時詞翰聞人, 其所賦詠, 必多可記而傳, 至今未百年, 已無一二存焉. 士之所恃以施於後者, 不在斯也. 由此而上, 絶壁飛泉, 靑莎翠卓, 處處可悅, 又由此而上, 石路峻仄, 去馬而步, 再憩迺至泉所, 地勢直拱極之半. 一穹石,

　김상헌이 찾아갔던 이 샘물이 바로 뒷날의 가재우물인데, 그의 증손자 노가재(老稼齋) 김창업(金昌業, 1658~1722)이 이 물을 즐겨 마셔서 그런 이름을 얻었다고 한다. 이들은 이 샘물 때문에 이 땅을 구하고 집을 지었지만, 결국은 뒷날 이 샘물 때문에 송석원까지도 다른 권력자에게 빼앗기고 말았다.

　그 뒤에 안동 김씨가 계속 정권을 잡으면서 인왕산 일대에 터를 넓혀 갔는데, 김상헌의 손자인 문곡(文谷) 김수항(金壽恒, 1629~1689) 때에 와서는 옥류천 일대까지 차지하게 되었다. 지금의 옥인동 45번지는 원래 북부학당이 세워질 장소였는데, 결국 세워지지는 않았으며, 1616년(광해군 4)에 자수궁(慈壽宮)을 세웠다. 인조반정 뒤에 늙은 궁녀들이 살다가, 뒷날 자수궁터를 김수항이 사들였다고 한다. 그래서 청풍계와 마찬가지로 우암 송시열의 글씨로 '옥류동(玉流洞)' 세 글자를 새겨놓은 것이다.

　그는 옥류동에 청휘각을 짓기 전에 살림집부터 지었으며, 먼 길 떠나는 친구를 이 곳에서 송별하기도 하였다. 「옥류동수세(玉流洞守歲)」라는 시를 보면 1684년에는 이곳 집에서 새해를 맞이할 정도로 자주 찾아왔는데, 드디어 1686년에 팔각정으로 청휘각을 지었다. 그가 청휘각을 짓자, 이웃에 살던 남용익(南龍翼)이 시를 지어 축하하였다.

　　옥류동 연하(煙霞)에 비경이 열렸는데
　　청휘각 높은 누각에는 티끌이 끊어졌네.
　　장안에 가을이 돌아와 집집마다 비가 내리고

翼然如架屋, 石際槌鑿狀屋簷, 雨雪可庇六七人, 泉從石底小縫中出, 泉脈甚微, 坐一餉, 始滿坎三分之一, 而坎周僅比一碾, 深亦不及膝尺剩, 泉味甜而不椒, 亦不甚冷冽.

푸른 산에 폭포가 떨어져 골짜기마다 천둥이 치네.
연꽃잎이 움직이자 물고기 떼는 흩어지고
나무그늘 깊은 곳에 백로도 돌아오네.
놀러온 나그네는 돌아갈 것도 잊고서
처마 앞에 머물며 달 떠오르기를 기다리네.
玉洞煙霞祕境開, 淸暉高閣絶浮埃.
秋生紫陌千家雨, 瀑轉靑山萬壑雷.
荷葉動時魚隊散, 樹陰深處鷺絲回.
游人自爾忘歸去, 留待簷前霽月來.

이 시를 받고 김수항이 차운하여 시를 지었는데, 그 제목이 무척
길다. 「옥류동의 우리 집에다 새로 청휘각을 지었는데, 제법 수석(水
石)이 아름답다. 감히 시를 지어 부탁하여 크게 빛낼 생각은 없었지
만, 호곡(壺谷) 사백(詞伯)이 먼저 율시 1수를 지어 보냈으며, 매간(梅
磵) 형께서도 또한 화답하여 보내셨다. 산문(山門)이 이 시 덕분에 빛
나게 되었음을 알겠다. 그래서 그 시에 차운하여 감사하는 뜻을 아
뢰고, 아울러 매옹(梅翁)에게도 바쳐 가르침을 구하고자 한다.」

층층 벼랑 중턱에 작은 정자를 지으니
동쪽 번화한 먼지 구덩이에서 멀리 떨어졌네.
반평생 수석을 좋아하는 버릇이 고질병 되어
늘그막에 즐기며 산속 천둥소리를 듣네.
처마 사이로 짙은 안개가 옷을 적시고
베개 밑의 폭포 소리가 꿈을 깨우네
이제부터는 이 골짜기에 물색이 더할 테니
벗님들이 진중하게 시를 부쳐 보내리라.
玉洞煙霞祕境開, 淸暉高閣絶浮埃.

秋生紫陌千家雨, 瀑轉靑山萬壑雷.
荷葉動時魚隊散, 樹陰深處鷺絲回.
游人自爾忘歸去, 留待簷前霽月來.

　　김수항이 청휘각을 낙성할 때에 여러 아들들이 참석했는데, 노가
재 김창업도 시를 지었다. 1686년에 지은 「옥동야좌감회(玉洞夜坐感
懷)」라든가 「옥동동제인부운(玉洞同諸人附韻)」 같은 시들에 연못가에
지은 청휘각의 모습이 그려져 있다. 김수항은 아들이 여섯이나 되어
한때 육창(六昌)이라 불렸지만, 창립(昌立)과 창순(昌順)은 아버지보
다 먼저 세상을 떠났다. 맏아들 창집(昌集)도 영의정 벼슬을 하다가
사약을 받고 죽었으므로, 청휘각은 김창업이 물려받았다. 청휘각을
지은 지 30년이 되자 낡고 기울어져, 김창업이 1715년에 다시 지었다.

　　　　이끼가 바위 글자를 꾸미고
　　　　단청이 물가 정자를 빛나게 하네.
　　　　선군께서 맡기신 집이니
　　　　소자가 어찌 조급하게 하랴
　　　　무너진 집을 일으키자 사람들 모두 좋아하는데
　　　　서글픈 마음에 나 홀로 술이 깨었네.
　　　　단풍나무 소나무를 반드시 공경할찌니
　　　　도끼가 찾아들지 않게 해야겠네.2)
　　　　苔蘚修巖字, 丹靑煥水亭.
　　　　先君所寄托, 小子敢遑寧.
　　　　起廢人皆悅, 含悽我獨醒.
　　　　楓松必恭敬, 毋使斧斤經.

---

2) 金昌業, 『老稼齋集』 卷5. 「和叔氏淸暉閣落成愴懷韻」.

 김창업은 건강상 이유로 이 집을 좋아했는데, 청휘각 뒤에 약수가 있기 때문이었다. 노가재가 늘 이 물을 마셨다고 해서, 최근까지도 이 우물을 '가재우물'이라고 불렀다. 뒷날 청휘각을 인수한 윤덕영은 가재우물에 관해 이렇게 기록하였다.

> (예전의 청휘각이었던) 일양정(一陽亭) 뒤에는 가재정(稼齋井)이라는 우물이 있고, (바위) 벽 위에는 가재(稼齋)의 글씨가 있다. 나는 항상 이 물을 마시면서 글을 읽고는, 가재공의 글 솜씨를 칭찬하였다.3)

 김창업의 형제들도 이 집에 자주 찾아와 약수를 마시고, 시도 지었다. 김창업의 형제들이 당시 문단을 이끌었으므로, 청휘각에는 사대부 시인들이 많이 모여 시를 지었다. '옥류동(玉流洞)'이라 새긴 바위 안쪽에서 물이 솟아 괴던 가재 우물은 1950년대까지도 사용했지만, 그 뒤 주택개발로 인해서 메워졌다.

 청휘각은 그 뒤 후손들에게 대를 이어 전해지다가, 김수항의 6세손인 한성부 판윤 김수근(金洙根, 1798~1854)이 중건했으며, 그의 아들인 영의정 김병국(金炳國, 1825~1904)이 물려받았다가, 김병국의 재종형인 이조판서 김병교(金炳喬, 1801~1876)에게 넘겨졌다. 그러다가 김병교의 아들인 후몽(後夢) 김학진(金鶴鎭, 1838~?)에 이르러 명

---

3) 亭之後有稼齋井, 壁上有稼齋書, 居士每飲水讀書, 輒嘖嘖稱稼齋公風韻.
 尹德榮, 『碧樹山莊一覽』, 「一陽亭記」.
 윤평섭 교수는 송석원에서 중학교 3학년까지 살았던 당숙 윤양로씨에게서 이 자료를 얻어보고, 「송석원에 대한 연구」라는 논문을 썼는데, 필자는 『한국정원학회지』제3권 제1호(한국정원학회, 1984)에 실린 이 논문에서 이 책자의 존재를 확인하고, 윤교수에게 부탁하여 1부 복사하였다.

성황후의 친정붙이인 민규호(閔奎鎬, 1836~1878)에게 **빼앗겼다**.[4] 김
학진은 민규호에게 **빼앗긴** 과정을 이렇게 설명하였다.

> 옥류동의 송석원은 나의 선조 문곡선생의 별장이다. 선생의 옛집
> 이 서울 북부 순화방(順化坊)에 있었는데, 그 뜰에 겨울철에도 청청
> 한 여섯 그루의 나무가 있어, 슬하에 여섯 자제를 둔 것과 서로 맞았
> 다. 그래서 집 옥호(屋號)를 육청헌(六靑軒)이라 하였다. 그 집에서
> 오른쪽으로 2~30보를 가서 등성이 하나를 넘으면 산골 물이 휘감아
> 도는 아름다운 언덕과 골짜기가 있다. 이를 차지하니 아침 저녁으로
> 지팡이 끌며 거닐 만하고, 특히 청휘각에서 내려다보이는 경치가 구
> 경할 만하였다. 가재우물 또한 제격이다.
> 여기를 옥류동이라 하는데, (그 옆 너럭바위에 새긴 '옥류동(玉流
> 洞)' 글씨는) 혹 우암 송시열 선생의 필치라고도 전하며, (옥류동 골
> 안에 있는) '송석원(松石園)'이라 새긴 글씨는 추사(秋史) 김정희(金
> 正喜)공의 필적이다. 기와집은 우리 집안 형제분들이 번갈아 들어가
> 살기를 10여 년 하다가, 황사(黃史) 민상공(閔相公)이 '병으로 샘물을
> 마시고 싶은데 갈 곳이 없다' 하면서 영어(潁漁)공에게 억지로 집을
> 청하여, 주인이 처음으로 바뀌었다. 지금은 벽수(碧樹) 윤공의 산장
> (山莊)이 되었다.[5]

---

4) 옥류동의 청휘각 자리가 장동 김씨에게서 명성황후의 친정 민씨네를 거쳐 윤비(尹
妃)의 친정으로 넘겨지는 과정은 윤평섭의 논문 「송석원에 대한 연구」에 잘 정리되어
있는데, 그는 윤덕영이 지은 『벽수산장일람』을 보고 정리하였다.

5) 玉流洞之松石園, 吾先祖文谷先生之別業也. 先生舊第, 在京城北部順化坊, 庭有冬靑
六樹, 與膝下六房相符, 名以六靑軒, 由軒而右歷四五弓, 而陟一脊, 得此麓, 丘壑窈而
有容, 溪澗繚而曲折, 朝暮可杖屨蘯軸, 觀於淸暉之閣, 稼齋之泉, 可徵焉. 其曰, 玉流
洞, 或傳爲尤菴宋先生筆, 松石園, 秋史金公書. 遺昆互傳交守, 終歸吾家焉十餘年, 黃
史閔相公病思飮泉, 以吾無所於歸也. 强潁漁公, 以屋之始易主, 今爲碧樹尹公山莊.
  金鶴鎭, 「碧樹山莊一陽亭記」, 『碧樹山莊一覽』 四面後－五面前.

이 글 끝에 "계축년 욕불일에 76세옹 후몽퇴사 김학진이 짓다[癸丑浴佛日七十六翁後夢退士金鶴鎭記]"라고 밝혔으니, 이 글은 집주인이 안동 김씨네서 여흥 민씨네로 바뀐 직후에 쓴 것이 아니라, 다시 해평 윤씨네로 바뀌고 일양정까지 지은 뒤에 썼음을 알 수 있다. 이 구절 다음에 "79세 해동거사 김성근이 쓰다[七十九翁海東居士金聲根書]" "게판(揭板)"이라 하였으니, 김학진의 기문을 김성근(1835~1919)이 써서 판에 새겨 걸었음도 알 수 있다.

김학진은 청휘각을 '송석원'이라고 하였는데, 이곳이 처음부터 송석원은 아니었다. 추사가 위항시인 천수경의 집인 송석원에 써준 글씨를 옥계사 동인들이 1817년에 큰 바위에다 새겼는데, 그가 세상을 떠난 뒤에 그 집자리가 청휘각 터로 들어왔기 때문에 자연히 '송석원(松石園)' 글씨가 새겨진 바위도 울안으로 들어오게 되었고, 그 때부터 청휘각 구역을 송석원이라고도 부르게 된 것이다.

윤덕영이 송석원을 구입한 뒤에, 추사의 '松石園' 각자(刻字) 옆에 '碧樹山莊' 넉 자를 새겨 넣어, 송석원의 옛 이름을 계승하려고 했다. (화봉책박물관)

3. 민규호·민영익과 송석원

민규호가 명성황후의 권력을 빙자하여 송석원을 억지로 넘겨받은 뒤에, 송석원은 다시 그의 맏형인 대제학 표정(杓庭) 민태호(閔台鎬, 1834~1884)가 샘물을 마시는 장소가 되었다. 이 무렵에 청휘각 주인이 바뀐 것은 지금의 대전 석교동에 살았던 석전(石田) 남대식(南大植, 1823~1876)의 시에서도 입증된다. 그의 시집으로는 청명(靑溟) 임창순(任昌淳) 선생이 15,6세 되던 1930년에 친필로 편집한 『석민유고(石民遺稿)』가 전하는데, 그는 청휘각 시회에 자주 참여하여 시를 지었으며, 청휘각에 걸려 있던 장동 김씨들의 현판시에 차운하여 짓기도 하였다. 그런데 「상사회송석원(上巳會松石園)」이라는 시에 "이 집의 주인이 이미 바뀌었다는 말을 들었으므로 느낌을 부쳤다[此園聞已易主云, 故寓感]"라는 주가 덧붙어 있는 것을 보아서, 늦어도 남대식이 세상을 떠난 1876년 이전에 주인이 바뀌었음을 알 수 있다. 1874년부터 민씨들이 집권했으니, 이 3, 4년 동안에 청휘각도 빼앗은 듯하다. 남대식도 그 뒤부터는 민씨들과 자주 시를 지었다.

현재 옥인동 47-133에 남아 있는 민속자료 제23호 한옥이 1910년대에 지어졌다니, 민태호가 송석원을 인수한 뒤에 지었음을 알 수 있다. 민태호는 이곳에 사조정(四照亭)과 옥정실(玉艇室)을 짓고, 시인들을 불러서 시를 지었다. 이응진(李應辰)이 1880년에 지은 「사조정기(四照亭記)」가 남아 있다. 남대식 같은 지방의 시인들도 많이 찾아와 시를 지었으며, 벼슬 얻기를 바라는 문객들도 많이 모여들었다. 그의 아들 민영익(閔泳翊)이 정원에다 스스로 '송석원(松石園)'이라는 이름을 써서 벽 위에 걸었다고 한다. 이제부터는 위항시인 천수경의 송석원은 없어지고, 민씨네 송석원만 남은 셈이다. 민영익의 아우인 민영린(閔泳璘)도 이곳에 머물면서 샘물을 마셨다.

이렇게 30여 년을 지내다가, 민영린이 시골로 내려가면서 송석원

은 주인을 잃고 황폐해졌다. 그러자 마침 건강이 좋지 않았던 윤덕
영이 1910년에 이곳을 사면서, 주인이 다시 바뀌었다.[6] 송석원은 다
시 당대의 권력자에게 넘겨진 것이다. 순정황후(純貞皇后)의 큰아버
지인 윤덕영은 한일합방 때에 받은 은사금으로 이곳을 산 듯하다.

  민씨네 때에도 송석원에서 시회가 자주 열렸지만, 민씨네 명성이
김씨네보다 못해 이름난 시인들이 찾지 않았다. 따라서 문집총간에
그 예가 별로 보이지 않는데, 그나마 대제학을 역임한 민태호가 가장
시를 잘 지어, 그에게 화답한 김영수의 시가 『하정집(荷亭集)』에 실려
있다.

  名園車笠日相逢. 一徑槐陰晚翠濃.
  可續三春花史補, 不辭千日醉鄕封.
  時平宰相多公暇, 雨喜詩人說野農.
  記得先生曾愒舍, 百年松石尙儀容.　　　　　　　－和杓庭松石園韻

4. 송석원에 관련된 시문을 편집한 『벽수산장일람』

  윤덕영(尹德榮, 1873~1940)은 1910년 동짓달에 송석원을 산 뒤에[7]
청휘각을 일양정(一陽亭)으로 고치고, 1912년에 「일양정 18영(詠)」이
라는 시를 지었다. 일양정의 아름다운 경치를 18가지로 정하여 칠언

---

6) 윤평섭, 같은 글, 38면.
7) 尹德榮, 『碧樹山莊一覽』「一陽亭記」.
　　歲庚戌, 碧樹居士病無何, 萬念灰冷, 惟有棲身澗阿, 養晦調閒之志, 而未克. 遂日偶
　得漢城北玉流洞松石之園, 時南至初過朔.

절구로 읊었으니, "인왕산의 상쾌한 기운[仁山爽氣]", "백악의 한가한 구름[白嶽閒雲]", "옥류동의 푸른 벼랑[玉流蒼壁]", "늙은 소나무에 부는 바람[古松淸風]" 등이다. 훌륭한 집은 그에 걸맞는 기문(記文)이나 제영(題詠)이 있어야 이름나게 마련인데, 그의 글만으로는 일양정이 빛날 수 없었다. 그래서 이듬해(1913) 4월에 송석원의 옛주인인 김학진을 초청하여 글을 부탁하였다. 일양정으로 이름이 바뀐 청휘각에 앉은 김학진은 이렇게 회상하였다.

> 이 집은 예전에 청휘각이었는데, 우리 문곡(文谷) 선조의 별업(別業)이다. 지금까지 220여 년 동안 후손들이 차례로 전해오기를 나까지 10대에 걸쳐 오래 이어졌는데, 처음으로 주인이 바뀌어 (수유권이) 거사에게 돌아가니 집 이름 또한 바뀌었다. 뜨락 벼랑의 늙은 소나무는 선조께서 심으신 것이니, 유고(遺稿)에서 호곡(壺谷) 남공(南公)과 매간(梅磵) 이공(李公)이 수창(酬唱)한 시를 보아도 이를 징험할 수 있다.8)

김학진이 직접 쓴 「벽수산장일양정기(碧樹山莊一陽亭記)」에는 "황사 민상공이 병 들어 샘물 마실 생각에[黃史閔相公病思飮泉]" 주인이 바뀌었다는 구절이 실려 있었지만, 윤덕영은 그 부분을 삭제하고 김씨네에서 곧바로(처음으로) 자신(거사)에게 소유권이 바뀐 것처럼 변개하였다. 그 부분에서 무리하게 변개하다 보니, 김학진이 "10대"라고 한 표현이 "10여 년"으로 바뀌었고, 그 뒷부분도 문맥이 부자연스

---

8) 此舊淸暉閣, 我文谷先祖之別業也. 今爲二百二十有餘年, 遺昆互傳守, 至吾爲十世之久, 始易主歸于居士, 名又易矣. 庭畔層壁老大之松, 卽先祖手植, 且遺稿有餘壺谷南公梅磵李公酬唱詩, 此可徵焉.
   같은 글.

럽다. 그는 조선후기 최고의 명문이었던 안동 김씨네와 자신의 집안
을 동격에 놓고 싶었던 것이다.

윤덕영은 송석원을 사들인 뒤에 호를 벽수거사(碧樹居士)라 하고,
집 이름을 벽수산장(碧樹山莊)이라 하였다. '벽수(碧樹)' 두 글자는 노
가재 김창업이 지은 시에서 따왔다.9) 그리고 김수항이 청휘각을 짓
기 시작한 이야기부터 민씨네를 거쳐서 자신이 인수하기까지의 사
연, 청휘각·일양정·벽수산장에 관한 시와 기문(記文)들을 모아서
1913년 6월 30일에 『벽수산장일람(碧樹山莊一覽)』이라는 책을 보성
사(普成社)에서 신활자본으로 인쇄하여 7월 4일 벽수산장에서 간행
하였다. 이 책의 내용과 글을 지은 시기는 아래와 같다.

尹用求, 「碧樹山莊一覽 序」, 1913년
尹德榮, 「一陽亭記」, 1913년
金壽恒, 「玉洞弊居, 新構淸暉閣, 粗有水石之勝, 而不敢爲求詩侈
大計. 乃蒙壺谷詞伯先以一律寄題, 梅磵台兄又屬而和之, 便覺山門
自此生顔色矣. 玆步其韻, 以申謝意, 兼奉梅翁求敎.」, 1686년
南龍翼, 「追記淸暉閣陪遊之興奉呈文谷相公案下」
李翊相, 「次壺谷題文谷相公淸暉閣韻」
金昌業, 「玉洞同諸人賦韻」, 1686년
尹德榮, 「一陽亭敬次文谷先生淸暉閣韻」, 1913년
_____, 「碧樹山莊謹步老稼齋公玉洞賦韻」, 1913년
尹用求, 「次一陽亭韻」, 1913년
_____, 「次碧樹山莊韻」, 1913년

9) 같은 글.
윤덕영이 '벽수(碧樹)' 두 글자를 따온 김창업의 시는 『노가재집』 권1에 실린 「옥동
동제인부운(玉洞同諸人賦韻)」이다.

李應辰, 「四照亭記」, 1880년

金鶴鎭, 「碧樹山莊一陽亭記」, 1913년

尹澤榮, 「一陽亭石刻小記書後夢金公亭記後」, 1913년

尹德榮, 「題一陽亭」, 1911년

_____, 「一陽亭十八詠」, 1912년

閔丙奭, 「書一陽亭十八詠帖後」, 1913년

_____, 續題

윤용구가 쓴 〈벽수산장일람 서〉

판권에 밝힌 인쇄일은 6월 30일, 발행일은 7월 4일이다. 이 책에 글이 실린 사람들은 대부분 안동 김씨와 해평 윤씨이다. 민병석(閔丙奭, 1858~1940)만 예외로 여흥 민씨이면서 글이 실렸는데, 민씨들이 이 집에 살 때에 지은 글이 아니라 주인이 바뀌고 나서 지어준 글이며, 그가 속제(續題)에서 밝힌 것처럼 당대에 명필(名筆)로 이름나 있었기 때문에 부탁받아 지어준 글이다. 안동 김씨 집안에는 권력가뿐만 아니라 문장가들도 많아 송석원의 풍광과 청휘각의 입지에 어울리는 글을 많이 썼으며, 송석원이 장안에 이름난 것은 풍광뿐만 아니라 주인들의 문장과 겸재 정선의 그림이 어울렸기 때문이다. 그러나 여흥 민씨 집안에는 상대적으로 문장가가 없어 송석원을 빛낼 만한 글이 없었으며, 벼슬을 바라는 문객들만 드나들어 송석원의 이름까지도 격이 낮아졌다.

윤덕영이 송석원에 관한 글을 모아『벽수산장일람(碧樹山莊一覽)』
을 편집한 이유는 문벌과 문장이 낮은 자기 집안을 안동 김씨네 집
안과 동격으로 끌어올리기 위한 시도이다. 그랬기에 송석원 경내에
남아 있는 안동 김씨 및 대제학 남용익의 누정기(樓亭記)와 제영(題
詠)을 모아 이 책을 출판했으며, 당시에 살아 있던 안동 김씨와 여흥
민씨의 후손 가운데 한 사람씩 글을 짓게 하여 자기네 집안의 위상
을 그 집안들과 동격으로 끌어올리려 시도하였다.

　　윤덕영은 자신의 집안 위상을 높이기 위해『벽수산장일람(碧樹山
莊一覽)』을 출판했는데, 이 책은 한 집의 기문과 제영시만으로 책 한
권을 편집했다는 점에서도 독특한 가치가 있다.

5. 윤덕영의 벽수산장

　　이 무렵 청휘각의 옛주인이었던 민영익의 아우 민영찬이 프랑스
공사로 있는 동안에 어떤 프랑스인 건축가로부터 설계도를 얻어가
지고 돌아왔지만, 건축비가 너무 많이 들어서 건축을 포기하였다.
그리고 이 설계도를 윤덕영에게 넘겨주었는데, 진호용이라는 중국
인이 청부를 맡아 공사하였다. 독일인이 와서 공사를 감독하였고,
중국인 석공이 공사했다.[10]

　　1913년 6월 14일 테라우치 마사다케(寺內正毅)를 비롯한 조선총독
부 고관들을 송석원에 초청하여 연회가 베풀어졌으며, 17일자 매일

10) 이 부분은 김정동 교수의 논문「한국근대건축의 재조명(8)」,『건축사』1982년 3월
　호) 36면과 윤평섭교수의 논문 40면을 함께 참조하여 정리하였다. 서로 보완되는 부
　분이 있기 때문이다.

신보에는 총독 일행이 일양정에 앉아 담소하는 사진이 실리기도 하였다. 윤덕영이 『벽수산장일람(碧樹山莊一覽)』을 6월 30일에 인쇄하여 7월 4일에 발행했으니, 총독부 고관들을 초청한 연회와 직접적인 관련이 있는 듯하다. 8월 23일자 매일신보에는 윤덕영이 4,400평을 불하받아 정원을 신축한다는 기사가 실렸으니, 총독 일행의 칭찬을 받은 윤덕영이 안동 김씨, 여흥 민씨 때의 송석원보다 훨씬 더 큰 송석원을 지으려고 꿈꾼 듯하다.

김윤식(金允植, 1835~1922)의 문집 『운양집(雲養集)』 속집 권1에 「송석원(松石園)에서 문곡(文谷), 호곡(壺谷), 매간(梅磵) 세 분 선생의 운자에 삼가 차운하다[松石園, 謹次文谷, 壺谷, 梅磵三先生韵]」는 시가 실려 있는데, 이 시 바로 앞에 실린 「방초(芳草)」에 "이하는 계축년(1913) 이후의 원고이다"라는 소주가 덧붙은 것을 보면, 김윤식도 6월 14일 송석원 연회에 초청받은 듯하다. 일제강점기에 일제가 그에게 중추원 부의장직과 자작, 연금 등을 주자 그는 거절했는데, 고종과 순종의 권유에 따라 자작 작위는 결국 받았다. 따라서 6월 14일 송석원 연회에 총독 일행 및 여러 귀족들과 함께 초청받았다가, 이 시를 지은 듯하다.

> 붉은 벼랑 푸른 절벽 동천(洞天) 열리니
> 높은 집 청휘각에 멀리 티끌이 끊겼네.
> 솔은 늙어도 천길 쌓인 눈 이고 있지만
> 양의 기운 생기니 천둥소리 응당 한번 울리리.
> 선현의 남긴 자취 부질없이 생각해보니
> 뜬세상 영화(榮華)를 몇 번이나 거쳤던가.
> 병든 중에도 시를 지으려 정신이 가고자 하니
> 서산의 상쾌한 기운 옷깃 가득 풍겨오네.

丹崖翠壁洞天開. 高閣淸暉逈絶埃.
松老剩欺千丈雪, 陽生應動一聲雷.
先賢遺躅空遐想, 浮世榮華閱幾廻.
病裏題詩神欲往, 西山爽氣滿襟來.

"뜬세상 영화(榮華)를 몇 번이나 거쳤던가[浮世榮華閱幾廻.]"라는
구절은 당대 최고 권력자들이 송석원을 차지했다가 새로운 권력자
에게 넘겨주는 과정을 엿보게 하는데, 김윤식은 이 시 제목 아래에
다음과 같은 소주를 덧붙였다.

> 송석원이 지금은 벽수(碧樹) 윤덕영(尹德榮) 보국(輔國)의 정원 안
> 에 속해있다. 청휘각(淸暉閣)·일양정(一陽亭)·사조정(四照亭)이 있
> 다. 지금은 벽수산장(碧樹山莊)이라고 불린다.

이 글에서 몇 가지 정보를 알아낼 수 있다. 비록 총독부 연회가
열리고 있지만 김윤식은 그를 조선시대의 품계인 보국대부로 부르
고 있으며, '송석원이 지금은 윤덕영의 정원 안에 속해 있다'고 표현
하여 김씨·민씨·윤씨네가 정원을 넓히는 과정에서 천수경의 송석
원이 권력자의 정원 안으로 편입되었음을 보여 준다. "지금은 벽수
산장이라고 불린다"고 했는데, 윤덕영이 송석원을 구입한 뒤에 민씨
네 흔적을 삭제하기 위해 김창업의 시「옥동동제인부운(玉洞同諸人
賦韻)」의

> 옥류동에 푸른 구름 저무는데
> 바람부는 정자에 푸른 나무 맑구나.
> 玉洞靑雲晚, 風亭碧樹淸.

이라는 구절에서 '벽수(碧樹)' 두 글자를 따와 벽수산장 이름을 짓고, 자신의 호까지 벽수거사라고 지었다. 안동 김씨, 특히 김창업의 후계자로 자처한 것이다.

김윤식이 문곡(김수항)·호곡(남용익)·매간(이익상)의 시에 차운한 시 뒤에는 김창업의 시에 차운한 오언율시가 실려 있다. 벽수산장을 주제로 한 다른 시가 실리지 않은 것을 보면, 6월 14일 송석원 연회에서는 시회(詩會)가 열리지 않은 듯하다. 조선시대의 사대부 중심 연회가 아니라 총독부의 일본 고관들 중심 연회였기에 더 이상 시회는 열리지 않았으며, 6월 17일자 매일신보에 의하면 김응원(金應元)·정만조(鄭萬朝)·鷲見春隣·鶴田櫟村 등의 서화가와 시인들이 휘호(揮毫)만 했다고 한다. 시인들이 더 이상 시를 짓지 않는 시대가 되자, 김윤식은 그들과 창화한 것이 아니라 230년 전의 선현들 시에 차운하였다.

김윤식은 벽수산장에서 김창업의 시에도 차운하여 오언율시를 지었다. 고전번역원의 고전종합 DB를 검색해보면 벽수산장을 주제로 한 시는 김윤식이 지은 이 두 수만 실려 있다. 윤덕영은 당대 시인들이 찾아와 시회를 열던 송석원을 구입하여 자신의 집안을 안동 김씨네 명문같이 승격시키려고 김창업의 시에서 두 글자를 따다가 자신의 호를 벽수거사(碧樹居士)라 짓고 『벽수산장일람(碧樹山莊一覽)』까지 출판했지만, 더 이상 시인들이 찾아와 시회(詩會)를 열지 않자 아방궁이라고까지 불리던 호화주택도 세상의 손가락질을 받는 신세로 몰락하게 되었다.

문학작품에 나타난 서촌의 모습

　서울의 1번지는 인왕산 자락 서촌이다. 조선 건국 이후로 경복궁 옆 마을이었다는 점에서도 그렇지만, 현재 청와대나 정부 종합청사와 이웃하고 있다는 점에서도 그러하다. 동네 위치만 그런 것이 아니라, 문학에 있어서도 역시 1번지이다. 문자로 기록되지 않은 '인왕산 호랑이 전설'이 서울 구비문학의 1번지라면, 정조대왕의 「국도팔영(國都八詠)」이나 「필운대」 시에 묘사한 인왕산 일대의 모습 또한 서울 문자문학의 1번지라고 할 수 있다.

　문학은 사람이 사는 모습을 표현한 글이니, 서촌의 문학이 서울 1번지가 된 까닭은 서촌에 살았던 사람들의 신분이 다양했기 때문이다. 왕족부터 권력 핵심의 사대부 고관들과 중인, 아전에서 서민들에 이르기까지, 인왕산 골짜기에는 서로 다른 신분층들이 어울려 살았다. 그랬기에 사대부 중심의 북촌, 중인 중심의 남촌과는 다른 생활이 이 공간에서 이뤄졌고, 그러한 생활이 다양한 형태의 문학으로 형상화된 것이다.

1. 고소설「운영전」을 통해 본 안평대군의 수성궁

서울의 물길은 백악산과 인왕산 사이에서 시작하여 동쪽으로 흐르는데, 도성 한가운데를 흐르는 이 물을 개천(開川)이라고 하였다. 조선 건국의 주역들은 백악의 남쪽, 인왕산의 동쪽 명당에 궁궐을 지었다.

조선왕조의 정궁인 경복궁의 주산은 백악(白岳·北岳)이다. 백악의 좌청룡인 동쪽의 낙산은 밋밋하고 얕은 지세인데, 우백호인 서쪽의 인왕산은 높고도 우람하다. 인왕산의 주봉은 둥글넓적하면서도 남산같이 부드럽거나 단조롭지 않으며, 북악처럼 빼어나지도 않다. 그러면서도 남성적이다. 그래서 한양에 도읍을 정할 무렵에 인왕산을 주산으로 삼자는 의논도 있었다. 차천로(車天輅, 1556~1615)는『오산설림(五山說林)』에서 이렇게 기록하였다.

> 무학(無學)이 점을 쳐서 (도읍을) 한양(漢陽)으로 정하고, 인왕산을 주산으로 삼자고 하였다. 그리고는 백악과 남산을 좌청룡과 우백호로 삼자고 하였다. 그러나 정도전이 이를 못마땅하게 여기면서, "옛날부터 제왕이 모두 남쪽을 향하고 다스렸지, 동쪽을 향했다는 말은 들어보지 못했다"고 하였다. 그러자 무학이 "지금 내 말대로 하지 않으면 200년 뒤에 가서 내 말을 생각하게 될 것이다."고 하였다.

이러한 전설이 민중들 사이에서 오랫동안 전해온 듯하다. 실제로 임진왜란을 겪고 나자 인왕산에 왕기가 있다는 소문이 다시 퍼져, 광해군 시대에 인왕산 기슭에다 경희궁(慶熙宮)을 세웠으며, 자수궁(慈壽宮)이나 인경궁(仁慶宮)도 세웠다. 실제로 이 부근에서 살았던 능양군(綾陽君)이 반정(反正)을 일으켜 광해군을 내몰고 왕위에 올라 인조(仁祖)가 되었으니, 인왕산 왕기설이 입증된 셈이다. 세종이나 영조의 탄생지가 인왕산 자락 서촌에 있는 이유도 왕기설을 뒷받침한다. 인조가 인경궁 일부 전각을 철거하여 창경궁 내전을 중건하자 효종이 인경궁 지역을 숙안공주(홍득기), 숙명공주(심익현), 숙휘공주(정재현), 숙정공주(정재륜), 숙경공주(원몽린)에게 나누어 준 것도 서촌이 왕족들의 주거지로 적당하다고 생각했기 때문이다.

　인왕산에는 왕기만 있는 것이 아니라 경치도 좋았다. 서울의 명승지로는 반드시 인왕산이 꼽혔다. 『동국여지비고(東國輿地備攷)』의 「국도팔영(國都八詠)」에 필운대(弼雲臺)·청풍계(淸風溪)·반송지(盤松池)·세검정(洗劍亭)을 포함했으니, 인왕산 자락의 명승지가 서울 명승지의 절반을 차지한 셈이다. 성현(成俔, 1439~1504)이 『용재총화(慵齋叢話)』에서

　　　한성 도성 안에 경치 좋은 곳이 적은데, 그중 놀만한 곳으로는 삼청동이 으뜸이고, 인왕동이 그 다음이며, 쌍계동·백운동·청학동이 또 그 다음이다. (줄임) 인왕동은 인왕산 아래인데, 깊은 골짜기가 비스듬히 길게 뻗어 있다.

라고 말한 것처럼 서울의 5대 명승지 가운데 인왕동과 백운동이 모두 인왕산에 있었다. 장안에서 멀리 떨어진 것이 아니라 도심 가까이 있으니, 성안 사람들에게 환영받을 만한 명승지였다.

　경복궁 쪽에서 인왕산을 보면 앞모습만 보이기 때문에, 우리는 이 모습을 인왕산의 전부로 알고 있다. 실제로 조선시대에는 주로 이 부분에 집과 관청이 들어섰고 사람이 살았으며, 역사가 이뤄졌다.

강희인 그림. 인왕산

인왕산 뒤쪽은 도성을 나서야 하기 때문에 입지가 전혀 달랐다. 골
짜기를 따라 여러 개의 마을이나 원림(園林)이 생겼는데, 강희언(姜
熙彦 1710~1764)의 그림에 그 모습이 잘 나타나 있다. 이 마을들은
몇 개씩 합해져서 지금의 법정동이 되었으며, 몇 개의 법정동이 합
해져서 다시 행정동이 되었다. 사직동부터 체부동을 거쳐 필운동·
누상동·누하동·옥인동·효자동·신교동·창성동·통인동·통의동·
청운동·부암동까지가 경복궁에서 볼 수 있는 인왕산의 동네들이다.
　　인왕산은 경치가 좋은 명승지면서도 경복궁에서 가까운 주택지이
기도 했다. 그래서 많은 사람들이 모여 살았다. 임진왜란을 겪으면
서 경복궁 건물이 모두 불타버려 폐허가 되기는 했지만, 양반과 중
인들이 대대로 터를 물려가며 살았다. 그런데 명승지라는 이름에 비
해, 이름난 정자들은 많지 않았다. 요즘도 이 일대에 건물을 지으려

면 고도제한이 있지만, 임금이 사는 경복궁이 너무 가까운데다, 높은 곳에서 궁궐을 내려다보며 놀 수 없었기 때문이다. 그래서 인왕산에 지어진 집들은 시대마다 그 구역이 달랐다. 경복궁이 정궁이었던 조선 초기에는 경복궁 옆 동네에 관청만 있었고, 주택들은 많지 않았다. 안평대군의 별장인 무계정사가 인왕산에 있었지만, 경북궁이 내려다보이지 않는 옆자락이었다. 그의 살림집은 시냇물 소리가 들린다는 뜻의 수성동(水聲洞) 기린교(麒麟橋) 부근에 따로 있었는데, 골짜기가 깊어 외부에서는 잘 보이지 않았다. 유본예가 서울의 명승지와 동네를 소개하는 『한경지략(漢京識略)』에서 그 사실을 입증하였다.

　　수성동은 인왕산 기슭에 있는데, 골짜기가 깊고 그윽하다. 물 맑고 바위도 좋은 경치가 있어서, 더울 때 소풍하기에 가장 좋다. 이 동네는 옛날 비해당(匪懈堂) 안평대군이 살던 집터라고 한다. 개울을 건너는 다리가 있는데, 이름을 기린교라고 한다.

　수성동은 옥인아파트 자리라고 추정되는데, 1960년대에 아파트 공사를 하면서 기린교를 없앴다고 김영상 선생이 증언하였다.

1) 세종이 당호를 지어준 비해당(匪懈堂)

　안평대군(安平大君, 1418~1453)이 혼인하면서 경복궁에서 살림을 내어 나간 뒤에, 인왕산에 저택을 짓기 시작하였다. 1442년 6월 어느 날 경복궁에 들어가자 세종이 물었다.

"네 당호(堂號)가 무엇이냐?"

안평대군이 대답을 못하자, 세종이 『시경』에서 「증민(蒸民)」편을
외워 주었다.

> 지엄하신 임금의 명령을
> 중산보가 받들어 행하고,
> 나라 정치의 잘되고 안됨을
> 중산보가 가려 밝히네.
> 밝고도 어질게
> 자기 몸을 보전하며,
> 이른 아침부터 늦은 밤까지 게으름없이
> 임금 한 분만을 섬기네.

이 시는 노나라 헌왕(獻王)의 둘째 아들인 중산보(仲山甫)가 주나
라 선왕(宣王)의 명령을 받고 제나라로 성을 쌓으러 떠날 때에 윤길
보(尹吉甫)가 전송하며 지어 준 것이다. 이 시의 마지막 구절 원문은
"숙야비해(夙夜匪解) 이사일인(以事一人)"인데, 세종이 여기서 두 글
자를 따 "편액을 '비해(匪懈)'로 하는 것이 좋겠다"고 하였다. 재주가
뛰어난 안평대군이 장자가 아니었기에, 자신이 왕위에 있는 동안은
물론, 동궁이 즉위한 뒤에도 "이른 아침부터 늦은 밤까지 게으름없
이 임금 한 분만을 섬기라"는 당부를 '비해(匪懈)' 두 글자에 담아 집
이름으로 내려준 것이다.

인왕산 기슭 수성동에 비해당을 지은 뒤에 안평대군은 집 안팎의
아름다운 꽃과 나무, 연못과 바위 등에서 48경을 찾아냈다. 중국에
서 소상팔경(瀟湘八景)을 그림으로 그리고 시를 짓는 문인들의 관습
이 유행하자 조선에서도 그런 풍조가 생겼는데, 안평대군은 무려 48

가지의 아름다운 경치를 찾아냈다. 48경은 다양한 장소와 시간에 따라 "매화 핀 창가에 흰 달빛[梅窓素月]" "대나무 길에 맑은 바람[竹逕淸風]" 등의 네 글자로 명명되었는데, 누군가가 그림을 먼저 그리고 안평대군이 칠언 화제시를 지었다. 그 다음에는 당대의 문인 학자들을 인왕산 기슭 비해당으로 초청하여 48경을 함께 즐기며 차운시를 짓게 하였다.

우리 조상들은 요산요수(樂山樂水)라는 말 그대로 산과 물을 즐겼는데, 안평대군은 한강가에도 담담정(淡淡亭)이라는 정자를 세웠다. 『동국여지비고』에는 담담정을 이렇게 소개하였다.

"마포 북쪽 기슭에 있다. 안평대군이 지은 것인데, 서적 만 권을 저장하고 선비들을 불러 모아 12경 시문을 지었으며, 48영을 지었다. 신숙주의 별장이다"

안평대군은 서적만 만 권을 소장한 것이 아니라, 수많은 서화 골동을 수집하였다. 신숙주가 1445년에 쓴 「화기(畵記)」를 보면 안견(安堅)의 그림 30점, 일본 화승 철관(鐵關)의 그림 4점, 그리고 송나라와 원나라 명품 188점을 소장했다고 한다. 그 가운데 곽희(郭熙)의 작품이 17점이나 되는데, 이 그림은 안견에게도 영향을 주었다.

그러나 안평대군이 문인 학자들에게 인심을 얻자, 수양대군은 김종서와 황보인을 죽이고 계유정난으로 정권을 잡은 뒤에 안평대군까지 처형하고는 이 정자를 빼앗아 신숙주에게 하사하였다. 안평대군이 주택이나 별장을 아름답게 꾸미고 완상하던 취미는 그가 역적으로 몰려 처형된 뒤에도 많은 영향을 끼쳐, 성종 때에는 호화주택과 별장을 금지하라는 명령까지 내릴 정도가 되었다.

2) 몽유도원도를 인왕산에 실현한 집 무계정사

1447년 4월 20일 밤에 안평대군이 박팽년과 함께 봉우리가 우뚝한 산 아래를 거닐다가, 수십 그루 복사꽃이 흐드러진 오솔길로 들어섰다. 숲 밖에서 여러 갈래로 갈리며 어디로 가야할 지 몰랐는데, 마침 어떤 사람이 나타나 "이 길을 따라 북쪽으로 휘어져 골짜기에 들어가면 도원(桃源)입니다." 하고 알려 주었다. 말을 채찍질하며 몇 구비 시냇물을 따라 벼랑길을 돌아가자 신선 마을이 나타났다. 안평대군이 박팽년에게 "여기가 바로 도원동이구나." 하고 감탄하면서 산을 오르내리다가 꿈에서 깨어났다. 복사꽃이 우거진 낙원에 다녀온 이야기를 도연명(陶淵明)이 「도화원기(桃花源記)」라는 글로 소개한 뒤에, 무릉도원은 중국과 조선 문인들에게 이상향으로 널리 알려졌다. 안평대군은 꿈에서 처음 가본 곳이지만 그곳이 바로 무릉도원임을 깨닫고, 화가 안견에게 꿈 이야기를 하며 그림을 그려 달라고 부탁하였다. 안견이 사흘 만에 그려 바친 그림이 바로 일본 덴리대학 중앙도서관에 소장된 「몽유도원도(夢遊桃源圖)」이다.

도연명 이후에 많은 문인들이 무릉도원을 꿈꾸었고, 고려시대 문인 이인로는 청학동(青鶴洞)을 찾아 글을 지었다. 안평대군은 그림이 완성된 지 3년 뒤인 1450년 설날에 치지정(致知亭)에 올라 「몽유도원도」라는 제첨(題簽)을 쓰고 시를 지었다. 유영봉 교수 번역을 인용한다.

> 세간의 어느 곳을 무릉도원으로 꿈꾸었던가?
> 산관의 차림새가 오히려 눈에 선하더니
> 그림으로 보게 되니 정녕 호사로다
> 천년을 전해질 수 있다면 '내가 참 현명했구나' 하리니.

  안평대군은 꿈속에 거닐던 복사꽃 동산을 인왕산 기슭에서 실제
로 찾아 별장을 지었다. 안평대군과 사육신의 문장은 상당수 없어졌
는데, 다행히도 박팽년이 그 별장에서 지은 시 아래에 안평대군의
글이 덧붙어 있어, 별장 지은 사연을 알 수 있다.

  "나는 정묘년(1447) 4월에 무릉도원을 꿈꾼 일이 있었다. 그러다
가 작년 9월 우연히 유람을 하던 중에 국화꽃이 물에 떠내려오는 것
을 보고는, 칡넝쿨과 바위를 더위잡아 올라 비로소 이곳을 얻게 되
었다. 이에 꿈에서 본 것들과 비교해보니 초목이 들쭉날쭉한 모양과
샘물과 시내의 그윽한 형태가 거의 비슷하였다. 그리하여 올해 들어
두어 칸으로 짓고, 무릉계(武陵溪)란 뜻을 취해 무계정사라는 편액
을 내걸었으니, 실로 마음을 즐겁게 하고 은자들을 깃들게 하는 땅
이다. 이에 잡언시 5편을 지어 뒷날 이곳을 찾아오는 사람들의 질문
에 대비하고자 한다."[1]

안평대군의 친필 「몽유도원기」. 마지막 줄에 '비해당' 세 글자가 보인다.
안평대군의 글씨는 계유정난 뒤에 거의 다 불태워 없었다.

---

1) 유영봉, 「비해당사십팔영의 성립배경과 체제」, 『한문학보』 15집, 2006.

무계정사(武溪精舍)라는 집 이름은 글자 그대로 '무릉계에 자리한 정사'라는 뜻인데, 한시 5수 뒤에 "경태(景泰) 2년 신미"라고 쓰여 있어 1451년에 창건했음을 알 수 있다. 창건연대는 유영봉 교수가 최근의 논문 「비해당사십팔영의 성립배경과 체제」라는 논문에서 밝혀냈다.

수성동에 있던 비해당에서 인왕산 기슭을 넘어 무계정사까지 가는 길은 그다지 멀지 않다. 안평대군은 꿈속에 노닐던 곳이라고 하며 별장을 지어 문인 학자들을 초청하고 시를 읊거나 활을 쏘며 놀았지만, 단종실록 원년 5월 19일 기사에는 이곳을 방룡소흥지지(旁龍所興之地)라고 하며 안평대군을 비난하였다. 왕기가 서린 곳인데, 장자가 아닌 왕자가 왕위에 오를 곳이란 뜻이다. 계유정난 직전에도 수양대군 파에선 안평대군이 무계정사 지은 뜻을 왕권 탈취에 있다고 생각했던 것이다. 실제로 계유정난이 성공한 뒤인 10월 25일 의정부에서 안평대군을 처형하자고 아뢴 죄목 가운데 첫 번째가 바로 이 자리에 무계정사를 지었다는 점이었다.

「몽유도원도」에는 김종서, 이개, 성삼문, 신숙주, 정인지, 서거정 등 당대 최고의 문신 23명이 참여하여 친필로 글을 썼다. 그러나 6년 뒤에 계유정난으로 수양대군이 정권을 잡으면서 세종과 안평대군이 아꼈던 이들의 운명은 크게 둘로 갈라졌다. 신숙주, 정인지 등은 수양대군을 도와 정난공신에 오르고, 안평대군과 김종서는 목숨을 잃었으며, 성삼문, 이개, 박팽년 등의 사육신은 3년 뒤에 단종복위운동을 계획하다가 실패하여 모두 역적으로 처형당하고 집현전까지 폐지되었다.

무계정사 터

무계동 각석

무계정사는 곧 무너지고, 지금은 안평대군의 예언 그대로 그림만 천년을 남아 전한다. 자하문터널 위 부암동사무소 뒷길을 따라 올라가다 돌계단을 오르면 무계동(武溪洞)이라 새긴 바위가 나타나고, 그 뒤에 정면 4칸, 측면 1칸 반의 오래된 건물이 서 있다. 주소로는 종로구 부암동 329-1, 서울시 유형문화재 22호인데, 이곳이 바로 무계정사 터이다.

3) 조선시대 유일한 비극소설 『운영전(雲英傳)』

조선시대 고소설이 9백편 되는데, 대부분 권선징악(勸善懲惡), 해피엔딩으로 끝난다. 착한 주인공이 잠시 시련을 겪지만, 모든 어려움을 극복하고 행복하게 사는 것으로 소설이 끝난다. 그러한 특성을 벗어난 소설이 바로 안평대군의 수성궁을 배경으로 한 「수성궁몽유록(壽聖宮夢遊錄)」인데, 주인공의 이름을 따서 「운영전(雲英傳)」이라고도 한다. 이 소설은 이렇게 시작한다.

수성궁은 안평대군의 옛집으로 장안성 서쪽 인왕산 아래에 있었다. 산천이 수려하고 용이 서리고 범이 일어나 앉은 듯 하며, 사직(社稷)은 남쪽에 있고 경복궁이 동쪽에 있었다. 인왕산의 산맥이 굽이쳐 내려오다가 수성궁에 이르러서는 높은 봉우리를 이루었고, 비록 험준하지 않지만 올라가 내려다보면 보이지 않는 곳이 없었다.

사면으로 통한 길과 저자거리며, 온 성안에 여러 집들이 바둑판과 같고, 하늘의 별과 같아서 역력히 헤아릴 수 없고, 번화장려함을 이루 형용치 못하였다.

동쪽을 바라보면 궁궐이 아득하여 구름 사이에 은은히 비치고 상서로운 구름과 맑은 안개가 항상 둘러 있어 아침저녁으로 고운 자태를 자랑하니 짐짓 이른바 별유천지(別有天地) 승지(勝地)였다.

이 시대의 술꾼들은 직접 가아(歌兒)와 적동(笛童)을 동반하고 가서 놀았으며, 소인(騷人)과 묵객(墨客)은 삼월 화류시절과 구월 단풍철에 그 위에 올라 즐기고 음풍영월하며 경치를 즐기느라 돌아가기를 잊었다.

壽聖宮, 卽安平大君舊宅也, 在長安城西仁旺山之下. 山川秀麗, 龍盤虎踞, 社稷在其南, 慶福在其東. 仁旺一脈, 逶迤而下, 臨宮峙起, 雖不高峻, 而登臨俯覽, 則通衢市廛, 滿城第宅, 碁布星羅, 歷歷可指, 宛若絲列分派. 東望則宮闕縹緲, 複道橫空, 雲烟積翠, 朝暮獻態, 眞所謂絕勝之地也. 一時酒徒射伴, 歌兒笛童, 騷人墨客, 三春花柳之節, 九秋楓菊之時, 則無日不遊於其上, 吟風咏月, 嘯翫忘歸.

『운영전』은 주인공 운영의 이름을 딴 소설 제목이며, 『수성궁몽유록』은 수성궁 터에서 거닐던 선비 유영이 꿈속에서 운영과 김진사를 만난다는 소설 구조를 설명하는 제목이다. 풍류를 좋아하는 안평대군은 수성궁에 예쁜 궁녀들을 거느리며 수많은 시인 문장가들을 궁으로 불러들여 사귀었는데, 손님 가운데 김진사가 궁녀 운영과 사랑에 빠져 함께 궁을 탈출하다가 비극적으로 목숨을 잃는다는 줄거리이다. 왕, 또는 왕자의 여인을 탐낸다는 자체가 반역이기에 조선 왕조 체제에서는 있을 수 없는 일이었다. 그랬기에 이 소설, 운영과 김진사의 만남은 처음부터 비극적으로 끝날 운명을 지녔다. 안평대군 자신이 계유정난 이후 반역으로 몰려 교동도에 유배되었다가 사약을 받고 죽었기에, 이 소설은 인생의 무상함을 더욱 비극적으로 보여준다.

왕자의 여인을 사랑하는 것은 체제에 항거하는 것이기도 했으니, 『운영전』은 체제에 항거하면 비극적인 결말을 맺게 된다는 교훈을 주는 소설인 동시에, 선비 유영이 서울의 가장 아름다운 장소로 수성궁 터를 택해 술병을 가지고 놀러갔다는 구성에서 인왕산, 특히 수성동의 아름다운 경치를 소설가도 인정했다는 증거이기도 하다. 목숨을 걸고 체제를 뛰어넘으려 한 운영과 김진사의 사랑 이야기는 수많은 우리 고소설 가운데 궁녀가 자아를 찾아가는 이야기, 자유연애를 구가하는 이야기로 작품성이 가장 높은 소설 가운데 하나로 꼽힌다.

2. 위항인의 전기를 통해 본 인왕산 일대 주민들의 미덕

중인들은 서울의 북쪽 인왕산 일대와 남쪽 청계천 일대에 주로 모여 살았는데, 지역에 따라 직업과 재산, 관심사가 달랐다. 서당 훈장으로 많은 제자를 길러낸 위항시인 정내교(鄭來僑, 1681~1757)는 스승 홍세태의 친구 임준원(林俊元)의 전기를 지으면서, 이 두 지역의 민속을 이렇게 구별하여 설명하였다.

서울의 민속은 남과 북이 다르다. 종로 남쪽부터 남산까지가 남부이다. 장사꾼과 부자들이 많이 산다. 이익을 좋아하고 인색하면서도, 수레와 집은 서로 사치를 다툰다.

백련봉 서쪽부터 필운대까지가 북부이다. 대체로 가난하고 얻어먹는 사람들이 살았다. 그러나 의협스런 무리들이 자주 있어, 의기로 사귀어 노닐고 베풀어 주기를 좋아하였다. 흔쾌히 허락하고 남의 어려움을 잘 도왔으며 근심을 함께 하였다. 시인 문장가들이 계절을 따라 노닐며 자연 속의 즐거움을 맘껏 누렸다. 마음이 내키면 시를 읊었는데, 많이 짓는 것을 자랑하고 곱게 짓기를 다투었다. 풍속이 그러했던 것이다.

북촌은 고관들이 주로 사는 가회동, 안국동, 재동 일대를 가리키지만, 북부는 중인과 경아전들이 주로 살던 인왕산과 백악이 이어진 산자락을 가리킨다. 육조(六曹) 뒤에 관아(官衙)들이 많았으며, 이곳에 출퇴근하던 경아전(京衙前)이나 서리(胥吏)들이 걸어다니기 편한 인왕산 자락에 많이 살았다. 아래의 지도에서 내수사, 봉상시, 내자시 등이 바로 아전들이 많이 일하던 관아였는데, 그 관아가 있던 내자동, 내수동 등이 지금도 서촌 지경에 포함된다.

1) 내수사 아전으로 많은 재산을 모은 임준원

임준원은 대대로 서울 북부(서촌)에 살았던 경아전이다. 신선같은 모습에다 말솜씨까지 좋았는데, 젊었을 때에 최기남(崔奇男, 1586~1669)의 서당에서 시를 배웠다. 최기남은 집이 너무 가난해 선조의 셋째 사위인 신익성(申翊聖)의 궁노(宮奴)가 되었다가 한문을 배워 서당 훈장으로 이름났던 위항시인인데, 임준원 역시 시를 잘 짓는다

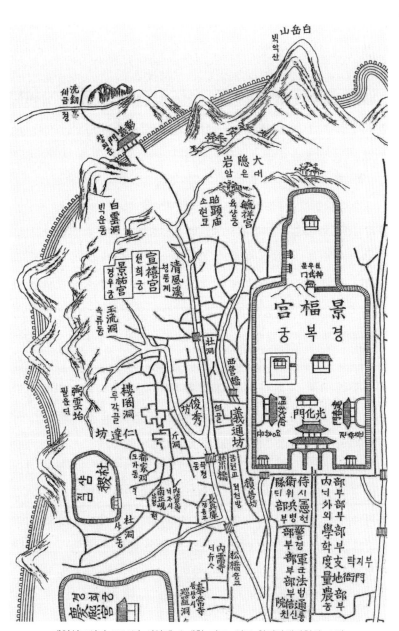

게일선교사가 1902년 서양에 소개한 지도. 영국 왕립아세아협회 소장

고 칭찬 들었다. 그러나 집이 워낙 가난한데다 늙은 어버이를 모셔야 했기 때문에, 실용성 없는 한시만 계속 배울 수는 없었다. 정내교는 그가 큰 돈을 번 과정을 이렇게 묘사했다.

"(임준원은) 드디어 뜻을 굽히고 내수사(內需司)의 서리가 되었다. 임용되어 부(富)를 일으키니, 재산이 수천 냥이나 모아졌다. 그러자 '내겐 이만하면 넉넉하다'고 탄식하더니, 곧장 아전 일을 내어놓고는 집에서 지냈다."

내수사(內需司)는 조선시대 왕실의 재정을 관리하기 위해 설치한 관청인데, 왕실에서 사용하는 쌀·베·잡화 및 노비 등에 관한 사무를 관장하였다. 개국 초에 함흥 지역을 중심으로 한 태조 이성계 집안의 사유재산과 고려왕실에서 물려받은 왕실 재산을 관리하기 위해 설치했으므로, 본궁(本宮)이라 불리기도 했던 관청이다. 본래 면세특권을 부여받은 내수사전(內需司田)과 각 지방에 흩어져 일하는 수많은 노비, 염전 등을 보유한데다, 왕실의 권력을 이용해 재산을 계속 확대했다. 그 폐단이 커지자 "군주는 사재(私財)를 가져서는 안 된다"는 유교적 명분론을 내세워 내수사를 없애자고 건의했지만, 자신의 사유재산을 내어놓으려는 왕은 하나도 없었다.

신익성의 아버지 신흠(申欽)은 영의정까지 지내 국가재정에 환했는데, 『휘언(彙言)』이라는 글에서 "내수사는 수입이 국가의 일반 재정과 맞먹었다. 그곳의 형세가 안전해 양민(良民)과 사천(私賤)이 많이 도망해 들어갔으며, (그 재정은 內需가 아니라) 태반이 내수(內竪)의 개인적 용도로 허비되었다."고 증언하였다. 그 방대한 재정을 왕이 사용하는 것이 아니라 내수사에 관련된 개인들이 사취한다는 뜻이다.

실학자 이익은 『성호사설』에서 "내수사 노비들이 나라 안을 돌아다니며 거둬들인 돈과 베를 내시들이 주관한다. 조정에서는 어떻게 되는 것인지 막연히 알지 못해, 임금의 사치심만 날로 더하게 한다.” 고 그 폐단을 논했다. 내수사는 왕실 재산을 관리했기 때문에, 그곳의 관원 10명은 모두 왕의 심복인 내시였다. 그러다보니 서리 8명이 방대한 재정을 자기 집안의 살림처럼 운용하며 많은 재물을 **빼어돌린** 것이다. 내수사에 관련된 죄인을 잡아 가두는 감옥인 내사옥(內司獄)이 따로 있을 정도로 비리가 많았는데, 그나마 1711년에 폐지되었다.

서리도 전문직이기 때문에 한문을 잘 알아야 했고, 선발시험도 보았다. 『광해군일기』 즉위년(1608) 9월 3일 기록에 “전에는 서리를 임명하기 위해 고강(考講)·제술(製述)·서산(書算)을 시험한 뒤에 후보자로 참여시켰는데, 지금은 해이해졌다”는 구절이 있다. 언제부턴가 읽기, 짓기, 쓰기, 셈하기 등을 시험보아 적임자를 뽑지 않고, 청탁에 의해 뽑기 시작했다는 것이다.

경아전 이윤선(李潤善, 1826~1869)이 26년 동안 호조에서 근무하며 기록한 『공사기고(公私記攷)』를 분석하여 「조선후기 경아전 서리 연구」라는 논문을 쓴 원재영 선생은 호조 아전들이 임용되기 위해서 보통 1,500냥 내지 1,900냥을 주었다고 했다. 『탁지지(度支志)』에 기록된 서리의 월급은 무명 3필, 쌀 1석 5두, 보리 1두 5되에 불과했지만, 이윤선은 자신의 서리직을 정석찬에게 거금 1,800냥에 팔았다가 6개월 뒤에 다시 1,900냥을 주고 복직하였다. 1847년부터 1855년까지 9년 동안 부동산 투자에 1,000냥을 들였으며, 아들에게 공부방을 마련해주고 독선생을 모셨다. 11살 난 아들 용석(容錫)이 칠언절구의 한시를 지었다고 대견해한 것을 보면, 아들에게는 사대부 못지않은 교양까지 갖춰주었음을 알 수 있다. 호조 아전들은 다양한 명목의 화폐나 현물을 수시로 받았다고 했으니, 고관 못지않은 요직이었다.

내수사가 있던 마을을 내수삿골이라 불렀는데, 인왕산 밑자락인 지금의 종로구 내수동이다. 종합청사 뒷길이 내자동길인데, 내수동에서 내자동을 거쳐 사직단으로 이어진다. 내자시(內資寺) 역시 궁궐에서 사용하는 식품과 옷감을 조달하던 관청이어서 경복궁 앞에 있었다. 관원들은 승진하면 다른 관청으로 전근하지만 아전들은 평생 한 관청에 있었으며, 대를 이어서 그 일을 물려받았다. 그래서 경복궁 앞의 관청에 소속된 아전들은 출퇴근하기 좋은 인왕산에 많이 살았다.

2) 물량배에게 빚을 갚고 과부를 구출하다

임준원이 내수사에서 어떻게 수천 금을 벌었는지는 확실치 않지만, 중요한 것은 그가 더 이상 욕심내지 않고 물러났다는 점이다. 다른 사람에게 서리직을 팔았다는 기록도 없고, 아들에게 물려주었다는 기록도 없다. 그는 남부의 중인들같이 이익을 좋아하거나 사치하지 않았으며, 인색하지도 않았다. 정내교는 임준원이 내수사에서 큰 돈을 벌어들인 방법은 설명하지 않았지만, 벌어들인 돈을 어떻게 썼는지는 설명하였다.

"곧장 아전 일을 내어놓고는 집에서 지냈다. 문학과 역사책을 읽으며 스스로 즐겼다. 날마다 그를 따르는 무리들이 많이 모여들었는데, 그 가운데에는 유찬홍·홍세태·최대립·최승태·김충렬·김부현 같은 시인들이 있었다."

임준원은 좋은 날이나 경치가 아름다워질 때마다 여러 사람을 불

러모았다. 시를 짓기도 하고 술을 마시기도 하며, 매우 즐겁게 놀다
가 흩어졌다. 정내교가 "서울에서 재주가 좀 있다고 이름난 사람들
이 그 모임에 끼이지 못하게 되면 부끄럽게 여겼다"고 표현할 정도
로 이름난 위항시인들이 모여들었다.

임준원의 집에 자주 모였던 시인들은 대부분 궁노(宮奴) 최기남의
제자들이다. 임준원은 물론, 형조 아전 최승태는 최기남의 아들이
고, 김부현은 그의 외손자이다. 홍세태는 역관, 김충렬은 홍문관 서
리, 유찬홍은 역관이었다. 문학사에서는 이들의 모임을 낙사(洛社)
라고 불렀다. 시인들뿐만 아니라, 친척이나 친구 가운데 가난해서
혼인이나 장례를 치르지 못하는 사람들은 반드시 그를 찾아왔다. 평
소에도 그의 집을 드나들며 어버이처럼 모시는 자가 몇 십 명이나
되었다.

그가 육조거리 앞을 지나가는데, 어떤 여자가 관리에게 구박받고
있었다. 불량배 하나가 그 뒤를 따라가며 욕을 해대는데, 그 여자는
슬프게 울기만 했다. 그가 그 까닭을 묻고는 "그까짓 얼마 안되는 빚
때문에 여자를 이토록 욕보일 수 있단 말이냐?" 하고 불량배를 꾸짖
었다. 그 자리에서 빚을 갚아 주고는, 차용증을 찢어버린 채 가버렸
다. 여자가 쫓아가면서 이름과 주소를 물었지만, 그는 끝내 가르쳐
주지 않았다.

그가 세상을 떠나자, 그에게 도움을 받았던 사람들이 모두 모여들
어 부모가 죽은 것같이 곡을 했다. 더 이상 도와줄 사람이 없게 되
어, "나는 어떻게 살라고 떠나셨소?" 하고 우는 자들도 많았다. 한
늙은 과부가 와서 상복을 만들어 놓고 가버렸는데, 육조거리에서 구
해 준 여자였다.

　정내교뿐만 아니라 성해응도 임준원의 전기를 짓고, 홍문관 대제
학 남유용도 지었다. 남유용은 정내교의 전기를 읽어보고 '요즘 보
기 드문 호인(好人)'이라면서 전기를 지었다. 첫 줄에서 '호(豪)'라고
표현했는데, 부호(富豪)라는 뜻도 되지만 호걸(豪傑)이라는 뜻도 된
다. 재산을 아끼지 않고 이웃을 도왔던 그의 이름이 당대 최고의 문
장가였던 남유용의 「임준원전」을 통해서 더욱 널리 알려졌다. 임준
원을 비롯한 서촌 의협들의 이야기가 위항인들의 전기집에 많이 실
려 전한다.

3. 야담을 통해 본 장동 주변의 모습

　서촌 일대에는 왕자들의 궁만이 아니라 은퇴한 궁녀들이 머물거
나 왕의 생모의 위패를 모시고 제사하는 궁도 많았다. 따라서 왕이
제사를 지내기 위해 자주 거둥했는데, 이와 관련된 이야기들이 서촌
에 많이 전해졌다. 그 가운데 영조의 행차를 배경으로 한 야담을 한
편 소개한다.

　　장동(壯洞)의 약주름 노인은 홀아비로 늙어 자식도 집도 없이 약국
을 돌아다니며 숙식하였다.
　　4월 어느 날 영조(英祖)가 육상궁(毓祥宮)에 거둥을 하는데, 마침
소나기가 퍼부어 개천물이 넘쳐 흘렀다. 구경나온 사람들이 약국집
으로 비를 피해 몰려들어 마루 앞 처마 밑에 사람들이 빽빽하게 서
있었다.
　　약주름 노인이 방안에 있다가 문득 말머리를 꺼냈다.

"오늘 비가 내 소시적 새재를 넘을 때 비 같군."

옆에 앉은 사람이 말을 받았다.

"아니, 비도 고금이 있소?"

"그 때 내가 좀 우스운 일이 있어서 여지껏 잊히질 않네 그려."

"그 이야길 들어 봅시다."

약주름 노인이 이야기를 꺼냈다.

"어느 해 여름이었지. 그 때 왜황련이 서울의 약국에 동이 났기에 동래에 가서 사 오려고 급한 걸음을 하지 않았겠나. 낮참에 새재를 넘는데 겨우 진점(鎭店)을 지나 무인지경에서 오늘 같은 소나기를 만났는데 지척도 분간할 수 없었다네. 허둥지둥 비 피할 곳을 찾다가 마침 산기슭에 초막이 있는 것을 보구 그리로 들어갔더니, 초막에 웬 과년한 처녀가 있는데. 우선 후줄근한 옷을 벗어서 물을 짜는데 처녀가 곁에 있으면서 피하지 않더군. 홀연 마음이 동하여 상관을 하였는데 처녀도 별로 어려워하는 기색을 안 보이데. 이윽고 비가 멎어서 나는 그 처녀가 사는 곳도 물어 보지 못하고 그만 훌쩍 나와 버렸다네. 오늘 비가 영락없이 그 날의 비 같아서 그리 말한 것이었네."

그 때 갑자기 처마 밑으로부터 한 평두(平頭)의 총각이 마루로 올라서더니,

"아까 새재 비 말씀한 양반이 뉘신가요?"

하고 물었다. 곁에 사람이 약주름 노인을 가리키자 총각은 그 노인 앞에 넙죽 절을 하였다.

"오늘 천행으로 부친을 상봉합니다."

곁에 허다한 사람들이 모두 어리벙벙하지 않을 수가 없었다. 약주름 노인도 영문을 몰라서 물었다.

"무슨 말인가?"

"저의 부친은 몸에 표가 있다고 합디다. 잠깐 옷을 좀 벗으시지요."

약주름 노인이 옷을 벗었다. 총각이 허리 아래를 보더니 서슴 없이 말하였다.

"정말 저의 부친이십니다."

좌중의 사람들이 영문을 몰라서 물었다.

"무슨 까닭인지 들어 보세."

"저의 모친이 처녀 적에 초막을 지키고 계시다가 우연히 우중에 행인을 보신 이후로 태기가 있어 저를 낳았답니다. 소자가 자라서 말을 배우매 다른 아이들은 아비가 있어 부르는데 소자는 부를 아버지가 안 계심을 이상하게 여기고 모친께 여쭈어 보았지요. 모친 말씀이 아까 부친의 말씀과 같았습니다. 그리고 그 때 부친과 인연을 맺을 적에 얼핏 보니 왼편 볼기에 검정 사마귀가 하나 있더라 하십니다. 소자는 모친의 말씀을 듣고 12세 때부터 부친을 찾으러 집을 떠나 팔도를 돌아다녔습니다. 서울만도 세 차례 들렀지요. 이제 6년 만에 다행히 부친을 뵈오니 막비천운(莫非天運)이라 어찌 기쁘지 않겠습니까?"

이어서 자기 부친을 향하여 말했다.

"아버님, 서울에 계속 머물러 계실 필요가 없으시지요? 소자와 함께 시골로 가십시다. 소자가 힘껏 농사를 지어 봉양하겠습니다. 모친은 수절하고 외갓집도 가난하지 않아서 조석 걱정은 없을 듯하옵니다."

좌중의 사람들은 아주 기특한 일이라고 모두 혀들을 찼다. 약국 주인도 안에서 말을 전해 듣고 나와,

"아무가 아들을 찾았다지. 세상에 이런 희한하고 경사스런 일이 있겠나. 친지들의 마음도 기쁨이 솟는데 당자의 심정이야 오죽할까." 하며, 아들과 함께 하향할 것을 권하였다. 약주름 노인은 기쁘기 한량없었지만 오래 살아온 서울을 졸지에 떠나자니 서운한 마음이 없지도 않거니와 노자가 걱정이 되었다.

"걱정 마십시오. 소자의 수중에 약간의 돈은 있습니다."

좌중의 사람들도 모두 자제를 따라갈 것을 권하면서 주머니를 털어서 5~6냥 되는 돈을 도와 주었다. 이에 약국 주인도 10여 냥을 내 놓았다.

비가 갠 후 여러 사람들과 작별하고 아들과 함께 길을 떠났다.
　약주름 노인은 집이 생기고, 아내가 생기고, 자식도 생기고, 먹을
것도 생겨, 편안하고 한가롭게 여생을 보냈다고 한다.[2)]

　이 이야기는 마치 이효석의 소설 「메밀꽃 필 무렵」을 읽는 듯한
느낌을 준다. 장돌뱅이나 약주름은 자신의 가게를 마련하지 못해 떠
도는 장사꾼들인데, 여름날 밤 호젓한 방앗간, 또는 오두막에서 낯
선 처녀를 만나 정을 통하고 다시 장터를 떠돌다가 십여 년 뒤에 장
성한 아들을 만나는 구성이 똑같다. 영조는 육상궁을 자주 행차하였
는데, 이백년 전의 하룻밤 사랑 이야기가 영조의 행차와 소나기, 서
촌의 약방 분위기와 잘 어우러졌다. 사람들이 자주 모이는 서촌의
약방에서는 이날뿐만 아니라 자주 여러 가지 이야기가 오가며 야담
과 소설로 정착되었으리라 생각된다.

4. 민요를 통해 본 인왕산

　서울에는 민요가 없다고 생각하기 쉽지만, 「서울본조아리랑」이
따로 있었고, 많은 민요들이 인왕산 자락에서 불려졌다.

아리랑 (서울 본조 아리랑)
　아리랑 아리랑 아라리요 아리랑 고개로 넘어간다.
　나를 버리고 가시는 님은 십 리도 못 가서 발병난다.
　청천 하늘에는 잔별도 많고 이내 가슴에는 희망도 많다.

2) 이우성·임형택 편역, 『李朝漢文短篇集』中, 일조각, 1978. 185~188면 참조.

풍년이 온다네 풍년이 와요 이 강산 삼천리 풍년이 와요.
가자 가자 어서 가자 백두산 덜미에 해 저물어 간다.
서산에 지는 해는 지고 싶어 지나
나를 버리고 가시는 님은 가고 싶어 가나.
수수밭 도조는 내 물어 줄게 구시월까지만 참아 다오.
세상만사를 헤아리니 물위에 둥둥 뜬 거품이라.
산 좋고 물 좋은 금수강산 꽃 피고 새 울어 봄철일세.
백두산 용왕담 맑은 물은 압록강 이천 리를 굽이쳐서 흐르네
한라산 백록담의 좋은 경치 남국의 운치요 영주의 자랑.
인왕산 뻐꾸기는 왜 저리 울어 가신 님 생각에 눈물이 나네
청천의 뜬 기러기 어디로 가나 우리 님 소식을 전해 주렴.
명사의 해당화는 여자의 자태요 눈 속의 푸른 솔은 남아의 기상.
소슬 단풍 찬 바람이 몰아쳐도 창송 녹죽은 절개를 자랑.
황량한 벌판에 해가 져도 이내 몸 갈길은 끝이 없네.
희망찬 앞날을 다짐하고 힘차고 용감하게 일어 서세.

오돌독

용안 예지 에루화 당대추는 정든 님 공경에 에루화 다 나간다.
널 ~ 널널 어리구 절사 말 말어라 사람의 섬섬간장 에루화 다 녹인다.
황성낙일은 에루화 가인의 눈물이요 고국지 흥망은 에루화 장부한
이라.
천길 만길에 에루화 뚝 떨어져 살아도 님 떨어 져서는 에루화 못
살리로다.
설부화용을 에루화 자랑 마라. 세월이 흐르면 에루화 허사만사라.
원수의 든 정이 에루화 골수에 맺혀서 잊을 망자가 에루화 병들
병자라.
인왕산 덜미에 에루화 저 뻑꾹새야 누구를 그리워 밤 새도록 우느냐.
살살 바람은 에루화 옷 깃을 적시고 방실방실 웃는 꽃은 에루화

내 마음을 설레네.

종남산 기슭에 에루화 한 떨기 핀 꽃은 봄바람에 휘날려 에루화 간들거리네.

만산편야에 에루화 백화가 만발하니 즐거운 락 자와 에루화 좋을 호 자라.

연분홍 저고리 에루화 남 치마 자락에 살랑살랑 걸어서 에루화 어디로 가느냐.

십오야 뜬 달이 에루화 왜 저리 밝아 산란한 이내 심정 에루화 더 산란케 하누나.

건드렁타령

건드렁 건드렁 건드렁거리고 놀아보자
왕십리처녀는 풋나물 장사로 나간다지
고비 고사리 두릅나물 용문산채를 사시래요
누각골 처녀는 쌈지장수로 나간다지
쥘쌈지 찰쌈지 육자비빔을 사시래요

바위타령

배고파 지어 놓은 밥에 뉘도 많고 돌도 많다 (줄임)
초벌로 새문안 거지바위 문턱바위 둥글바위
너럭바위 치마바위 감투바위 뱀바위 (줄임)
자하문밖 붙임바위 백운대로 결단바위 (줄임)
필운대로 삿갓바위 남산은 꾀꼬리바위 (줄임)
모화관 호랑바위 선바위
길마재로 말목바위 감투바위 …

서울 본조 아리랑이나 오돌독은 서울을 묘사할 때에 인왕산부터 시작한다. 건드렁타령에서는 누각골 서민들의 생업을 보여주다가, 바위타령에서 다시 새문안에서 시작해 인왕산 주변의 바위들을 소개한다. 바위타령은 풀무골에 살던 소리꾼 이현익(李鉉翼)이 만들었는데, 공장(工匠)들이 많이 불렀다고 한다. 이런 점에서 인왕산은 서울 민요의 1번지라고 말할 수 있다.

5. 전설을 통해 본 인왕산

한양이 도읍이 되기 전에 한성에서 지어진 문학작품은 많지 않았는데, 인왕산 호랑이 전설은 고려시대부터 시작되었다.『동국여지비고(東國輿志備考)』제2편 한성부(漢城府) 명환(名宦)조에 고려시대 강감찬(姜邯贊) 장군이 호랑이를 내어 쫓은 설화가 실려 있다.

> 고려의 강감찬(姜邯贊)이 현종 때 판관(判官)이 되었는데, 한양에 범이 많았다. 감찬이 편지 한 장을 적어 아전에게 주며 말하였다. "북문 밖에 있는 산골짜기에 반드시 두 중이 있을 것이니, 갖다 주어라." 아전이 그 말대로 하니, 과연 두 중이 있어 아전을 따라와서 배알하였는데, 감찬이 "너는 빨리 무리를 데리고 멀리 가거라."라고 꾸짖었다. 한성유수(漢城留守)가 그 말을 괴상하게 여겼는데, 감찬이 또 본색을 드러내라고 명령하니, 중이 곧 옷을 벗고 두 범으로 바뀌어서 크게 울부짖었다. 감찬이 "빨리 가라."고 하자 범이 곧 뛰어서 사라졌는데, 이후로 호환(虎患)이 드디어 없어졌다.

지리지에는 짤막하게 소개되었지만, 성현(成俔, 1439~1504)이 조선 초기에 기록한 『용재총화(慵齋叢話)』 제3권에는 강감찬과 호랑이 이야기가 더 자세하게 기록되어 있다.

> 고려 시중(侍中) 강감찬(姜邯贊)이 한양 판관이 되었는데, 그때에 부의 경내에 호랑이가 많아 관리와 백성이 많이 물려 부윤(府尹)이 걱정을 하자 강감찬이 부윤에게 말했다. "이는 매우 쉬운 일입니다. 3, 4일만 기다리면 제가 제거하겠습니다." 곧바로 종이에 글을 써서 첩(貼)을 만들어 아전에게 주면서, "내일 새벽에 북동(北洞)에 가면 늙은 중이 바위에 앉아 있을 테니, 네가 불러서 데리고 오너라."고 부탁하였다. 아전이 그가 말한 곳에 가보았더니, 과연 남루한 옷에 흰 베로 만든 두건을 쓴 늙은 중 한 사람이 새벽 서리를 무릅쓰고 바위 위에 있었다. 부첩(府貼)을 보고 아전을 따라와 판관에게 배알하고는 머리를 조아렸다. 강감찬이 중을 보고 꾸짖었다. "네가 비록 금수지만 또한 영물(靈物)인데, 어찌 이같이 사람을 해치느냐. 네게 5일 기한을 줄 테니, 추한 무리를 이끌고 다른 곳으로 옮겨가라. 그렇지 않으면 굳센 화살로 모두 죽이겠다." 중이 머리를 조아리며 사죄하자, 부윤이 크게 웃으며 말했다. "판관은 잘못 본 것이오, 중이 어찌 호랑이겠소." 강감찬이 늙은 중을 보고, "본 모양으로 화하라." 하니, 중이 크게 소리를 지르며 한 마리의 큰 호랑이로 변하여 난간과 기둥으로 뛰어올랐다. 그 소리가 몇 리 밖까지 진동하자 부윤이 넋을 잃고 땅에 엎드렸다. 강감찬이, "그만두라."고 하자, 호랑이가 예전 모양으로 돌아가서 공손히 절하고 물러갔고 그 이튿날 부윤이 아전에게 동쪽 교외에 나가 살펴보라고 명하여 가서 살펴보니, 늙은 호랑이가 앞서고 작은 호랑이 수십 마리가 뒤를 따라 강을 건너갔다. 그로부터 한양부에는 호랑이에게 당하는 걱정이 없어졌다.

이 설화에 인왕산이라는 지명이 명시되어 있지는 않지만, 구전에는 인왕산 호랑이라고 하였다. 조선 건국 초에도 인왕산에 호랑이가 많았다. 인왕산 호랑이가 숲을 따라 경복궁에까지 나타나자 큰 문제가 되었다. 왕조실록에는 인왕산 호랑이가 여러 차례 나온다.

취로정(翠露亭) 연못 가에 호랑이 발자취가 있었으므로, (상이) 밤에 입직(入直)한 여러 장수를 불러서 말하였다.

"좌상·우상은 백악산(白岳山)·인왕산(仁王山) 등지를 몰이하라. 만약 살펴서 호랑이가 있는 곳을 알게 되면 내가 마땅히 친히 가겠다."
                                                  -세조 9년(1463) 12월 9일

양전(兩殿)이 세자궁(世子宮)에 거둥하였다. 임금이 중문에 나아가니 양세자가 모셨고, 인영대군 이구(李瓓)·영응대군 이염(李琰)·영순군 이부(李溥)·거제정 이철(李鐵)·하성위 정현조(鄭顯祖)·인산군 홍윤성(洪允成)·판중추원사 심회(沈澮)·판한성부사 이석형(李石亨)·문산군 유하(柳河)·전라도관찰사 김길통(金吉通)·청원군 한서귀(韓瑞龜)·결성군 최윤(崔閏)이 입시(入侍)하였다. 술자리를 베풀고, 임금이 우승지 이파(李坡)에게 명하여 군사들에게 술을 먹이게 하였다. 또 도승지 노사신(盧思愼)에게 명하여 술을 권하게 하니, 군사들이 모두 취하였다. 한참 있다가 상군(廂軍)에게 명하여 인왕산·백악산 두 산에서 몰이하게 하여 호랑이를 잡았다.
                                                  -세조 10년(1464) 12월 6일

헌부가 아뢰었다.

"인왕산에 사나운 호랑이가 나타나던 날, 여러 장수들이 모두 산에 올라가 잡으려 하였습니다. 그러나 대장 김호(金瑚)가 산 위에서 공연히 술만 마시다가 날이 저물지도 않았는데 날이 저물었다고 핑계 대고는, 군사들로 둘러싸게 한 다음 금산(禁山)의 소나무를 모조리

베어다가 성 위에 모닥불을 피워 놓게 하고 밤을 새웠습니다. 이는 보고 듣는 사람만 해괴하게 여기고 경악하게 한 짓일 뿐만 아니라 사나운 짐승을 도망치게 한 짓입니다. 그런데 도리어 '호랑이가 바위굴로 들어갔다.'고 거짓말을 아뢰면서 여러 날 수직(守直)하고 있습니다. 이처럼 심한 추위에 군사로 하여금 춥고 배고프게 하였으니, 그 죄가 큽니다. 성 안의 호랑이 한 마리 때문에도 군령이 이처럼 엄정하지 못하니 다른 날 도성 밖에 변란이 있게 되면, 또 어떻게 제압할 수 있겠습니까? 파직시켜 다른 사람을 징계하소서."

(왕이) 전교하였다.

"조종조(祖宗朝) 때도 자주 타위(打圍)하였는데, 제장(諸將) 가운데 죄를 지은 자가 있으면 전전(殿前)에서 결죄(決罪)하기도 하고, 혹은 유사(有司)에게 내려 다스리기도 하였다. 때문에 군령이 엄명하였는데 이제 호랑이 한 마리를 잡는데 이처럼 해이되었으니, 과연 아뢴 바와 같다면 파직하라."   -중종 26년(1531) 12월 12일

인왕산 곡성(曲城) 밖에서 호랑이가 나무꾼을 잡아먹고 이어 인경궁(仁慶宮) 후원으로 넘어 들어왔는데 원유사 제조(苑囿司提調)와 도감대장(都監大將)·총융대장(摠戎大將)이 두 영(營)의 군병을 거느리고 뒤쫓아 잡았다.   -인조 4년(1626) 12월 17일

세조나 중종 때에는 인왕산 호랑이가 경복궁을 위협했는데, 임진왜란 이후 경복궁이 불타 폐허가 되자 인경궁을 위협했다. 조선시대 호랑이와 관련된 설화는 효자 박태성 설화이다.

효자 박태성(朴泰星)의 조상은 밀양 사람이다. 젊었을 때엔 한성(漢城)에 살았는데, 한성 사람들이 그를 박효자라고 불렀다. 늙어서는 고양(高陽)의 청담(淸潭)에 살았는데, 청담 사람들은 그가 사는

곳을 효자동이라고 불렀다.

효자가 태어난 지 3년 만에 아버지가 죽었다. 좀 자라난 뒤에, 어머니 앞에 무릎을 꿇고 아뢰었다.

"아버님께서 살아 계실 때엔 얼굴을 뵙지 못하고, 돌아가실 때에도 상을 입지 못했으니, 제 마음을 어떻게 하겠습니까. 청컨대 뒤늦게나마 상복을 입게 해주소서,"

그 어머니가 그를 말리며 말했다.

"네 아버지가 불행하게도 일찍 죽었지만, 내가 참고 살아온 것은 너를 위해서였다. 그러니 네가 죽은 사람을 위해서 죽는 것과 산 사람을 위해서 사는 것 가운데 아느 쪽에 낫겠느냐? 다행히도 이처럼 장성하게 자랐으니, 살아 있는 사람에게만 헤어짐이 있는게 아니라, 죽은 자도 또한 죽지 않은 것이다."

효자가 눈물을 흘리면서 어머니의 명을 공경스럽게 받들고는, 결국 상복을 입을 생각을 버렸다. 마늘과 고기를 멀리하고 죽만 먹기를 3년이나 했는데, 어머니도 다시는 강요하지 않았다. 어머니가 병으로 누웠는데, 효자가 허리띠를 풀지 않은 채로 봉양하였다. 죽은 반드시 자기가 끓였으며, 약도 반드시 먼저 맛보았다. 평생토록 재산을 혼자 쌓아 두지 않았고, 쓸 때에도 대충하지를 않았다. 일이 있으면 반드시 어머니께 아뢴 뒤에 행하였다.

어머니를 모신 지 46년 만에 어머니가 죽었다. 어머니가 죽은 지 7년 되는 해는 바로 아버지가 죽은 지 60년째 되는 해였다. 그는 아버지의 무덤에 가서 울며 뛰었고, 왼쪽 소매를 벗고 삼베띠를 둘렀다. 상복을 입고 막대를 짚어 초상 때처럼 하였다. 산 아래에 오두막을 짓고 날마다 두 차례씩 무덤에 올라 슬프게 울었는데, 비록 눈보라가 쳐도 그만 두지 않았다.

산길에는 위태로운 바위도 많았고, 빠른 여울과 빽빽한 숲 때문에 사람들이 멀리 떨어져 살았다. 길에서 맹수들과 마주치기도 했지만, 태연하고 침착하게 거하였다. 서리 내린 아침이나 달빛 어두운 밤에

효자가 홀로 거닐며 자기 그림자를 돌아보노라면 숙연해져서, 산도
깨비들도 감히 희롱하지 못했다. 어떤 새가 효자와 함께 울곤 했는
데, 그치는 것도 일정한 박자가 있었다. 효자가 울면서 곡하면 새도
따라서 울었고, 효자의 곡이 그치면 새 또한 울음을 그쳤다. 그 새
의 몸은 메추리처럼 생겼고, 빛깔은 비둘기 같았는데, 사람들이 끝내
그 이름을 알지 못했다. 사천(槎川) 이병연(李秉淵)과 조각로(趙閣
老)가 「이조시(異鳥詩)」를 지었다.

(박효자가) 대상을 마치고 여러 아들에게 말했다.

"내 이제는 마을로 돌아가지 않고, 무덤가에서 생애를 마치리라.
아마도 신령한 짐승이 지켜 주나보다."

이에 집을 옮겨서 따라온 자들이 있었는데, 4년이 되자 마을을 이
루었다. 관찰사가 자기 수하로 불러들이려 하자, 효자가 굳이 사양하
였다. 관찰사가 의롭게 여기고 허락하였다.

지금의 임금께서 왕위에 오르신 지 21년 되던 해였는데, 효도의
도리를 두터이 하려고 팔도 고을의 사또들로 하여금 초야에 묻혀 예
절과 행동이 뛰어난 자들을 찾게 하셨다. 고양군수가 박효자를 아뢰
자, 그 고을에 정문을 세우라고 명하셨다. 효자가 감당하지 못하겠다
고 공손하게 사양하자, 어떤 사람이 "나랏님의 명이니 어길 수 없다."
고 충고하였다. 마을의 자제들이 함께 그 일을 이루었는데, 그 정문
에 쓰기를 '효자 박태성의 문(孝子朴泰成之門)'이라 하였으니, 아아!
아름답도다.   −이경민『희조질사(熙朝軼事)』

박효자의 전기를 지은 이경민 자신이 중인이거니와, 장동에 살았
던 이병연만 박효자를 찬양하는 「이조가(異鳥歌)」를 지은 것이 아니
라 송석원시사의 박윤묵(朴允默)도 「이조가(異鳥歌)」를 지었으며, 장
혼(張混)은 「청담박효자분암(淸潭朴孝子墳庵)」 2수를 지어 그를 찬양
하였다.

박태성의 효자동은 고양시 덕양구에 있으며, 서촌의 효자동은 조원(趙瑗, 1544~1595)에게서 생겨났다. 원래 청운동과 효자동 일대는 명종 때의 문신이었던 조익(趙翊, 1474~1547)의 자손이 대대로 거주하던 곳이었다. 조원은 조익의 손자로 남명 조식(曺植)의 문인이었다. 1564년(명종 19) 진사시에 장원급제 하였고, 1572년(선조 5) 별시 문과에 병과로 급제하였다. 1575년 정언(正言)이 되던 해에 당쟁이 시작되자, 그에 대한 탕평책을 상소하여 당파의 수뇌를 파직시킬 것을 주장하였다. 이듬해 이조좌랑이 되고, 1583년 삼척부사로 나갔다가 1593년 승지에 이르렀다. 저서로는 『독서강의(讀書講疑)』와 『가림세고(嘉林世稿)』가 있다. 그의 호가 운강(雲江)인데, 그가 살던 운강대(雲江臺) 터가 청운동 89-9 경복고등학교 안에 남아 있다.

조원은 슬하에 희정(希正)·희철(希哲)·희일(希逸)·희진(希進) 4형제를 두었는데, 임진왜란에 왜적이 어머니를 해치려 하자 희정과 희철 두 형제가 몸으로 항거하다가 왜적 칼에 함께 죽었다. 운강대 일대는 두 아들이 나라로부터 효자 정문을 받아 쌍홍문(雙紅門)이 섰던 곳으로, 쌍효자골 또는 효자골(孝谷)으로 불리다가 1914년에 다른 마을까지 합해 효자동이 되었다.

누상동 백호정(白虎亭)에도 호랑이 전설이 남아 있어, 백호정 약수터에서 인왕산 호랑이가 물을 마신 후 병이 나았다는 전설이 내려온다. 백호정은 조선시대 서촌(西村)에 있었던 오처사정(五處射亭), 즉 다섯 곳의 사정 가운데 하나였으며 일명 '풍소정(風嘯亭)'이라고도 불렸다. 인왕산과 북악산에 걸쳐 있는 서촌의 다섯 사정(射亭)은 사직동의 대송정(大松亭), 옥인동의 등룡정(登龍亭), 필운동의 등과정(登科亭), 누상동의 백호정(白虎亭), 삼청동의 운룡정(雲龍亭)이다. 호국과 상무정신의 요람이기도 한 활쏘기가 일제 강점기에 금지되어 활터가 점점 사라지면서 백호정도 이때 사라졌다. 지금은 '백호정(白虎亭)' 각자와 '누각골 약물'로 불리던 약수터만이 누상동 166-87에 남아 있다. '백호정' 세 글자는 인왕산에 살던 중인 만향재(晩香齋) 엄한붕(嚴漢朋, 1685~1759)이 썼다.

6. 한시를 통해 본 인왕산

서촌의 주민이 왕족부터 서민에 이르기까지 다양했던 것과 마찬가지로, 서촌의 한문학 작가층도 다양하였다. 계층별 다양한 특성을 살펴보기 위해 이곳을 자주 찾아왔던 정조대왕과 이곳에 대대로 살아왔던 중인, 특히 송석원시사 동인들의 한시를 살펴보기로 한다.

1) 정조대왕(正祖大王) 국도팔영(國都八詠)

정조가 이 지역에 자주 행차한 것은 풍류를 즐기기 위한 것이 아니라 국왕의 생모를 제사하는 육상궁(증조모), 선희궁(할머니), 연우궁(할머니)에 제사하기 위해서였다. 선희궁 옆에 세심대(洗心臺)가 있었는데, 원래 당진현감을 지낸 이정민(李貞敏, 1556~1638)의 집터였다. 도성 내에서 경치가 좋기로 유명해 광해군이 세심대를 취하고 대신 이정민에게는 벼슬을 내렸다고 하나, 그는 이를 피해 홍주 봉서산(鳳棲山)으로 낙향했다고 전한다.

세심대는 또한 왕실과 깊은 관련을 맺고 있었다. 영조가 세심대 가까이 창의궁에서 거주하였고, 또 세심대 아래에 사도세자와 영빈이씨의 사당 선희궁을 짓게 되었기 때문이다.

> 육상궁을 참배하고 봉안각을 봉심(奉審)하였으며, 선희궁·연호궁
> ·의소묘에 작헌례(酌獻禮)를 거행하고, 장보각을 살펴보았다. 상이
> 근신들과 함께 세심대에 올라 잠시 쉬면서 술과 음식을 내렸다. 상이
> 오언근체시(五言近體詩) 한 수를 짓고 여러 신하들에게 화답하는 시
> 를 짓도록 하였다. 이어 좌우의 신하들에게 이르기를, "임오년(영조
> 38년, 1762)에 당을 지을 땅을 결정할 때 처음에는 이 누각 아래로
> 하려고 의논하였으나, 그때 권흉(權兇)이 그 땅이 좋은 것을 꺼려서
> 동쪽 기슭에 옮겨지었으니, 지금의 경모궁(景慕宮)이 그것이다. 그
> 러나 궁터가 좋기로는 도리어 이곳보다 나으니, 하늘이 하신 일이다.
> 내가 선희궁을 배알할 때마다 늘 이 누대에 오르는데, 이는 아버지를
> 여읜 나의 애통한 마음을 달래기 위해서다" 하였다. 누대는 선희궁
> 북쪽 동산 뒤 1백여 보 가량 되는 곳에 있다.
> 　　　　　　　　　　　　　　　　－『정조실록』 15년(1791) 3월 17일

> 육상궁(毓祥宮)·연호궁(延祜宮)·선희궁(宣禧宮)을 참배하고 세
> 심대(洗心臺)에 올라 시신(侍臣)들에게 밥을 내려주고 여러 신하들
> 과 활쏘기를 하였다. 선희궁에 돌아와서 화전(花煎) 놀이를 하면서
> 상(上)이 칠언절구로 시를 짓고는 군신들에게 화답하여 바치도록 하
> 였다. 　　　　　　　　　　　　　　－『정조실록』 18년(1794) 3월 13일

이 기록을 통해 세심대가 왕실과 깊은 관련이 있어 역대 왕들이
자주 드나들었음을 알 수 있다. 『열양세시기(洌陽歲時記)』에도 "(세심
대는) 필운대와 같이 꽃나무가 많아서 봄의 꽃구경이 장관이다. 영
조, 정조, 순조, 익종이 여기에 자주 거둥하고 한 달 동안 사람들이
구름같이 구경했다"고 기록되어 있다.

정조는 세손(世孫) 시절에도 서촌에 자주 나들이했는데, 『홍제전
서(弘齋全書)』 권2 『춘저록(春邸錄)』에 18세 되던 1769년에 인왕산(仁
王山)에 올라 지은 시가 실려 있다.

> 하늘가에 우뚝 솟아 서쪽을 진압하는 산이여
> 아름다운 기운이 넓은 대지에 길이 머물렀네.
> 성세의 번화한 모습 이 지역이 으뜸이라
> 필운의 꽃버들에 끌리어 돌아가길 잊겠구나.
> 際天崒屼鎭西山. 佳氣長留大地寬.
> 聖世繁華玆境最, 弼雲花柳憺忘還.

'필운(弼雲)'은 필운대이자 인왕산인데, 다른 문인들이 꽃구경에
빠진 것과는 달리 '서쪽을 진압하는 산(鎭西山)'이란 표현에서 왕자
의 기백을 엿볼 수 있다.

서울에 명승지가 많아 역대의 문인들이 국도팔영(國都八詠)을 읊
었는데, 시대에 따라, 또는 문인에 따라 명승지를 다르게 꼽았다. 정
조가 세손 시절에 「국도팔영(國都八詠)」을 지었는데, 인왕산에 자주
오르던 때라서 인왕산 주변의 명승을 많이 꼽았다.

> 필운대 곳곳마다 번화함을 과시하니
> 만 그루 수양버들에 만 그루 꽃이로다.
> 가벼이 덮인 아지랑이는 단비를 맞이하고
> 밝은 노을은 갓 잘라 빤 비단으로 엮어 놓은 듯.
> 흰 옷으로 단장한 사람은 모두 시 짓는 벗들이고
> 푸른 깃대 비껴 나온 곳은 바로 술집일세.
> 혼자 주렴 내리고 글 읽는 이는 뉘집 아들인고

동궁에서 내일 아침에 또 조서를 내려야겠네.
雲臺著處矜繁華. 萬樹柔楊萬樹花.
輕篛游絲迎好雨, 新裁浣錦綴明霞.
糚成白袷皆詩伴, 橫出靑帘是酒家.
獨閉書帷何氏子, 春坊朝日又宣麻.

위의 시는 필운화류(弼雲花柳)를 읊은 것인데, 마지막 구절에서 "동궁에서 내일 아침엔 또 조서를 내려야겠네"라는 표현에 보이듯이, 꽃구경 중에도 역시 왕자의 기상이 잘 나타나 있다. 정조가 세손 시절에 읊은 「국도팔영(國都八詠)」에는 이외에도 압구범주(押鷗泛舟), 삼청녹음(三淸綠陰), 자각관등(紫閣觀燈), 청계간풍(淸溪看楓), 반지상련(盤池賞蓮), 세검빙폭(洗劍冰瀑)·통교제월(通橋霽月) 등이 포함되어 있어 필운대·삼청동·청풍계·반지·세검정 등의 인왕산 자락 명승지를 다섯 군데나 꼽았다. 인왕산은 왕이 인정한 서울 최대의 명승지라고 말할 수 있다.

2) 서촌의 시인 공동체 송석원시사

가객(歌客) 장우벽(張友壁)은 날마다 인왕산에 올라가 노래를 부르다 내려왔다. 그래서 그가 노래 부르던 곳을 사람들이 가대(歌臺)라고 불렀다. 장우벽의 아들 장혼(張混, 1759~1828)과 서당 훈도 천수경(千壽慶, 1758~1818)은 인왕산 서당에서 함께 자란 친구였는데, 늘 옥계(玉溪)로 이사올 꿈을 가지고 있었다. 그러다가 천수경이 먼저 옥계로 이사 오자, 장혼이 찾아와 시를 지었다.

예전 내 나이 열예닐곱 때에
이곳에 놀러오지 않은 날이 없었지.
바윗돌 하나 시냇물 하나도 모두 내가 가졌고
골짜기 터럭까지도 모두 눈에 익었었지.
오며 가며 언제나 잊지 못해
시냇가 바위 위에다 몇 간 집을 지으려 했었지.
그대는 젊은 나이로 세상에서 숨어 살 생각을 즐겨
나보다 먼저 좋은 곳을 골랐네그려.
내 어찌 평생 동안 허덕이며 사느라고
이제껏 먹을 것 따라다니느라 겨를이 없었나.
싸리 울타리 서쪽에 남은 땅이 있으니
이제부턴 그대 가까이서 함께 살려네.
이 다음에 세 길을 마련하게 되면
구름 속에 누워서 솔방울과 밤톨로 배 불리세나.

我年昔在十六七. 來遊此地無虛日.
一水一石吾所有, 洞中纖毫看周悉.
來時去時愛不忘, 石間之上數間室.
惟君妙齡善嘉遯, 先我卜居守貞吉.
我豈沒齒役役者, 卽今未暇循口實.
柴籬以西有餘地, 起居與爾最相密.
他日如有三逕資, 終當雲臥飽松栗.　－「偶過千二君善玉溪移居」

　옥류천(玉流川) 가에 천수경(千壽慶)이 집을 정한 뒤부터 위항시인
들이 하나둘 그 주변으로 모여들었다. 이들은 대대로 인왕산 자락에
살았던 중인 출신들인데, 천수경이나 장혼은 인왕산에서 서당을 운
영했으며, 김낙서·박윤묵·임득명·김의현 등은 규장각 서리였다.
왕태는 술집 머슴이었고, 서경창은 비변사 서리였다. 이들의 서재

이름은 다음과 같다.

> 천수경 : 송석원(松石園)
> 장 혼 : 이이엄(而已广)
> 임득명 : 송월시헌(松月詩軒)
> 이경연 : 옥계정사(玉溪精舍), 적취헌(積翠園) (아들 이정린에게
>   물려줌)
> 김낙서 : 일섭원(日涉園) (아들 김희령에게 물려줌)
> 왕 태 : 옥경산방(玉磬山房)

이들의 선배였던 최창규가 주동하여 위항시인 13명이 1786년 7월 16일 옥계에 보여 시사(詩社)를 결성하였다. 넷 사람은 어릴 때부터 서당에서 함께 글공부를 했던 죽마고우였으며, 집이 가까워서 자주 만나던 사이였다. 함께 시를 지으며 일생을 벗으로 살자고 다짐한 것이다. 이들은 이 모임에서 지은 시와 서문을 모으고, 범례를 덧붙여 『옥계사(玉溪社)』라는 계첩(禊帖)을 만들었다. 서문에서 이들의 시사(詩社)가 멀리 진나라 왕희지(王羲之)의 난정시회(蘭亭詩會)까지 거슬러 올라가는 것을 볼 수 있다.

옥계사의 주동인물인 장혼은 옥계사 수계첩의 발문에서 자신들이 시사(詩社)로 모이게 된 동기를 이렇게 설명하였다.

> 같은 무리가 서로 구하고 같은 소리에 서로 응하는 것은 당연한 이치이다. 그 사귐이 친밀하고 사는 집이 가까우며 나이가 비슷한 사람들이 여기 있어서, 산수를 즐기는 모임과 풍월의 기약으로 하나의 계를 모은다면 이 또한 기이한 일일 것이다. 그 정취가 아주 비슷

하다. 병오년(1786) 7월 어느날, 내가 먼저 말하였다.

"옛말에 이르기를 장기나 바둑으로 사귀면 하루를 가지 못하고, 권세나 이익으로 사귀면 한해를 넘기지 못하지만, 오직 문학으로 사귀는 것만은 오래 계속될 수가 있다고 하였다. 이제 나와 그대들이 모두 시사(詩社) 결성하는 것을 좋아하니, 한 달에 한 번씩 모여 우정을 돈독히 하며 서로 잊지 않는 것이 좋지 않겠는가?"

그러자 모두들 '좋다'고 하였다. (줄임) 이에 글 쓰는 사람은 서(序)를 쓰고, 그림 그리는 사람은 그림을 그려서, 일이 막 마쳐졌다. 그래서 서로 읍하고 말하였다. "옥계의 물가에 시사(詩社)를 세웠으니, 글로써 모이고 덕으로써 규범을 삼는다."

이들은 범례(凡例)라는 이름으로 22조의 사헌(社憲)을 정했는데, 그들이 정한 공동체의 성격은 다음과 같다.

범례 22조

1) 우리는 이 계를 결성하면서, 문사(文詞)로써 모이고 신의(信義)로써 맺는다. 그러기에 세속 사람들이 말하는 계(契)와는 아주 다르다. 그러나 만약에 자본이 없다면 비용을 감당하기 어렵기 때문에, 각기 한 꿰미씩의 동전을 내어서 일을 이룰 기반으로 삼는다. 이잣돈을 불리는 이율은 다섯닢으로 한다.

2) 여러 동인들이 서로 사귀는 도리로는 미쁘고 솔직하기에 힘써야지, 말만 앞세우고 실천하지 않는 태도는 버려야 한다. 착한 일을 하라고 권해야 하며, 잘못된 행동은 바로잡아 주어야 한다. 안과 밖이 따로 있어서는 안 되며, 금란지계(金蘭之契)의 맹세를 저버려서는 안 된다.

3) 여러 동인들 가운데 우리의 맹약을 어기는 사람이 있으면, 내어쫓는 벌을 실시한다. 그래도 끝까지 뉘우치고 고치지 않으면, 길이길

이 외인(外人)으로 만든다.

4) 한 달에 한번씩 모여 노는데, 반드시 대보름·봄가을의 사일(社日)·삼짇날·초파일·단오날·유두(流頭)·칠석·중양절·오일(午日)·동지·납일로 정하여 행한다. 낮과 밤을 정하는 것은 그때가 되어 여론에 따른다. 따로 모일 때에는 이 규례에 얽매이지 않고, 초하루가 되어 글을 낸다. 회계나 모임을 알리는 글은 다른 사람들이 듣거나 보지 못하게 한다.

5) 모일 때마다 사헌(社憲)을 소매 속에 넣어 가지고 온다.

6) 시회(詩會) 때에 만약 시를 짓지 못하면 상벌(上罰)을 실시한다.

7) 여러 동인들의 시는 책을 만들고 베껴내어, 뒷날의 면목으로 삼는다.

8) 여러 동인들 가운데 잇달아 세 차례나 장원하는 사람에게는 예주(禮酒) 한 단지를, 잇달아 세 차례나 끄트머리에 머무는 사람에게는 벌주(罰酒) 두 단지를 다음 모임 때에 바치게 한다.

9) 우리 동인들이 정원에서 모이는 모습이나 산수(山水) 속에서 노니는 모습을 그림으로 그려내어, 이야기 거리로 삼는다.

10) 우리 동인들 가운데 좋지 않은 일을 저지르는 자가 있으면, 그 잘못이 가벼운지 무거운지를 따져서 벌을 논한다.

11) 우리 동인들 가운데 만약 부모나 형제의 상을 당하게 되면 한 냥씩 부의(賻儀)하고, 종이와 초로 정을 표시한다. 자식이 어려서 죽게 되면 술로써 위로한다. 집안에 상을 당하게 되면 성밖까지 나가서 위로하며, 반드시 만사(挽辭)를 짓되 그 정을 속임이 없게 한다. 만장군(挽章軍)은 각기 건장한 종 한 사람씩 내어 놓는다. (줄임)

20) 여러 동인들 가운데 죽는 사람이 생기면, 70전으로 술과 과일을 마련하여 모두 함께 찾아가서 영전에 바친다.

21) 여러 동인들 가운데 상을 당하는 사람이 생기면 그날로 각기 빗돌 하나씩 내어 세운다. 장례 하루 전까지 여러 동인들이 각기 만사(挽辭) 한 수씩 지어 상가로 보내며, 만장군을 그날 저녁밥 먹은 뒤에

보내되 각기 만장을 가지고 가게 한다. 상가 근처에서 명을 기다리게 하되, 상여가 떠날 때에 검속하는 사람이 없어서는 안 되니, 여러 동인들 가운데 한 사람이 무덤 아래에까지 이끌고 간다. 장례가 끝난 뒤에 신주를 모시고 돌아올 때에도 따라오되, 마세전(馬貰錢)은 거리가 멀고 가까움에 따라 계의 비용 가운데서 지급한다.

이와 같은 22조의 범례(사헌)를 통해, 이들은 사회에서 아무도 알아주지 않는 자신들의 처지를 서로 도우면서 문학활동을 통해 일체감을 형성했다. 시첩(계첩)에 실리는 시들은 한 차례 강평을 거쳐서 순위를 매겨 편집했으며, 거듭 장원하는 동인에게는 상을 준 것이 아니라 오히려 술을 바치게 했다. 1791년 유두날 모여서 지었던 시들을 편집한 『옥계아집첩(玉溪雅集帖)』에도 붉은 글씨로 쓴 강평이 덧붙어 있다.

이들은 일년 열두 달 모이는 날과 장소를 정해 미리 놓았는데, 이들이 정한 옥계사(玉溪社) 십이승(十二勝)은 다음과 같다.

(1) 청풍계 산기슭의 시회 (음력 7월. 楓麓修禊) 옥류동 청풍정사
(2) 국화 핀 뜨락의 단란한 모임 (8월. 菊園團會)
(3) 높은 산에 올라가 꽃구경하기 (2월. 登高賞華) 인왕산 필운대
(4) 시냇가에서 갓끈 씻기 (6월. 臨流濯纓) 옥류천
(5) 한길에 나가 달구경하며 다리밟기 (정월 보름. 街橋步月)
(6) 성루에 올라가 초파일 등불 구경하기 (4월. 城臺觀燈)
(7) 한강 정자에 나가 맑은 바람 쐬기 (8월. 江榭淸遊)
(8) 산속 절간에서의 그윽한 약속 (9월. 山寺幽約)
(9) 눈속에서 화롯가에 술 데우기 (10월. 雪裏對炙)
(10) 매화나무 아래에서 술항아리 열기 (11월. 梅下開酌)

(11) 밤비에 더위 식히기 (5월. 野雨納涼)
(12) 섣달 그믐날 밤새우기 (12월. 臘寒守歲)

　이들은 1명이 시 한 수씩, 매달 13수씩 지어 156수를 한 책으로
엮었다. 아울러 서촌(장동)을 가장 많이 그렸던 정선의 제자 임득명
이 동인들의 모인 모습을 그림 4장으로 그렸다.
　위의 옥계사 12승 가운데 이들이 첫 번째로 꼽았던 '청풍계 산기
슭의 시회(楓麓修禊)'를 제목으로 한 시를 읽어보기로 하자.

　　　옥계 시냇물에 술잔을 띄우고
　　　청풍계 산기슭에 나란히 앉았네.
　　　난정 모임 이후에 그 누가 있었던가
　　　우리 모임의 기약은 오래된 인연일세.
　　　술에 취하고 덕에 배불리니
　　　거문고와 피리만 좋아하는 게 아닐세.
　　　푸닥거리를 했으니 병에 걸리지 말고
　　　우리 늙을 때까지 서로 찾아다니며 노니세나. (김낙서)
　　　流觴有玉溪, 列坐有楓麓.
　　　蘭亭復誰在, 此會斯已宿.
　　　醉飽爾酒德, 好樂非絲竹.
　　　祓禊庶無疾, 沒齒相徵逐. 西峰

　　　맑고 얕은 옥계수
　　　아늑한 청풍계 산기슭
　　　천년 전 왕희지와 사안의 놀이가
　　　지금은 벌써 옛일이 되었네.
　　　아름다워라, 우리 시사의 글벗들이여

예전엔 우리 함께 대빗자루를 타고 놀았지.
산이 높으면 물도 더욱 길어지니
우리 늙을 때까지 서로 좇아 노니세. (천수경)
清淺玉谿水, 窈窕靑楓麓.
千秋王謝遊, 于今事已宿.
斐矣社中人, 昔我同騎竹.
山高水更長, 白首永相逐. 積餘齋

천 년 전 왕희지와 사안의 놀이는 진나라 목제 영화 9년(354) 3월 3일 절강성 소흥현에 있는 난정(蘭亭)에서 벌어졌다. 아홉 굽이의 흐름을 만들어 물을 끌어 놓고, 사람들이 그 흐르는 물가에 앉아서 위쪽으로부터 물 위에 흘러오는 술잔을 받아 마시며 시를 지었는데, 이 곡수(曲水)의 놀이를 유상(流觴)이라고 했다. 왕희지와 사안 등 42명의 명사들이 모여서 놀며 시를 지어 『난정집(蘭亭集)』을 엮었는데, 이 서문인 「난정기(蘭亭記)」는 왕희지가 지었다. 잠견지(蠶絹紙)에다 쥐수염붓으로 썼다는 이 시문은 천고의 명필로도 유명하다.

김낙서와 천수경은 옥계 유상(流觴) 놀이의 근원을 1500년 전 난정 모임에서 찾았다. '불계(祓禊)'를 편의상 푸닥거리라고 번역했지만, 무속상의 행사라기보다는 시인들이 흐르는 물에다 몸을 맑게 하면서 마음까지도 맑게 했다는 뜻 정도로 받아들여야 할 것이다. 원래는 3월 3일에 한다지만, 이들은 초가을에 모여 푸닥거리 성격의 시회를 했다. 시사(詩社)를 모이기로 맹세한 때가 7월이어서 그랬겠지만, 옥계와 청풍계의 경치가 그때 가장 아름다웠기 때문에 더욱 그러했을 것이다.

차좌일의 통곡

송석원시사 동인 차좌일(車佐一, 1753~1809)이 병 때문에 송석원
모임에 참석하지 못한 적이 있었는데, 그는 아쉬움을 이렇게 표현
하였다.

> 시가 한 축을 이루고
> 술도 또한 세 바퀴는 돌았겠구나.
> 현안처럼 병들어 누웠으니
> 시회의 기약을 어긴 게 미생에게 부끄러워라.
> 시냇가 얼음조각은 희기만 하고
> 산의 달빛도 밝았을 텐데,
> 동인들의 뜻을 가만히 헤아려보니
> 이 늙은이의 마음을 알아줄 것 같아라.
> 詩能成一軸, 酒亦過三行.
> 臥病同玄晏, 違期愧尾生.
> 澗氷千片白, 山月十分明.
> 默想群賢意, 頗知老子情.   -「朝見松石軸次韻」

미생(尾生)은 여자와의 약속을 지키기 위해 다리 밑에서 밀물이
들어오는 것도 피하지 않고 기다리다가 죽은 사람이다. 병들었다는
핑계로 시회에 참석하지 않았다가 그날 지어진 시축(詩軸)을 보면서
부끄러워하는 시인의 모습에서, 무슨 일이 있더라도 시회에 꼭 참석
하고 싶어 했던 동인들의 마음을 알 수 있다. 차자일의 시집은 백년
뒤에야 출판되었는데, 여규현은 그 문집에 실린 차좌일의 행장(行狀)
에서 체제에 불만이 많던 그들의 아픈 마음을 이렇게 묘사하였다.

(차좌일은) 일찍이 이름난 산과 큰 도회지들을 두루 돌아다니며, 맑은 달밤에 배를 띄우고 술에 취하였다. 왼손으로는 술항아리를 두드리고 오른손으로는 뱃전을 두드리며 노래를 부르니, 그 소리가 하늘 끝까지 이르렀다. 마치 옆에 다른 사람이 없는 것처럼 울면서 부르 짖기를, "세세생생(世世生生)에 이 나라 사람으로 태어나기를 바라지 않는다"고 하였다.

그들은 양반만이 인간답게 살 수 있는 조선사회에 양반으로 태어나지 못한 설움을 시와 술로써 풀었다. 이들이 모여서 술을 마시며 지었던 시들이 해마다 모여서 시축과 시첩을 이뤘다.

이덕함은 『풍요속선』 발문에서 "천수경이 옛사람의 풍류를 좋아하고 시를 사랑하여, 계축년(1793) 봄에 (왕희지의) 난정고사(蘭亭故事)를 본받아 송석아회(松石雅會)를 열었다"고 하였다. 이때부터 송석원은 위항시인들의 모임터가 되었고, 옥계사를 송석원시사(松石園詩社)라고도 부르게 되었다.

경치 좋은 송석원(松石園)이 위항시인들의 모임터가 되자, 옥계사 동인들은 더욱 늘어났다. 장혼이 1812년에 지은 시 「부송석원회회자오십여인차이의산운(赴松石園會會者五十餘人次李義山韻)」을 보면, 이날 50여 명이나 참석해 성황을 이뤘다. 그래서 장혼의 제자 장지완은 천수경의 전기에서 "집이 좁아 밥을 지을 수가 없었다"고 했으며, 조희룡도 천수경의 전기에서 "시를 아는 사람들이 송석원 시회에 참여치 못하는 것을 부끄럽게 여겼다"고 하였다.

이처럼 송석원의 시회가 성황을 이뤄 집이 좁을 정도가 되자, 장안의 수백 명 위항시인들에게 일 년에 두 차례 문통(文通)을 보내 연당(蓮塘)에서 모여 시를 지었다. 이 모임이 바로 백전(白戰)이다. 장지완은 천수경의 전기에서 백전(白戰)에 대해 이렇게 기록하였다.

> 천수경·장혼·왕태 등이 송석원에서 시사를 결성하니, 그곳에 모
> 인 사람이 수백 명이나 되었다. 물 흐르듯 모여들어, 하루에도 수십
> 명이나 되었다. 해마다 봄가을 좋은 때에 문통(文通)을 보내 날짜를
> 기약하고, 중서부 연당(蓮塘)에서 만났다. (중략) 사람들은 두 몫의
> 음식을 가지고 와서, 가난해서 밥을 가져오지 못한 사람들을 대접했
> 다. 남북을 정하고 시장(詩長)이 제목을 내었는데, 남쪽의 제목은 북
> 쪽의 운을 썼고, 북쪽의 제목은 남쪽의 운을 썼다.
> 날이 저물어 시축(詩軸)이 완성되면 소 허리에 찰 정도가 되었다.
> 그 시축을 종에게 지워서, 당대 제일의 문장가에게 품평하게 하였다.
> 으뜸으로 뽑힌 글은 사람들이 위워 전했는데, 시축이 그날로 장안에
> 돌아다녔다. 그 시축이 다 해어진 뒤에야 주인에게 돌아왔다. 당시의
> 풍속이 이를 가장 중요하게 생각했기 때문에, 많은 비용이 들어도
> 아까워하지 않았고, 파산할 지경이 되어도 후회하지 않았다. 순라꾼
> 들이 한밤중에 돌아다니던 사람을 붙잡았다가도, "백전(白戰)에 간
> 다"고 하면 놓아주었다. 재상들도 문망(文望)에 올라 백전(白戰)의
> 품평을 맡는 것을 영광스럽게 여겼다.

백전(白戰)이란 글자 그대로 무기를 가지지 않고 흰 종이 위에다
시를 써서 실력을 겨루는 싸움이다. 이 모임에 수백명이나 모여들
정도로 위항인들은 일체감을 형성하였다. 이 모임이 신분상승을 위
한 투쟁의 모임은 아니었다고 하더라도, 같은 목적을 가지고 이렇게
많은 위항시인들이 모였다는 그 자체만 하더라도 그들의 역량을 과
시할 수 있었던 것이다. 가난해서 음식을 준비하지 못한 채 참석하
는 동료들을 위해 두 사람 몫의 음식을 마련해 대접할 정도로, 그들

의 일체감과 시회에 대한 애착심은 대단했다.

3) 평생 서촌에 집 지을 준비를 했던 시인 장혼의 꿈

인왕산에 서당을 차려 중인 자제들을 가르쳤던 장혼은 오랫동안 집터를 물색하다가, 마음에 드는 위치에 헌 집이 나오자 일단 구입해 놓았다. 그리고나서 다시 오랫동안 비용을 마련해 집을 지었다. 집터를 장만해 놓고 아침저녁 마음속으로 설계하는 동안 그는 너무나 행복했다.

옥류동에는 중인 천수경이 먼저 송석원을 지어 위항시인들이 모여들었다. 천수경의 친구 장혼도 친구 따라 인왕산 자락에 집을 지으려고 대지를 물색하다가, 옥류천에서 멀지 않은 곳에 버려진 헌집을 찾아냈다. 그는 인왕산 옥류동의 모습을 이렇게 설명했다.

옥류동은 인왕산의 명승지 가운데 한 구역이다. 옥류동의 형세는 덮은 듯이 서북쪽을 숨기고, 입을 벌린 듯이 동남쪽이 트여 있다. 등 뒤로는 푸른 절벽의 늙은 소나무가 멀리 바라보이고, 앞쪽으로는 도성의 즐비한 집들이 빼곡하게 내려다보인다. 평평한 들판이 오른쪽에 얽혀 있고, 긴 산등성이가 왼쪽에 높이 들려 있어, 한 차례씩 오가며 마치 서로 지켜주는 것 같다. 그 가운데로 맑은 시내물이 흘러가는데, 꼬리는 큰 시내에 서려 있고, 머리는 산골짜기에 닿아 있다. 졸졸 맑게 흐르는 물소리가 옥구슬이 울리고 거문고와 축(柷)을 울리는 듯하다가, 비라도 올라치면 백 갈래로 물길이 나누어 내달려서 제법 볼 만하다. 물줄기가 모인 곳을 젖히고 들어가면 좌우의 숲이 빽빽하게 모여 있고, 그 위에 개와 닭이 숨어 살며, 그 사이에 사람들이 집을 짓고 살았다. 옥류동은 넓지만 수레가 지나다닐 정도는 아니고, 깊숙

하지만 낮거나 습하지 않았다. 고요하면서 상쾌하였다. 그런데 그 땅
이 성곽 사이에 끼여 있고 시장바닥에 섞여 있어, 지나다니는 사람들
이 별로 아끼지는 않았다.

그가 말한 옥류동은 명승지이면서도 시장바닥에 가까워, 사람들
이 어울려 사는 동네이다. 경복궁 옆에 있어 장안을 굽어보면서도
숲으로 가리워진 동네, 옥류동(玉流洞)이라는 이름 그대로 물 흐르는
소리가 옥구슬 구르는 소리같이 들리는 골짜기지만 개와 닭 소리가
들리는 동네이다. 깊숙하지만 낮거나 습하지 않아 사람이 집 짓고
살기에 알맞았지만, 사람들이 무심코 지나다니면서도 일부러 대지
를 구입해 집을 지을 정도로 애착을 가지지는 않았던 동네이다. 지
금은 옥류천이 복개되어 옛모습을 찾을 수 없지만, 옥인동 자락의
형세는 그대로이다.

그는 옥류동에서 집터를 처음 찾아낸 날의 감격을 이렇게 기록했다.

옥류동의 길이 끝나가는 산발치에 오래 전부터 버려진 아무개의
집이 있었다. 집은 비좁고 누추했지만, 옥류동의 아름다움이 이곳에
모여 있었다. 잡초를 뽑아내고 막힌 곳을 없애자, 집터가 10무(畝
300여평) 남짓 되었다. 집 앞에는 지름이 한 자 반 되는 우물이 있는
데, 깊이도 한 자 반이고, 둘레는 그의 세 갑절쯤 되었다. 바위를 갈
라 샘을 뚫자, 샘물이 갈리진 틈으로 솟아났다. 물맛은 달고도 차가
웠으며, 아무리 가물어도 마르지 않았다. 우물에서 너댓 걸음 떨어진
곳에 평평한 너럭바위가 있어, 여러 사람이 앉을 만했다.

중인들은 대부분 전문직을 지녔기에 도심에서 멀리 떨어져 살 수
없었다. 도심에서 가까우면서도 아름다운 바위 사이로 시냇물이 흐르

는 옥류동은 시인이 살기에 가장 알맞은 곳이었다. 그곳에는 이미 영
의정 김수항이 지은 청휘각을 비롯한 여러 누각들이 세워져 있었지만,
한쪽에는 아무도 거들떠보지 않는 헌 집도 있었다. 집터는 10무 정도
였지만 주변의 경치를 한눈에 즐길 수 있는 곳인데다, 열댓 명이 앉을
만한 너럭바위까지 있어 시 짓는 친구들이 모여 놀기에도 좋았다.

집값을 물으니 겨우 50관(貫)이라 그 땅부터 사 놓고는, 지형을
따라 몇 개의 담을 두른 집을 그려보기 시작했다. 기와와 백토 장식을
하지 않고, 기둥과 용마루를 크게 하지 않는다. 푸른 홰나무 한 그루
를 문 앞에 심어 그늘을 드리우게 하고, 벽오동 한 그루를 사랑채에
심어 서쪽으로 달빛을 받아들이며, 포도넝쿨이 사랑채의 옆을 덮어
햇볕을 가리게 한다. 탱자나무 병풍 한 굽이를 바깥채 오른편에 심어
서 문을 가리고, 파초 한 그루를 그 왼편에 심어 빗소리를 듣는다.
울타리 아래에는 뽕나무를 심고, 그 사이에 무궁화와 해당화를 심어
빈틈을 채운다. 구기자와 장미는 담모퉁이에 붙여서 심고, 매화는 바
깥채에 숨겨 두며, 작약과 월계수, 월계화는 사계철 안채의 뜰에 심
어 둔다. 석류와 국화는 안채와 바깥채에 나눠 기른다. 패랭이꽃과
맨드라미는 안채의 뜨락에 흩어 심고, 진달래와 철쭉, 백목련은 정원
에 교대로 기른다. 해아국과 들국화 종류는 언덕 여기저기에 심는다.
자죽(紫竹)은 알맞은 흙을 골라 기르고, 앵두나무는 안채의 서남쪽
모퉁이를 빙 둘러 심으며, 그 너머에 복숭아나무와 살구나무를 심는
다. 햇볕이 잘 드는 곳에 사과나무와 능금나무, 잣나무, 밤나무를 차
례로 심고, 옥수수는 마른 땅에 심는다. 오이 한 떼기, 동과 한 떼기,
파 한 고랑을 동쪽 담장의 동편에 섞어 가꾸고, 아욱과 갓, 차조기는
집 남쪽에 구획을 지어 가로 세로로 심는다. 무우와 배추는 집의 서쪽
에 심되, 두둑을 만들어 양쪽을 갈라놓는다. 가지는 채마밭 곁에 모
종을 내어 심는데 자주빛이다. 참외와 호박은 사방 울타리에 뻗어,

여러 나무들을 타고 오르게 한다.

그가 그린 집은 기와도 얹지 않고, 백토도 바르지 않았다. 그 대신에 자기가 좋아하는 꽃과 채소를 심어 사철을 즐겼으며, 햇볕과 달빛, 비와 바람이 차례로 그의 집을 찾아들게 하였다. 그가 짓는 집은 남에게 팔려고 지은 집이 아니라, 자신이 평생 살려고 짓는 집이다. 그는 집을 짓기 전부터 마음속으로는 이미 그 집에 들어가 살았다. "꽃이 피면 그 꽃을 보고, 나무가 무성해지면 그 아래서 쉬었으며, 열매가 달리면 따 먹고, 채소가 익으면 삶아 먹었다." 그는 마음속으로 집을 다 짓고 나자, 그 집에서 즐길 계획까지 구체적으로 세웠다.

　　홀로 머물 때에는 낡은 거문고를 어루만지고 옛 책을 읽으면서 그 사이에 누웠다가 올려다보면 그만이고, 마음이 내키면 나가서 산기슭을 걸어다니면 그만이다. 손님이 오면 술상을 차리게 하고 시를 읊으면 그만이고, 흥이 도도해지면 휘파람 불고 노래를 부르면 그만이다. 배가 고프면 내 밥을 먹으면 그만이고, 목이 마르면 내 우물의 물을 마시면 그만이다. 추위와 더위에 따라 내 옷을 입으면 그만이고, 해가 지면 내 집에서 쉬면 그만이다. 비오는 아침과 눈 내리는 낮, 저녁의 석양과 새벽의 달빛, 이같이 그윽한 삶의 신선 같은 정취를 바깥세상 사람들에게 말해주기 어렵고, 말해주어도 그들은 이해하지 못할 뿐이다.

그는 계속 "그만(而已)"이라는 표현을 즐겨 쓰더니, "나의 천명을 따르면 그만이다. 그래서 내 집 편액을 이이엄(而已广)이라 했다[聽吾天而已, 故扁吾广以而已]"고 썼다. 그의 집 이름이 '이이엄'이 된 것은 당나라 시인 한퇴지의 시에서 "허물어진 집 세 칸이면 그만[破

屋三間而已]"에서 따온 것이기도 하다. 그는 꿈속의 집을 짓는 비용으로 300관을 계산했는데, "자나깨나 고심한 지 십년이 되었건만 아직도 이루지 못했다"고 했다. 「평생지(平生志)」라는 제목의 이 글을 쓸 때까지도 그는 이 집을 짓지 못했지만, 그 집에서 살 계획은 여러 차례 밝혔다. 오래 된 거문고에서 책이나 글씨에 찍을 옥도장과 인주에 이르기까지 "맑은 소용품 80종(淸供八十種)"을 선정해 놓았고, 『주역』에서 『삼국사』, 『고려사』 같은 역사서, 『설령(說鈴)』이나 『설부(說郛)』 같은 이야기책, 『청련집(靑蓮集)』이나 『소릉집(少陵集)』 같은 시집, 『동인경(銅人經)』이나 『본초강목』 같은 의서, 『정사(情史)』 같은 연애 이야기에 이르기까지 "맑은 책 100부(淸寶一百部)"를 선정해 놓았다.

인왕산은 하나이고, 그가 사들인 땅은 10무 밖에 안 되었지만, 그는 인왕산을 백배로 즐겼다. 그가 꼽은 "맑은 경치 열가지(淸景十段)"는 옥계십경(玉溪十景)과 대부분 겹치니, 자신이 인왕산에서 찾아낸 열 가지 아름다움을 옥계사 동인들과 공유한 셈이다. "작은 언덕의 닭과 개" "골짜기 안의 채마밭"에서 사람 사는 모습을 찾아냈고, "밤낮 쉬지 않고 흐르는 샘물" "흐렸다 맑았다 하는 산기운"에서 자연의 움직임을 찾아냈다. "벼랑에 어린 가벼운 이내"에서 아침의 아름다움을, "푸른 봉우리에 비치는 저녁노을"에서 저녁의 아름다움을 찾아냈다. 우리나라 어느 마을에서나 눈에 띄는 모습이지만, 장혼은 그 가운데서 아름다움을 찾아내며 즐겁게 살았다. 30세 이전에 「평생지」를 써서 사람답게 살 수 있는 집을 설계했던 그는 자기 뜻대로 삼간 집에 만족하며 살았다. "그의 집이 비바람을 가리지 못했으므로 남들은 그가 가진 것 없음을 비웃었지만" 그 자신은 69세 되던 해 입춘절에 "굶주림과 배부름, 추위와 더위, 죽음과 삶, 재앙과 복은 운명을 따르면 그만이다[聽之命而已]"라고 자부한 뒤, 이듬해에 세상을 떠났다. 양생법을 깨닫고 쓴 이 글 마지막 줄에 "이이엄주인이 스스로 짓다"고 끝맺었으니, 서른이 되기 전에 인생계획을 세운 그대로, 늘 만족하며 살았음을 알 수 있다.

4) 송석원시사의 후배들

(1) 장혼의 제자들이 주도한 비연시사(斐然詩社)

송석원시사의 주동인물인 장혼은 인왕산에서 서당을 운영하며 여러 권의 서당 교재를 편집하고, 목활자를 사용해 출판하였다. 이 가운데 『아희원람(兒戱原覽)』, 『몽유편(蒙喩篇)』, 『초학자휘(初學字彙)』 등의 책들이 널리 읽혔으며, 『계몽편(啓蒙篇)』 같은 책들은 20세기에 들어와서도 꾸준히 팔렸다.

장혼의 제자 중심으로 송석원시사의 후배들이 인왕산 일대에서 문학활동을 계속했는데, 그 가운데 첫 세대가 비연시사(斐然詩社)이다. 비연시사는 장혼의 제자 장지완(張之琬)의 호를 딴 시사인데, 율과(律科) 집안 출신인 그는 장혼의 문하에서 글을 배우면서 마음에 맞는 여섯 친구와 더불어 시사를 결성하였다. 장지완은 비연시사의 동인 고진원(高晋遠, 1807~1845)이 죽었을 때에 그의 묘지명을 쓰면서, 자신들의 첫 만남을 이렇게 기록하였다.

> 나는 어렸을 때부터 글을 배우러 돌아다니면서, 사방의 친구들을 구하였다. 임원유(林元瑜, 1807~1836)·유기(柳记, 1807~1859)와 더불어 처음으로 이 친구(고진원)를 장혼 선생의 문하에서 만났다.

이 네 사람은 날마다 인왕산 주변의 산수를 찾아다니면서 술과 시
로 노닐었으며, 밤에도 등불을 밝히고 고금의 일들을 이야기하였다.
이들은 곧 일곱 명이 단짝을 이루어 시와 술을 즐겼다.

나는 총각 때부터 마을에서 친구들을 구하였는데, 학덕도 비슷하
고 나이도 비슷한 자가 일곱 사람 있었다. 이 일곱 사람은 다른 일에
유혹받지 않고, 오로지 글을 배우는 데만 뜻을 두었다. 시를 넣어 두
는 주머니와 비단 시축을 가지고, 날마다 숲과 골짜기에서 노닐었다.
밤에는 등불을 밝히고 머리를 맞대면서, 마치 서로 떨어지기를 싫어
하는 것같이 지냈다.

위에서 밝힌 네 사람 (장지완·임원유·유기·고진원) 외에 장혼의 손
자 장효무(張孝懋, 1807~1842)와 박사유(朴士有)·한백첨(韓伯瞻)이 더
해진 이들 일곱 시인은 스스로를 진나라 때의 죽림칠현(竹林七賢)에
비유하면서 함께 모여 시 짓기를 즐겼다. 그러나 이들이 대부분 30대
에 세상을 떠났기 때문에, 문단에 큰 영향을 끼치지는 못하였다. 다만
장지완이 성령설(性靈說)을 주장하면서, 문단의 중심에 도전하였다.

시는 성정(性情)에서 나온다. 세상에 성정이 없는 사람은 없으므
로, 또한 시가 없는 사람도 없다. 그러나 성정이 하늘로부터 타고난
것이긴 하지만, 사람에 따라 그 기질이 맑고 흐린 구분은 있다. 시에
도 성률(聲律)과 체재(體裁)가 있어, 취향과 풍미가 달라지는 것이
마치 사람마다 얼굴이 같지 않은 것과 마찬가지이다. 그러므로 그
사람의 시를 읽어보면 그의 성정을 분명히 알 수가 있다.
－「서자암화도소집(書自菴和陶邵集)」

그가 말한 성령은 누구나 지니고 있는 개성이다. 이 세상 사람 누구라도 지니고 있는 개성을 시의 존재근거로 삼은 까닭은 위항문학이 사대부문학에 대해 근본적으로 안고 있는 신분적 차이를 넘어서기 위한 시도이다. 장지완은 중인들의 신분상승을 위해 시사(詩社)를 결성하고 성령설만 주장한 것이 아니라, 통청운동(通淸運動)에 앞장서기도 했다.

조선 초기부터 중인과 서얼들에게는 출세에 제한이 있었다. 양반의 자제들은 여러 차례 집단적으로 상소하여 자신들에게 차별을 철폐해 달라고 청했는데, 영조 48년(1772)에 삼천여명이 상소할 정도로 세력이 커졌다가, 순조 23년(1823)에는 9,996인이 연명 상소하여 결국 철종 2년(1851)에 서얼늘도 벼슬에 능봉한다는 소지가 내려졌다.

이에 자극받은 기술직 중인들이 4월 25일에 통례원에 모여 통문(通

역과 합격자 명부 〈상원과방〉 표지

중인들이 1851년 4월 25일
통례원에 모여 작성한 통문

文)을 만들었다. 통례원(通禮院)·관상감(觀象監)·사역원(司譯院)·전의감(典醫監)·혜민서(惠民署)·율학(律學)·산학(算學)·도화서(圖畵署)·내의원(內醫院)·사자청(寫字廳)·검루청(檢漏廳)의 대표자들이 5월 2일 도화서에 모여 각 관청의 유사(有司)를 뽑았다. 장지완을 비롯해서 정지윤(정수동)·현일 등의 위항시인들이 유사로 뽑혔다. 율학의 유사로 선정된 장지완은 다시 상소문을 지을 제술유사로 뽑혔다.

이들은 각 관청마다 거사 자금을 분배하여 거두었는데, 1,670명의 기술직 중인들이 234냥을 갹출할 정도로 이들은 적극적으로 준비하였다. 5월 어느 날에는 이 통청운동의 핵심인 장지완의 집으로 투서가 날아들었다. 방법이 너무 온건하니, 좀더 과격하고 급진적으로 몰아붙이라는 과격파의 선동이었다.

이처럼 치밀하게 거사를 준비한 이들은 윤8월 18일에 철종이 경릉

중인 관청별로 비용이 분담되었으며, 윤8월 18일 철종이 경릉에 행행할 때에 올릴 상소문까지 작성하였다.

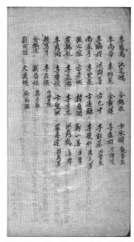

연락을 맡은 유사 명단 가운데 다섯째 줄(율학) 맨 앞에 장지완의 이름이 보인다.

(景陵)으로 행행한다는 정보를 입수하고, 그 행차 길에서 상소문을
올리기로 하였다. 그래서 1,872명의 이름으로 합동상소를 올렸다. 그
러나 철종실록에는 이날 임금이 경릉에 행차하여 친히 제사를 지냈다
는 기록만 남아 있고, 이들의 상소문은 실려 있지 않다. 상소를 올렸
지만 묵살된 것인지, 아니면 상소조차 하지 못한 것인지는 알 수 없
다. 이들이 올린 상소문의 초안만 역과(譯科) 합격자 명부인『상원과
방(象院科榜)』에 실려 전할 뿐이다.

(2) 장혼의 아들이 주도한 금서사(錦西社)

금서사(錦西社)는 글자 그대로 인왕산 아래 금천교(錦川橋) 서쪽에
모이던 시사이다. 이들은 1817년 여름부터 규장각 서리 정수혁
(1800~1871)이 살던 화월당(花月堂)에 모여 시를 짓기 시작했다. 지전
(紙廛) 상인이기도 했던 그의 생활이 넉넉했으므로, 화월당에 모였던
것이다. 이 서재가 금천교 위에 있었으므로, 이들의 시사를 금서사
(錦西社)라고 이름 지었다. 같은 동네에서 태어나 어울리며 자랐던
이들이 1817년 단오날 우연히 손수홍의 서재인 독성암(獨醒菴)에 모
였다가, 시사를 결성하기로 하였다. 가장 나이가 어렸던 정수혁이
장혼의 아들인 장욱(張旭)에게 함께 시를 짓자고 청하여 '암(菴)' 자
를 운으로 삼아 지었다. 이 시에 여러 사람이 화운(和韻)하면서 시사
가 결성된 것이다.

금서사의 중심 인물은 장욱과 정수혁인데, 이들이 모여 지은 시
가운데 64수를 골라서 엮은『금서사갑을선(錦西社甲乙選)』첫머리에
동인 9명의 명단이 실려 있다. 이들은 모두 금천교 위쪽에 살던 친구
들인데, 주로 정수혁과 장욱의 집에 모였으며, 장혼이『금서사갑을

선(錦西社甲乙選)』을 목활자로 간행해 주었다.

5) 청풍계에서 송석원으로 옮긴 장동 김씨

청풍계(淸風溪)는 인왕산 동쪽 기슭의 북쪽에 해당하는 청운동 52번지 일대 골짜기이다. 원래는 이곳이 단풍이 유명한 곳이어서 '풍계(楓溪)'라고도 불렸는데, 김상용(金尙容, 1561~1637)이 이곳에 살면서 "맑은 바람이 부는 계곡"이란 의미에서 청풍계란 명칭이 생겨났다고 한다. 김상용이 많이 쓰던 호는 둘인데, 선원(仙源)은 임진왜란에 피난해 머물던 강화도 선원촌(지금의 인천광역시 강화군 선원면 냉정리)이고, 풍계는 이 지역이다. 이 집터는 학조대사(學祖大師)가 정해 주었다고 한다.

이곳의 위치와 건물 배치는 동야(東野) 김양근(金養根, 1734~1799)의 「풍계집승기(楓溪集勝記)」에 자세히 기술되었다.

> 백악산이 청풍계 북쪽에 웅장하게 솟아 있고 인왕산이 그 서쪽을 에워싸고 있는데, 개울 하나가 우레처럼 흘러내리고, 세 군데 못이 거울같이 펼쳐져 있다. 서남쪽 여러 봉우리의 숲과 골짜기가 더욱 아름답다. 시내와 산이 도성 안에서 가장 빼어났다. 반룡강(蟠龍崗)은 와룡강(臥龍崗)이라고도 하는데, 집 뒤쪽의 주산(主山)이다. 그 앞이 창옥봉(蒼玉峰)인데, 창옥봉 서쪽으로 10보쯤 떨어진 곳에 작은 정자가 우뚝 솟아 시내를 마주하고 있다. 짚으로 이었는데, 한 칸은 넘지만 두 칸은 되지 않는다. 몇 십 명이 앉을 수 있는데, 이 정자가 바로 태고정(太古亭)이다. (줄임)
> 탄금대 왼편에 네 칸의 당과 두 칸의 방이 있고, 방 앞에 또 반 칸의 마루가 있는데 청풍지각(靑楓池閣)이다. 우리 창균(蒼筠 金箕

報) 선조가 남쪽에서 돌아온 뒤에 선원공을 위해 꾸민 것이다. '청풍지각'이라는 현액은 석봉(石峰) 한호(韓濩)가 썼다. 대들보 위에 '청풍계(靑楓溪)' 세 글자를 걸었는데, 선조(宣祖)의 어필(御筆)이기에 붉고 푸른 비단깁으로 둘렀다. 청풍지각 동쪽이 소오헌(嘯傲軒)인데, 도연명의 시 "동헌 아래에서 마음껏 휘파람 불며, 애오라지 다시금 이 생을 얻었네[嘯傲東軒下, 聊復得此生]"의 뜻을 취한 것이다. (줄임)

회심대(會心臺)는 태고정 서쪽에 있는데 3층으로, 진간문(眞簡文)이 이른 바 "마음에 맞는 곳이 반드시 먼 곳에 있는 것만은 아니다."의 뜻을 지녔다. 회심대 좌우의 돌길 위에 늠연사(凜然祠)가 있는데, 선원공(仙源公)의 영정을 봉안한 곳이다. 사당 앞 바위에 "대명일월(大明日月)" 네 글자가 새겨져 있는데, 우암(尤庵) 선생의 필적이다.

천유대(天遊臺)는 태고정 위쪽에 있는데, 푸른 절벽이 우뚝 솟아 절로 대(臺)를 이루었다. 빙허대(憑虛臺)라고도 하는데, 일대의 아름다운 경관을 모두 이곳에 옮겨온 것 같다. 절벽에 주자(朱子)의 "백세청풍(百世淸風)" 네 글자가 새겨져 있어, 청풍대라고도 한다.

김상용은 35세까지 외직으로 돌아다니다가 36세가 되던 1608년에 첨지중추부사가 되어 서울로 돌아왔는데, 그의 연보에 보면 이 해에 청풍계(淸風溪)에 별장을 지었다. 그 기사에 아래와 같은 주가 덧붙어 있다.

(청풍계는) 일명 청풍계(靑楓溪)라고도 하는데, 경성 서북쪽 필운산 아래 있다. 수석(水石)이 맑고도 뛰어나다. 암(菴)을 와유암(臥遊菴)이라 하고, 각(閣)을 청풍각(淸風閣)이라 하였으며, 태고정(太古亭)도 지었다. 지(池)·대(臺)·암(巖)·학(壑)에 모두 이름을 지었으며, 12월령시(月令詩)도 지었다.

그가 별장을 짓고 머물었던 청풍계는 지금의 종로구 청운동 52번지 일대인데, 백운동 골짜기에서 청운초등학교 뒤로 맑은 시냇물이 흘러내려 경치가 좋았다. 이곳에 장동 김씨의 터를 잡은 사람이 바로 김상용이다. 김상용은 건물은 물론 집 안팎의 못, 대(臺), 바위와 골짜기 등에 이름을 붙였는데, 집 뒤쪽을 반룡강(蟠龍崗) 또는 와룡강(臥龍崗), 그 앞은 창옥봉(蒼玉峯), 그 서쪽을 태고정(太古亭)이라 불렀다. 이 건물의 현액은 명필 석봉(石峯) 한호(韓濩, 1543~1605)가 썼고, 대들보에는 선조의 어필인 '청풍계(淸楓溪)'라는 글씨가 비단에 싸여 걸려 있었다.

이외 소오헌(嘯傲軒), 와유암(臥遊庵) 등의 부속 건물들이 있었다. 젊은 시절 소현세자가 청풍지각에 구경 와서 "창에 임하니 끊어진 개울에 물소리 들리는데, 객이 이르니 외로운 봉우리가 구름을 쓸고 있네"라는 한시를 지었는데, 이것이 소오헌 남쪽에 걸려 있었다.

늠연사는 태고정의 서쪽에 위치한 회심대(會心臺) 좌우의 돌길에 있었으며, 늠연사를 세우는데 적극적으로 관여한 송시열은 그 앞 큰 바위에 '대명일월(大明日月)'이란 각자를 남겼다. 천유대(天遊臺)에는 '백세청풍(百世淸風)'이란 글자를 새겼다. 현재는 "백세청풍"이란 글씨만 주택 앞에 남아있다.

정조는 1790년에 육상궁을 참배하고 태고정에도 행차하였다. 이때 정조는 김상용의 봉사손(奉祀孫)을 불러 만나보고, 이조에 명하여 관직을 내려주도록 하였으며, 호조에 명하여 그 집을 수리하게 하였다. 김상용의 아우 김상헌은 아래와 같이 청풍계를 시로 남겼다.

청풍계 위의 태고정(太古亭)은

우리 집의 큰 형님이 지어 놓은 곳.
숲과 골짝 의연히도 수묵도(水墨圖)와 같거니와,
바위 절벽 절로 푸른 옥병풍(玉屛風)을 이루었네.
우리 부자 형제들이 한 집에 앉아서,
바람과 달과 거문고와 술로 사시사철을 즐기었네.
그 좋던 일 지금 와선 다시 할 수 없거니와,
이러한 때 이런 정을 어떤 이가 알 것인가.
　　　　　　　　　　　　　　　　　－김상헌『청음집(淸陰集)』,
　　　　　　　　　　　「근가십영(近家十詠) 중(中) 청풍계(淸風溪)」

　　이후 이곳은 1940년대 미쓰이 재벌에게 넘어가 주택단지로 바뀌어
현재 그 모습을 찾아볼 수 없다. 몇 십년 전까지 남아 있던 "대명일월
(大明日月)" 넉 자는 빌라를 지으면서 축대 밑에 깔려버렸다. 청운초등
학교 뒷길 중간쯤, 청운동 52-58 주택가 담장 밑에 남아 있는 "백세청
풍(百世淸風)" 글자를 통해 여러 건물의 위치를 짐작할 수 있을 뿐이다.
　　청풍계(장동)에 살던 장동 김씨들이 옥류천 일대의 송석원으로 진
출한 과정은 김상용의 아우인 청음(淸陰) 김상헌(金尙憲, 1570~1652)
이 자세하게 기록하였다. 인왕산을 좋아해 옥류동에 노닐다가 어머
니의 눈병을 고치기 위해서 약수를 찾아 나섰다는 것이다.

　　갑인년(1614) 가을에 어머님께서 눈병을 앓으셨는데, "서산(인왕
산)에서 영험한 샘물이 나와, 눈병 앓는 사람들이 그 물로 씻으면 곧
낫는다"는 소문을 들었다. 그래서 곧 날을 잡아 가보았다. 형님과 나
와 찬(燦)과 소(爐)가 같이 따라갔다. 인왕동에 들어가 고(故) 양곡
(陽谷) 소세양(蘇世讓) 대감의 옛집인 청심당(淸心堂)·풍천각(風泉
閣)·수운헌(水雲軒)을 지나갔다. 무너진 섬돌과 남은 주춧돌들을 거

의 분간할 수 없게 되었다.

양곡은 문장이 세상에 뛰어난데다 부귀를 누렸으며, 또한 심장(心匠)도 지녔다고 일컬어져, 집 지음새가 매우 공교하고도 아름다웠다. 사귀며 노닌 사람들도 모두 일세의 문장가들과 이름난 이들이어서, 그들이 읊은 시들은 반드시 외어서 전해졌다. 그러나 지금 백년도 채 안되었는데, (그 화려하던 집들이) 하나도 남지 않고 다 없어졌다. 선비들이 후세에 믿고 남길 것이 이러한 건물은 아니다.

이곳을 거쳐 올라가자, 절벽과 폭포, 푸른 잔디와 푸른 언덕이 곳곳마다 아름다웠다. 계속 이곳을 지나 올라가자 돌길이 험준해져, 말을 버리고 걸어서 갔다. 두 번이나 쉬고 난 뒤에야 샘물이 있는 곳에 이르렀는데, 인왕산 중턱쯤 된 곳이었다. 둥그런 바위 하나가 나는 듯이 지붕처럼 가로지르고, 바위 끝은 지붕의 처마 모습으로 되어 있어서, 예닐곱 명이 눈비를 가릴 수 있었다. 바위 바닥 조그만 틈으로 샘물이 솟아올랐는데 물줄기가 몹시 가늘어 한 식경쯤 앉아 있어야 비로소 구덩이에 삼분의 일쯤 물이 찼다. 구덩이 둘레는 겨우 맷돌 하나 크기인데, 깊이도 또한 한 자가 되지 못했다. 물맛은 달고, 별다른 냄새가 없으며, 아주 차갑지도 않았다.

－김상헌『청음집(淸陰集)』권38「유서산기(遊西山記)」

김상헌이 찾아갔던 이 샘물이 바로 뒷날의 가재우물인데, 김상헌의 증손자 노가재(老稼齋) 김창업(金昌業, 1658~1722)이 이 물을 즐겨 마셔서 그런 이름을 얻었다. 그 뒤에 안동 김씨가 계속 정권을 잡으면서 인왕산 일대에 터를 넓혀 갔는데, 김상헌의 손자인 문곡(文谷) 김수항(金壽恒) 때에 와서는 옥류천(玉流川) 일대까지 차지하게 되었다. 지금의 옥인동 45번지는 원래 북부학당(北部學堂)이 세워질 장소였는데, 결국 세워지지는 않았으며, 1616년(광해군 4)에 자수궁(慈壽宮)을

세웠다. 인조반정 뒤에 폐지되어 늙은 궁녀들이 살다가, 뒷날 자수궁
터를 김수항이 사들였다고 한다. 그래서 청풍계(靑楓溪)와 마찬가지
로 우암 송시열의 글씨로 옥류동(玉流洞) 세 글자를 새겨놓았다.

　김수항은 옥류동에 청휘각을 짓기 전에 살림집부터 지었다. 「옥류
동수세(玉流洞守歲)」라는 시를 보면 1684년에는 이곳 집에서 새해를
맞이했는데, 드디어 1686년에 필각정(八角亭) 형태로 청휘각을 지었
다. 그가 청휘각을 짓자, 이웃에 살던 대제학 남용익(南龍翼)이 시를
지어 축하하였다.

> 옥류동 연하(煙霞)에 비경이 열렸는데
> 청휘각 높은 누각에는 티끌이 끊어졌네.
> 장안에 가을이 돌아와 집집마다 비가 내리고
> 푸른 산에 폭포가 떨어져 골짜기마다 천둥이 치네.
> 연꽃잎이 움직이자 물고기 떼는 흩어지고
> 나무그늘 짙은 곳에 백로도 돌아오네.
> 놀러온 나그네는 돌아갈 것도 잊고서
> 처마 앞에 머물며 달 떠오르기를 기다리네.
> 玉洞煙霞祕境開, 淸暉高閣絶浮埃.
> 秋生紫陌千家雨, 瀑轉靑山萬壑雷.
> 荷葉動時魚隊散, 樹陰深處鷺絲回.
> 遊人自爾忘歸去, 留待簷前霽月來.
> 　　　－남용익 『호곡집(壺谷集)』 「추기청휘각배유지흥봉정문곡상공안하
> 　　　　　　　　　　　　(追記淸暉閣陪遊之興奉呈文谷相公案下)」

　이 시를 받고 김수항이 차운하여 시를 지었는데, 그 제목이 무척
길다. 「옥류동의 우리 집에다 새로 청휘각을 지었는데, 제법 수석(水

石)이 아름답다. 감히 시를 부탁하여 크게 빛낼 생각은 없었지만, 호곡(壺谷) 사백(詞伯)이 먼저 율시 1수를 지어 보냈으며, 매간(梅磵) 형께서도 또한 화답하여 보내셨다. 산문(山門)이 이 시 덕분에 빛나게 되었음을 알겠다. 그래서 그 시에 차운하여 감사하는 뜻을 아뢰고, 아울러 매옹(梅翁)에게도 바쳐 가르침을 구하고자 한다.」

> 층층 벼랑 중턱에 작은 정자를 지으니
> 동쪽 번화한 먼지 구덩이에서 멀리 떨어졌네.
> 반평생 수석을 좋아하는 버릇이 고질병 되어
> 늘그막에 즐기며 산속 천둥소리를 듣네.
> 처마 사이로 짙은 안개가 옷을 적시고
> 베개 맡의 폭포 소리가 꿈을 깨우네.
> 이제부터는 이 골짜기에 물색이 더할 테니
> 벗님들이 진중하게 시를 부쳐 보내리라.

청휘각 옆에 있던 남용익의 집에 일섭정(日涉亭)이 있었는데, 후원에 있던 초가 정자이다. 김수항이 청휘각을 낙성할 때에 여러 아들들이 참석했는데, 노가재 김창업도 시를 지었다. 1686년에 지은 「옥동야좌감회(玉洞夜坐感懷)」라든가 「옥동동제인부운(玉洞同諸人賦韻)」 같은 시들에 연못가에 지은 청휘각의 모습이 그려져 있다. 김수항은 아들이 여섯이나 되었지만, 창립(昌立)과 창순(昌順)은 아버지보다 먼저 세상을 떠났다. 맏아들 창집(昌集)도 영의정 벼슬을 하다가 사약을 받고 죽었으므로, 청휘각은 김창업이 물려받았다. 청휘각을 지은 지 30년이 되자 낡고 기울어져, 김창업이 1715년에 다시 지었다.

이끼가 바위 글자를 꾸미고
단청이 물가 정자를 빛나게 하네.
선군께서 맡기신 집이니
소자가 어찌 조급하게 하랴.
무너진 집을 일으키자 사람들 모두 좋아하는데
서글픈 마음에 나 홀로 술이 깨었네.
단풍나무 소나무를 반드시 공경할찌니
도끼가 찾아들지 않게 해야겠네.

노가재는 건강상 이 집을 좋아했는데, 청휘각 뒤에 약수가 있기 때문이었다. 노가재가 늘 이 물을 마셨다고 해서, 최근까지도 이 우물을 가재우물이라고 불렀다. 뒷날 청휘각을 인수한 윤덕영은 가재우물에 대하여 이렇게 기록하였다.

(예전의 청휘각이었던) 일양정(一陽亭) 뒤에는 가재정(稼齋井)이라는 우물이 있고, (바위) 벽 위에는 가재(稼齋)의 글씨가 있다. 나는 항상 이 물을 마시면서 글을 읽고는, 가재공의 글 솜씨를 칭찬하였다.

노가재의 형제들도 이 집에 자주 찾아와 약수를 마시고, 시도 지었다. 노가재의 형제들이 당시 문단을 이끌었으므로, 청휘각에는 사대부 시인들이 많이 모여 시를 지었다. 옥류동(玉流洞)이라고 새긴 바위 안쪽에서 솟아 괴던 가재우물은 1950년대까지도 사용했지만, 그 뒤 주택개발로 인해서 메워졌다.

청휘각은 그뒤 후손들에게 대를 이어 전해지다가, 김수항의 6세손인 한성부 판윤 김수근(金洙根, 1798~1854)이 중건했으며, 그의 아들인 영의정 김병국(金炳國, 1825~1904)이 물려받았다가, 김병국의 재종형인 이조판서 김병교(金炳喬, 1801~?)에게 넘겨졌다. 그러다가 김병교의 아들인 후몽(後夢) 김학진(金鶴鎭)에 이르러 명성왕후의 친정붙이인 민규호(閔奎鎬, 1836~1878)에게 빼앗겼다.

송석원이 장동 김씨네서 여흥 민씨네로 넘어가는 과정은 김학진(金鶴鎭)이 지은 「일양정기(一陽亭記)」에 잘 나타나 있다.

옥류동 송석원은 나의 선조 문곡(文谷, 김수항의 호) 선생의 별장이다. 선생의 옛 집이 북부 순화방에 있었는데 그 뜰에 여섯 그루의 나무가 있어 슬하에 여섯 자제를 둔 것과 서로 맞았다. 그리하여 집 옥호(屋號)를 육청헌이라 하였다. 그 집에서 오른쪽으로 2, 30보를 가서 한등성이를 넘으면 그 기슭에 언덕과 골짜기가 아름답고 산골물이 얽히고 굽이친다. 이를 차지하니 아침저녁으로 지팡이를 끌며 거닐 만하고 특히 청휘각에서 내려다보이는 경치가 구경할 만하였다. 가재우물 또한 제격이다. 여기를 옥류동이라 하는데 그 옆 깔린 바위에 새긴 「옥류담」이란 문자는 우암 송시열 선생의 필치라고 전한다. 옥류동 골 안에 있는 「송석원」이라 새긴 문자는 추사 김정희공(金正喜公)의 필적이다. 기와집은 우리 집안끼리 번갈아 들어 살기를 10여세(世)에 황사(黃史) 민상공(閔相公, 민규호)이 병으로 여기 물을 마시게 되자, 내가 갈 데가 없게 되었다. 이렇게 해서 주인이 처음으로 (김씨에서 민씨로) 바뀌었다. 지금 벽수(碧樹) 윤공(尹公, 윤덕영)이 산장을 꾸미고 거친 데를 다듬고 물이 막힌 곳을 뚫어서 완연하게 연못을 이루었다. 벽수선생이 심은 소나무가 층층 바위 옆에 큰 노목으로 울창하게 자라 온통 뜰을 덮었는데 몇 개 받침대로 받쳐주고 있다. 그 아래쪽으로 물을 끌어 반무(半畝)가량 넓이의 네모진 연못을 꾸미니 사흥가(四興架), 팔관파(八觀坡), 서상대(西爽臺), 동서사

(東西欄)에 구름과 나무가 어우러져서 푸르르니 발 돌리는 대로 경치가 바뀌어 술 마시고 글짓기에 알맞다. 이름 하여 일양정이라 하고 어느 친구의 글씨로 현판을 걸었다. 나에게 청하여 이렇게 쓴다.

김학진이 기문(記文)을 지어준 일양정(一陽亭)은 윤덕영이 지은 벽수산장(碧樹山莊) 안의 한 정자이다. 그는 일양정의 기문을 통해 장동 김씨네가 청풍계에서 고개를 넘어 옥류천으로 진출하고, 여흥 민씨네가 가재우물의 약수를 마셔야 한다는 핑계로 송석원을 인수한 뒤에, 해평 윤씨네가 다시 빼앗은 과정을 짤막하게 설명하였다. 경복궁 옆의 명승지였기에 당대 최고의 권력을 지닌 외척들이 번갈아 소유하며 그때마다 누정을 세웠는데, 윤덕영이 편집한 『벽수산장일람(碧樹山莊一覽)』이라는 책자 안에 그 건물들의 상량문과 제영(題詠)들이 모두 실려 있다.

송석원은 옥류천 유역이기에 좋은 우물이 많았는데, 김창흡이 즐겨 마셨다는 가재우물 외에 우혜천(又惠泉)도 있었다. 송석원시사 동인 박윤묵이 지은 『우혜천기(又惠泉記)』에 "송석원에는 우혜천이라고 하는 샘물이 있어 물맛이 좋았는데, 석벽에다 우혜천(又惠泉)이라 새겼다" 한다.

송석원(松石園)이라는 이름은 원래 중인 천수경(千壽慶)의 호를 따라 지어졌다.

천수경은 자를 군선(君善)이라 하였다. 집은 가난하나 독서를 즐기어 특히 시에 재주가 있었다. 옥류천 위에 초가집을 짓고 스스로 호를 지어 '송석도인(松石道人)'이라고 하였다. 아들 5형제를 두었는데 그 이름이 일송(一松), 이석(二石), 삼족(三足), 사과(四過), 오하(五何)였다. 송(松)과 석(石)은 그가 사는 송석원에서 따온 것이고 족(足)은 셋이면 족하다는 뜻이며, 과(過)는 넷은 너무 지나치다는 뜻이며, 하(何)는 다섯이나 되니 어찌된 것이냐는 뜻이다. 그리하여 세상 사람들의 웃음거리가 되었다. 세간에 유행하는『풍요속선(風謠續選)』은 그가 모아서 엮은 책이다. 수경이 죽으니 안시혁(安時赫)이 그 묘 앞 묘갈(墓碣)에 다만, "시인 천수경의 묘(詩人千壽慶之墓)"라 썼다.

천수경이 살아 있던 시기에는 송석원 주인이 당연히 천수경이었고, 송석원은 송석원시사를 비롯한 중인 시인들의 모임터였다. 그러나 천수경이 세상을 떠나고 주인이 바뀌게 되자, 장동 김씨, 여흥 민씨, 해평 윤씨네 집이 되었으며, 그때에도 여전히 송석원이라고 불렸다. 따라서 고종 시기에 송석원에서 시회가 있으면 당연히 김씨나 윤씨, 민씨 등의 외척이 초청하는 시회였고, 벼슬이나 문명을 얻으려는 사대부, 특히 지방에서 벼슬을 얻으러 올라온 시인들이 많이 모여들었다. 송석원의 분위기가 달라진 것이다.

7. 필운대 꽃구경과 화원(花園) 이야기

1) 위항인들의 필운대 풍월

조선시대의 체제와 제도를 명문화한『경국대전(經國大典)』한품서용조(限品敍用條)에 의하면 "문무관 2품 이상인 관원의 양첩 자손은 정3품까지의 관직에 허용한다"고 하였으며, "7품 이하의 관원과 관직이 없는 자의 양첩 자손은 정5품까지의 관직에 한정한다"고 하였다. 양첩 자손은 그나마 한정된 벼슬에라도 오를 기회가 있었지만, 천첩 자손은 벼슬할 기회가 없었다. 뛰어난 서얼 지식인들이 늘어나자, 정조는 서얼금고법에 해당되지 않도록 검서관(檢書官)이라는 잡직(雜織) 관원을 뽑았다. 규장각을 설치한 뒤에, 서적을 검토하고 필사하는 임무를 맡긴 것이다. 정무직이 아니어서 기득권층의 반대도 없었고, 학식과 재능이 뛰어난 서얼 학자들의 불만을 달래주는 효과도 있었다.

1779년에 임명된 초대 검서관은 이덕무·유득공·박제가·서이수의 네 사람인데, 당대에 가장 명망 있는 서얼 출신의 이 네 학자를 4검서라고 불렀다. 유득공은 조선의 문물과 민속을 기록한 『경도잡지(京都雜志)』 2권 1책을 지었는데, 역시 내를 이어 검서로 활동했던 그의 아들 유본예가 부자편이라고 할 수 있는 2권 2책의 『한경지략(漢京識略)』을 지어 서울의 문화와 역사, 지리를 설명하였다. 이들 부자는 필운대 꽃구경을 서울의 명승 가운데 하나로 꼽았는데, 유득공은 『경도잡지』 「유상(遊賞)」조에서 "필운대의 살구꽃, 북둔(北屯)의 복사꽃, 동대문 밖의 버들, (무악산) 천연정의 연꽃, 삼청동과 탕춘대의 수석(水石)을 찾아 시인 묵객들이 많이 모여들었다"고 기록하였다. 대부분이 인왕산 일대이다. 유본예는 『한경지략』 「명승」조에서 이렇게 소개하였다. "필운대 옆에 꽃나무를 많이 심어서, 성안 사람들이 봄날 꽃구경하는 곳으로는 먼저 여기를 꼽는다. 시중 사람들이 술병을 차고 와서 시를 짓느라고 날마다 모여든다. 흔히 여기서 짓는 시를 '필운대 풍월'이라고 한다."

유득공이 어느 봄날 필운대에 올라 살구꽃 구경을 하다 시를 지었다.

살구꽃이 피어 한껏 바빠졌으니
육각봉 어구에서 또 한 차례 술잔을 잡네.
날이 맑아 아지랑이 산등성이에 아른대고
새벽바람 불자 버들꽃이 궁궐 담에 자욱하구나.
새해 들어 시 짓는 일을 필운대에서 시작하니
이곳의 번화함이 장안에서 으뜸이라.
아스라한 봄날 도성 사람바다 속에서
희끗한 흰머리로 반악을 흉내내네.

유득공은 역시 검서였던 친구 박제가와 늦은 봄이면 필운대에 올라 꽃구경을 했는데, 흐드러지게 핀 살구꽃이 일품이었다. 육각현에서 술 한 잔 하는 것도 빼놓을 수 없는 즐거움이다. 시인은 그렇게 새해를 시작하고, 또 한 해를 보내며 늙어간다. 한 세대 앞선 시인 신광수는 도화동에서 복사꽃을 구경하고 돌아오는 길에 필운대에 올라 살구꽃을 구경하며 "필운대 꽃구경이 장안의 으뜸이라[雲臺花事壓城中]" 하고는, "삼십년 전 봄 구경하던 곳을 / 다시 찾은 오늘은 백발 노인일세[三十年前春望處, 再來今是白頭翁]"이라고 끝을 맺었다. 반악은 진(晉)나라 때의 미남 시인인데, 그도 나이가 들자 흰머리가 생겼다. 유득공 자신은 서얼 출신이라 벼슬 한번 못하고 늙었지만, 반악같이 잘생기고 재주가 뛰어난 시인도 나이 들자 흰머리가 생기지 않았느냐고 우스갯소리를 한 것이다.

고전번역원에서 번역하거나 편집하여 간행한 고전들은 모두 검색이 가능한데, 한글로 번역한 책에서 「필운대」라는 제목을 찾으면 연암 박지원이 지은 시 2편과 이덕무가 지은 시 1편만 나온다. 제목은 아니지만 필운대를 노래한 시는 다산 정약용과 정조대왕의 작품이

더 있다. 모두 유득공 부자가 필운대 꽃구경을 장안의 명승으로 소
개한 정조-순조 시대 인물들이므로 필운대 꽃구경이 장안에서 이름
난 유흥지였음이 확인되는데, 정조가 필운대 꽃구경 시를 지었다는
사실은 특이하다.

> 백단령 차려 입은 사람은 모두 시 짓는 친구들이고
> 푸른 깃발 비스듬히 걸린 집은 바로 술집일세.
> 혼자 주렴 내리고 글 읽는 이는 누구 아들인가
> 동궁에서 내일 아침에 또 조서를 내려야겠네.

「필운화류(弼雲花柳)」라는 제목의 시 앞부분은 다른 시들과 같이
필운대의 번화한 꽃구경 인파를 노래했지만, 뒷부분에선 그 가운데
시인과 독서인을 찾아내고, 장안 사람들이 모두 꽃구경하는 속에서
글 읽는 젊은이에게 벼슬을 주어야겠다는 왕자의 생각을 밝혔다. 물
론 이 시를 글자 그대로 해석할 수는 없겠지만, 왕자다운 면모를 엿
볼 수 있다.

고전번역원에서 번역하지 않아 원문 검색만 가능한 문집 가운데
는 위항시인들이 지은 시도 많다. 게다가 문집을 간행하지 못한 위
항인들의 시까지 합쳐 60년마다 편집한 『소대풍요(昭代風謠)』나 『풍
요속선(風謠續選)』, 『풍요삼선(風謠三選)』에는 엄청난 양의 필운대
시가 실려 있다. 젊은 시절부터 늙을 때까지 해마다 수천 명이 필운
대에 올라 꽃구경하며 시를 짓기에 분량은 많아졌지만, 해마다 같은
내용일 수밖에 없었다. 그래서 '필운대풍월'이란 말 속에는 천박한
풍월, 판박이 시라는 뜻이 담겨 있다.

2) 화원(花園) 구경 이야기

이 시대에 필운대풍월 뿐만 아니라, 꽃구경을 하고 산문으로 기록하는 유행도 있었다. 영의정까지 지낸 채제공(蔡濟恭, 1720~1799)이 도성 안팎의 화원에 노닐며 지은 글이 여러 편 있는데, 필운대 부근의 조씨 화원을 감상하고 「조원기(曹園記)」를 지었다. 주인 조씨의 이름은 밝혀져 있지 않지만, 심경호 교수는 "조하망(曹夏望)의 후손이었던 듯하다"고 추측하였다.

> 계묘년(1783) 3월 10일, 목유선과 필운대에서 꽃구경하기로 약속하였다. 저녁밥을 다 먹고 나서 가마를 타고 갔더니 목유선이 아직 오지 않았기에, 필운대 앞 바위에 자리를 깔고 묵묵히 앉아 있었다. 얼마 있다가 목유선이 이정운과 심규를 이끌고, 종자에게 술병을 들게 하여 사직단 뒤쪽으로 솔숲을 뚫고 왔다.

처음에는 필운대 꽃구경을 하기로 약속하고 모였다. 그러나 인파가 몰려 산속이 마치 큰 길거리 같이 번잡해지자, 채제공은 곧 싫증이 났다. 동쪽을 내려다보자 서너 곳 활터에 소나무가 나란히 늘어서 있고, 동산 안의 꽃나무 가지 끝이 은은히 담장 밖으로 나와 있어서 호기심이 일어났다. 목유선에게 "저기는 반드시 무언가 있을 거야. 가보지 않겠나?" 물었다. 작은 골목을 따라 들어가자 널빤지 문이 열려 있었는데, 점잖은 손님들이 꽃구경을 하겠다고 들어서자 주인이 집 뒷동산으로 인도하였다. 화원에는 돌층계가 여덟 개쯤 깔려 있었는데, 붉은 꽃, 자주 꽃, 노란 꽃들이 흐드러지게 피어 있어서 정신이 어지러울 정도였다. 유항주·윤상동 같은 관원들도 꽃구경하러 왔다가 채제공이 조씨네 화원에 있다는 소식을 듣고는 따라와서 술잔을 돌리고 꽃을 평품하며 시를 지어 즐기느라고 달이 동쪽에 뜬 것도 몰랐다.

이듬해 윤3월 13일에도 체제공은 친지들과 함께 가마를 타고 육각현 아래 조씨네 화원에 찾아가 꽃구경을 했다. 석은당에 앉아 거문고를 무릎 위에 눕히고 채발을 뽑아 서너 줄을 튕겨 보았다. 곡조는 이루지 못했지만 그윽한 소리가 나서 정신이 상쾌해졌다. 얼마 뒤에 조카 채홍리가 퉁소 부는 악사를 데리고 와서 한두 곡을 부르게 하자, 술맛이 절로 났다. 체제공은 소나무에 기대어 앉아, 퉁소 소리에 맞춰 노래하였다. "아양 떠는 자는 사랑받고, 정직한 자는 미움을 사는구나. 수레와 말이 달리는 것은 꽃 때문이지. 소나무야 소나무야. 누가 너를 놀아보랴?" 모누늘 밤껏 흥겹게 놀나가 흩어섰나. 체제공은 북저동 명승에 노닐고 「유북저동기(遊北渚洞記)」를 지었는데, "도성의 인사들이 달관(達官)에서 위항인에 이르기까지 노닐며 꽃구경을 했다. (줄임) 국가의 백년 승평(昇平)의 기상이 모두 여기에 있다"고 하였다. 위항인들의 경제력이 사대부같이 되자, 유흥문화도 함께 즐겼다는 뜻이다.[3]

8. 우대 시조 가객들과 기생들의 풍류현장 운애산방

봄철에 꽃구경으로 이름난 필운대는 대원군 시대에 가객들의 모임터로 변신했는데, 그 현장이 필운동 산1-2번지 일대에 있던 박효

---

3) 필운대 화원 이야기는 심경호 교수의 저서 『한문산문의 내면 풍경』(소명출판, 2001)에 실린 논문 「화원에서 얻은 단상 – 조선후기의 화원기」를 많이 참고하였다.

관(朴孝寬)의 운애산방(雲崖山房)이다. 그의 제자 안민영(安玟英)은 시조집 『금옥총부』에서 운애산방을 이렇게 묘사하였다.

> 인왕산 하 필운대는 운애선생 은거지라
> 풍류재자와 야유 사녀들이 구름같이 모여들어
> 날마다 풍악이요 때마다 술이로다   -『금옥총부』165번

박효관이 필운대에 풍류방을 만들어 제자들을 가르치며 스스로 즐기자, 대원군이 그에게 운애(雲崖)라는 호를 지어 주었다. 안민영은 그를 운애선생이라 불렀으며, 풍류재사와 야유 사녀들은 이름을 부르지 않고 '박선생'이라 불렀다. 위항시인들이 시사(詩社)를 형성한 것같이, 풍류 예인들은 계(稧)를 만들어 모였다. 안민영은 『금옥총부』 서문에서 그 모임을 이렇게 설명했다.

> 이때 우대(友臺)에 아무개 아무개 같은 여러 노인들이 있었는데, 모두 당시에 이름있는 호걸지사들이라, 계를 맺어 노인계(老人稧)라 하였다. 또 호화부귀자와 유일풍소인(遺逸風騷人)들이 있어 계를 맺고는 승평계(昇平稧)라 했는데, 오직 잔치를 베풀고 술을 마시며 즐기는 게 일이었으니, 선생이 바로 그 맹주(盟主)였다.

평생 연주를 즐겼던 원로 음악인들의 모임이 바로 노인계인데, 안민영은 『승평곡』 서문에서 박한영·손덕중·김낙진 등의 노인계원 10여명 이름을 들고 "당시에 호화로운 풍류를 즐기고 음률에 통달한 이들"이라고 소개했다. 유일풍소인은 세상사를 잊고 시와 노래를 벗삼은 사람이다. 벼슬한 관원은 유일(遺逸)이 될 수 없고, 풍류를 모르면 풍소인(風騷人)이 될 수 없다. 경제적인 여유를 지닌 중간층이

풍류를 즐겼던 모임이 바로 승평계인데, 역시 수십 명의 연주자와 함께 대구 기생 계월, 강릉 기생 행화, 창원 기생 유록, 담양 기생 채희 등의 이름이 밝혀졌다. 성무경 선생은 "박효관의 운애산방은 19세기 중후반 가곡 예술의 마지막 보루"라고 표현했다. 가곡은 운애산방을 중심으로 세련된 성악장르로 거듭나기 위해 치열한 자기연마의 길에 들어섰던 것이다. 그러한 결과를 스승 박효관과 제자 안민영이 『가곡원류』로 편찬하였다.

음악에 여러 갈래가 있지만, 박효관과 안민영의 관심은 가곡에 있었다. 문학작품인 시조를 노래하는 방식은 시조창(時調唱)과 가곡창(歌曲唱)이 있다. 시조창은 대개 장고 반주 하나로 부를 수 있고, 장고마저 없으면 무릎장단만으로도 부를 수 있다. 그러나 가곡창은 거문고·가야금·피리·대금·해금·장고 등으로 편성되는 관현반주를 갖춰야 하는 전문가 수준의 음악이다. 오랫동안 연습해야 하고, 연창자와 반주자가 호흡도 맞아야 한다. 그런 의미에서 가객을 전문적인 음악가라고 할 수 있다.

전문적인 가객을 키우려면 우선 가곡의 텍스트를 모은 가보(歌譜)가 정리되고, 스승이 있어야 하며, 가곡을 즐길 줄 아는 후원자가 있어야 했다. 박효관과 안민영은 사십년 넘게 사제지간이었으며, 대원군같이 막강한 후원자를 만나 가곡을 발전시킬 수 있었다. 그러나 대원군이 십년 섭정을 마치고 이선으로 물러서자 이들은 위기의식을 느꼈다. 언젠가는 천박한 후원자들에 의해 가곡이 잡스러워질 것을 염려한 것이다. 박효관이 1876년에 안민영과 함께 『가곡원류(歌曲源流)』를 편찬하면서 덧붙인 발문에 그러한 사연이 실렸다.

　　근래 세속의 녹녹한 모리배들이 날마다 서로 어울려 더럽고 천한 습속에 동화되고, 한가로운 틈을 타 즐기는 자는 뿌리없이 잡된 노래로 농짓거리와 해괴한 장난질을 해대는데, 귀한 자고 천한 자고 다투어 행하를 던져준다. (줄임) 내가 정음(正音)이 없어져가는 것을 보며 저절로 탄식이 나와, 노래들을 대략 뽑아서 가보(歌譜) 한 권을 만들었다.

　　그는 이론으로만 정음(正音) 정가(正歌) 의식을 밝힌 것이 아니라, 창작으로도 실천했다. 안민영은 사설시조도 많이 지었는데, 박효관이 『가곡원류』에 자신의 작품으로 평시조 15수만 실은 것은 정음지향적 시가관과 관련이 있다.

　　　님 그린 상사몽(相思夢)이 실솔의 넋이 되어
　　　추야장 깊은 밤에 님의 방에 들었다가
　　　날 잊고 깊이 든 잠을 깨워볼까 하노라.

　　사설시조는 듣기 좋아도 외우기는 힘든데, 훌륭한 평시조는 저절로 외워진다. 박효관의 시조는 당시에 널리 외워졌는데, 위의 시조는 고교 교과서에 실려 지금도 널리 외워지고 있다. 님 그리다 죽으면 귀뚜라미라도 되어 기나긴 가을 밤 님의 방에 들어가 못다 한 사랑노래를 부르겠다고 구구절절이 사랑을 고백할 정도로, 그의 시조는 양반 사대부의 시조에 비해 직설적이다. 고종의 등극과 장수를 노래한 송축류, 효와 충의 윤리가 무너지는 세태에 대한 경계, 애정과 풍류, 인생무상, 별리의 슬픔 등으로 주제가 다양하다.

　　삼대 가집으로 『청구영언』과 『해동가요』, 『가곡원류』를 드는데,

『가곡원류』는 다른 가집들과 달리, 구절의 고저와 장단의 점수를 매화점으로 하나하나 기록해 실제로 부르기 쉽도록 했다. 남창 665수, 여창 191수, 합계 856수를 실었는데, 곡조에 따라 30항목으로 나눠 편찬하였다. 몇 곡조는 존쟈즌한닙, 듕허리드는쟈즌한닙 등의 우리말로 곡조를 풀어써 가객들이 찾아보기도 편했다. 그랬기에 가장 후대에 나왔으면서도 10여 종의 이본이 있을 정도로 널리 사용되었는데, 곧 신문학과 신음악이 들어왔으므로 이 책은 전통음악의 총결산 보고서가 되었다.

박효관의 제자 안민영은 『금옥총부(金玉叢部)』라는 개인 가집을 엮어 시조 181수를 실었는데, 박효관과의 인연이 많이 등장하며, 운애산방에서 지은 시조가 많다. 92번째의 시조에 그들의 공연 모습이 묘사되어 있다.

> 口圃東人은 춤을 츄고
> 雲崖翁은 소리헌다.
> 碧江은 鼓琴허고 千興孫은 필리로다
> 鄭若大
> 朴龍根 穢琴 笛 쇼리에 和氣融濃허더라

안민영은 이 시조에 다음과 같은 주를 붙였다. "구포동인(口圃東人)은 석파대로(흥선대원군)께서 내려주신 호이다. 내가 삼계동(三溪洞) 집에 있을 때 동원 뒤에 'ㅁ' 자 모양의 채마밭이 있었기에 '구포동인'이라 칭하셨다. 운애옹(雲崖翁)은 필운대 박선생의 호이고, 벽강(碧江)은 김윤석 군중의 호이다. 천흥손과 정약대, 박용근은 모두 당대 으뜸가는 공인(工人)들이다. 우석상서께서 나로 하여금 구포동인으로 서두를 삼아 삼삭대엽을 짓게 하셨기에 (이 시조를) 읊어 만들었다."

　박효관이 활동하던 운애산방에서 안민영이 살던 삼계동까지의 인왕산 자락이 바로 우대 소리의 현장이라고 할 수 있다.

9. 소설가 이상과 시인 윤동주의 창작 현장

　20세기가 된 뒤에도 서촌은 서울에서 가장 중요한 예술의 현장이었다. 이중섭·이상범·박노수 같은 당대 최고의 화가와 노천명·윤동주·이상 같은 당대 최고의 시인 소설가들이 이 지역에 살았다. 경복궁 영추문 앞에 전차 종점이 생겨, 시내로 출퇴근하거나 통학하기에 편했기 때문이다.

1) 소설가 이상의 집터

　소설가 이상(李箱, 1910~1937)은 1910년 9월 23일, 김영창(金永昌)의 장남 김해경(金海卿)으로 태어났지만, 3세 되던 1912년에 백부(伯父) 김연필(金演弼)의 양자로 들어갔다. 호적상 양자로 입적한 것은 아니지만, 궁내부 기술관리로 근무하던 김연필의 재산이 넉넉해 양자처럼 들어와 살며 학교에 다녔다. 이때부터 백부가 사망하던 1932년까지 통인동 154번지에 계속 살았는데, 10대조의 고성(古城)이라고 부른 대지 300평의 넓은 집이었다. 이상의 호적에 출생지가 경성부 북부 순화방(順化坊) 반정동(半井洞) 4통 6호로 되어 있고, 끝내 백부의 호적에 오르지 못한 것을 보면, 백부가 이상의 생부에게 재산을 나누어주지 않았던 것과도 관련이 있는 듯하다.

9세에는 인왕산 밑 누상동에 있는 신명학교에 입학했고, 12세에 신명학교(4년제)를 졸업한 뒤에 조선불교중앙연무원에서 운영하는 동광학교에 입학하였다. 15세에 동광학교가 보성고보에 병합되면서 자동적으로 보성고보 4학년으로 편입되었으며, 미술교사 고희동 밑에서 그림을 배웠다. 18세에 보성고보를 졸업하고 경성고등공업학교 건축과에 입학했는데, 공업전습소 금공과(金工科) 출신 백부의 영향과 그림에 소질을 보였기 때문에 자연스럽게 건축가의 길을 걷기 시작했다. 같은 학년 광산과에 다니던 김희영(金喜永)의 일기에는 이상의 이름이 김해경으로 나온다. '이상(李箱)'이란 이름은 김해경이 경성고공 졸업앨범을 편집하며 처음 사용하였다.

학생시절 5년 동안 이상과 한 집에 살았던 친구 문종혁은 이 시절 이상의 모습을 이렇게 회상하였다.

> 이상과 18세 동갑내기로서 통동(通洞) 154번지 그의 백부집에서 처음 만났을 때 그는 이미 시작에 열을 올리고 있었다. 1인치가 넘는 두꺼운 무궤지 노우트에는 바늘끝 같은 날카로운 만년필촉으로 씌인 시들이 활자 같은 정자로 빼꼭 들어차 있었다. 그는 그 노우트를 책상 설합 속에 소중히 간직하였다. 당시 상은 나에게 그림에 관해서는 자주 얘기를 했지만 시에 대해서는 이야기하지 않았다. 그림을 그리지 않는 시간에 상은 일본의 서조팔십(西條八十)의 시와 국지관(菊池寬)의 소설을 열심히 읽고 있었다. 이렇게 2년을 보낸 뒤 스무 살(1929)에 접어들자 상은 입버릇처럼 말하기 시작했다. '난 문학을 해야 할까봐' 이 말은 화가를 꿈꾸던 그의 내부에 결정적 변화가 생긴 것을 의미했다. 그는 화구를 돌보지 않게 되었고 문학 쪽으로 완전히 기울어진 것 같았다. 　　　　　　　　　　　－문종혁 「몇 가지 이의」

이상은 백부가 세상을 떠난 22세(1932)에야 잠시 친가로 돌아왔다
가 이듬해 폐결핵을 치료하느라 배천온천으로 갔으며, 백부의 유산
으로 청진동 골목 조선광업소 아래층에서 다방 제비를 경영하게 되
자 배천온천에서 만난 금홍을 마담으로 불렀다. 3년쯤 종로에서 살
다가 일본에 가서 생애를 마쳤으니 통인동 집은 이상의 생애 대부분
을 보낸 곳이지만, 그는 많은 작품을 이 집에서 쓰면서도 통인동을
소재로 하지는 않았다. 서울역이나 백화점, 종로, 을지로, 충무로 등
이 그의 작품 무대이다. 이상은 병든 서울(경성)에 관심이 있어 유곽
이나 카페를 주제로 많은 글을 썼기 때문에, 전형적인 주택가 서촌
이 그의 작품에 자리 잡을 공간이 없었던 것이다.

백부가 세상을 떠나자 1933년에 이 집은 팔렸다. 뒤에 이 건물은
모두 헐려 몇 필지로 분할되었으며, 몇 채의 집들이 새로 지어져 이
상의 자취가 없어졌다.

2) 윤동주의 하숙집

만주 용정(龍井)에서 태어난 시인 윤동주(尹東柱, 1917~1945)가 서
촌으로 이사온 까닭은 대동아전쟁이 시작되면서 연희전문학교 기숙
사 식사가 부실해졌기 때문이다. 윤동주는 후배 정병욱과 함께 1941
년 5월에 하숙집을 구하러 서촌으로 왔다. 서촌에서 사직단 앞을 거
쳐 금화산을 넘어가면 곧바로 연희전문학교여서 통학하기에는 알맞
은 거리였다. 뒷날 연세대학교 교수가 된 정병욱은 윤동주와 함께
서촌으로 이사 온 이야기를 이렇게 기록하였다.

그 해 5월 그믐께, 다른 하숙집을 알아보기 위해, 아쉬움이 가득

찬 마음으로 누상동(樓上洞) 하숙집을 나섰다. 옥인동(玉仁洞)으로
내려오는 길에서 우연히, 전신주(電信柱)에 붙어 있는 하숙집 광고
쪽지를 보았다. 그것을 보고 찾아간 집은 문패에 '김송(金松)'이라고
적혀 있었다. 설마 하고 문을 두드려 보았더니, 과연 나타난 주인은
바로 소설가(小說家) 김송, 그분이었다.

　우리는 김송 씨의 식구로 끼어들어 새로운 하숙 생활을 시작하게
되었다. 저녁 식사가 끝나면, 우리는 대청(大廳)에서 차를 마시며 음
악(音樂)을 즐기고, 문학(文學)을 담론(談論)하기도 했으며, 때로는
성악가(聲樂家)인 그의 부인의 아름다운 노랫소리를 듣기도 했다. 그
만큼 우리의 생활은 알차고 보람이 있었다.

-정병욱『잊지 못할 윤동주』

누상동 마루터기 하숙집에서 한 달을 지내다가, 연희전문학교 졸
업반이던 1941년 5월부터 9월까지 이 집에 살면서 문학과 음악을 즐
기고, 상당수 대표작을 여기서 창작하였다. 정병욱은 이 시절 윤동
주의 일과를 이렇게 회상하였다.

　그 무렵 우리의 일과는 대충 다음과 같다. 아침 식사 전에는 누상
동 뒷산인 인왕산 중턱까지 산책을 할 수 있었다. 세수는 산골짜기
아무데서나 할 수 있었다. 방으로 돌아와 청소를 끝내고 조반을 마친
다음 학교로 나갔다. 하학 후에는 기차편을 이용했었고, 한국은행 앞
까지 전차로 들어와 충무로 책방들을 순방하였다. 지성당(至誠堂)·
일한서방(日韓書房)·마루젠(丸善)·군서당(群書堂) 등, 신간 서점과
고서점을 돌고 나면 '후유노아도(冬の宿)'나 '남풍장(南風莊)'이란 음
악다방에 들러 음악을 즐기면서 우선 새로 산 책을 들춰보기도 했다.
오는 길에 '명치좌(明治座)'에 재미있는 프로가 있으면 영화를 보기
도 했다.

극장에 들르지 않으면 명동에서 도보로 을지로를 거쳐 청계천을 건너서 관훈동 헌책방을 다시 순례했다. 거기서 또 걸어서 적선동 유길서점(有吉書店)에 들러 서가를 훑고 나면 거리에는 전깃불이 켜져 있을 때가 된다. 이리하여 누상동 9번지로 돌아가면 조여사가 손수 마련한 저녁 밥상이 기다리고 있었고, 저녁 식사가 끝나면 김선생의 청으로 대청마루에 올라가 한 시간 남짓한 환담 시간을 갖고 방으로 돌아와 자정 가까이까지 책을 보다가 자리에 드는 것이었다. 이렇게 보면 매우 단조로운 것 같지마는 지금 생각하면 참으로 알찬 나날이었다고 생각된다.

누상동 하숙집 분위기는 문학청년의 마음에 들었지만, 그가 살았던 시대는 무섭기만 했다. 윤동주는 연희전문학교 졸업기념으로『하늘과 바람과 별과 시』라는 시집을 출판하려고 스스로 대표작을 골라 편집했는데, 전쟁 분위기 속에 미처 출판되지는 못했다. 이 육필시집 가운데「태초의 아침」,「또 태초의 아침」,「새벽이 올 때까지」,「십자가」,「눈 감고 간다」,「못 자는 밤」,「돌아와 보는 밤」,「간판 없는 거리」,「바람이 불어」,「또다른 고향」,「길」등이 모두 이 동네에서 지은 시들이다. 제목만 보아도 알 수 있듯이, 이 무렵 지은 시에는 시간적으로 밤과 새벽, 아침이 자주 등장해 윤동주가 이 시기를 캄캄한 밤으로 인식하고 새벽이나 아침을 기다리고 있음을 알 수 있다. 9월에 이 동네를 떠나 11월 아현동에서「별 헤는 밤」,「서시」등의 명작을 창작하는데, 이 시들 또한 밤을 배경으로 하고 있다.

이 시기에 지은 시들의 특징 가운데 또 하나는 기독교정신 속에 지었다는 점이다. '태초'라는 용어도 그렇거니와, '새벽' 또한 부활의 이미지이다. 가장 윤동주다운 시는「十字架」이다.

쫓아오던 햇빛인데
지금 敎會堂 꼭대기
十字架에 걸렸습니다.

尖塔이 저렇게도 높은데
어떻게 올라갈 수 있을까요.

鐘소리도 들려오지 않는데
휘파람이나 불며 서성거리다가,
괴로웠던 사나이
幸福한 예수 그리스도에게
처럼
十字架가 許諾된다면

모가지를 드리우고
꽃처럼 피어나는 피를
어두워가는 하늘 밑에
조용히 흘리겠습니다.

1941년 5월 31일에 지은 이 시의 교회당이 인왕산 자락에 있던 교회인지는 알 수 없지만, 기독교적인 분위기 속에서 생활하던 그가 순명(順命)을 다짐하며 지은 시임은 분명하다. 그는 같은 날 지은 「눈 감고 간다」라는 시에서 "별을 사랑하는 아이들"을 부르고, 6월 2일에 지은 「바람이 불어」라는 시에서 "바람이 부는데 / 내 괴로움에는 理由가 없다"고 하였다. 그의 대표작인 「序詩」보다 6개월 앞서 지은 이 시들에서 그는 이미 '하늘과 바람과 별과 시'를 노래했는데, "나한테 주어진 길을 / 걸어가야겠다."라는 「序詩」의 다짐보다는 "幸福한 예수 그리스도에게 / 처럼 / 十字架가 허락된다면 // 꽃처럼 피어나는 피를 / 조용히 흘리겠"다는 「十字架」의 다짐이 훨씬 더 적극적이다. 순교자적 삶을 살려 했던 윤동주의 인생관이 누상동 시대에 확립되었다고 볼 수 있다.

김송의 집은 누상동 9번지 일대에 있었는데, 윤동주가 하숙하던 집은 10년 전에 헐리고 그 자리에 3층 다가구주택이 들어서 있다.

10. 맺음말 – 서울 문학 1번지 서촌

조선시대 서촌 일대에는 다양한 문학 형태가 발전하였다. 한시는 한양 일대의 어느 지역이든 창작되었지만, 서촌의 한시는 왕과 왕자로부터 사대부에서 중인에 이르기까지 다양한 신분층에서 창작되었다. 서촌의 문학이 다른 지방과 다른 것은 서민층의 민요가 인왕산을 배경으로 했다는 점이며, 중인들이 문학공동체를 이루어 문학과 생활을 하나로 해서 한평생을 살았다는 점이다. 박효관의 운애산방을 무대로 해서 우대 소리가 발전한 것도 다른 지역에서 볼 수 없는 서촌 문학의 특징이며, 이러한 문학 풍토가 20세기에 들어와서도 소설가 이상과 시인 윤동주를 비롯한 많은 작가들에게까지 이어졌다. 서촌은 서울 문학의 1번지이다.

문학에 나타난 한양도성의 이미지

서론

서울에는 한양도성 외에도 북한산성, 남한산성을 비롯한 여러 개의 성이 있는데, 조선을 건국한 태조가 1394년 한양으로 수도를 옮기기 위해 궁궐(宮闕)과 종묘(宗廟), 사직단(社稷壇)을 지은 후, 도성축조도감을 설치하여 수도방위와 행정관리를 목적으로 축조한 성이 바로 한양도성이다. '한양(漢陽)'이라는 이름 그대로 한강(漢江) 북쪽에 내사산(內四山)과 어우러져 쌓았으며, 성벽과 성문, 치성과 곡성과 옹성, 수문, 그리고 봉수대의 시설로 이루어져 있다.

성곽의 용도 가운데 첫째는 당연히 전쟁에 대비한 것인데, 문학에 나타난 한양 도성의 성곽에는 그런 이미지가 없다. 전쟁을 대비했다면 임진왜란이나 병자호란 같은 전란 경우에 한양 도성 성곽이 전투의 현장이 되어야 했고, 영웅적인 승리나 처절한 패배의 경험이 문학작품에 형상화하게 마련이다. 그러나 왜군이 한양에 가까이 오자 선조(宣祖)는 도성 수비를 포기하고 의주로 몽진(蒙塵)했으며, 후금 군사가 가까이 오자 인조(仁祖)도 도성을 버리고 남한산성으로 몽진했다. 왕의 이러한 행동은 한양 도성이 처음부터 이민족의 침략에 대비한 전투용 성곽이 아니라는 반증이기도 하다.

한양 도성의 성곽은 전투를 대비하기 위한 성곽이 아니라 이상적인 정치를 베풀기 위한 공간이었으며, 백성과 함께 하기 위한 여민락(與民樂)의 공간이었다.

1. 인륜과 정치의 염원을 담은 문 이름

문학의 출발은 이름을 붙이는 데서부터 시작한다. 한 사물에 이름을 붙이는 행위는 다른 사물과 구분하고, 그 존재가치를 나타내는데 목적이 있다. 조선 건국의 주역들은 남쪽에 있는 성문을 '남문(南門)', 또는 '남대문(南大門)'이라 하지 않고 '숭례문(崇禮門)'이라 명명하였다. 한양도성 성곽의 4대문 이름은 『태조실록』에 처음 나타난다.

> 성 쌓는 역사를 마치고 정부(丁夫)들을 돌려보냈다. 봄철에 쌓은 곳에 물이 솟아나서 무너진 곳이 있으므로, 석성(石城)으로 쌓고 간간이 토성(土城)을 쌓았다. (줄임) 또 각문(各門)의 월단 누합(月團樓閣)을 지었다. 정북(正北)은 숙청문(肅淸門), 동북은 홍화문(弘化門)이니 속칭 동소문(東小門)이라 하고, 정동(正東)은 흥인문(興仁門)이니 속칭 동대문(東大門)이라 하고, 동남은 광희문(光熙門)이니 속칭 수구문(水口門)이라 하고, 정남(正南)은 숭례문(崇禮門)이니 속칭 남대문이라 하고, 소북(小北)은 소덕문(昭德門)이니, 속칭 서소문(西小門)이라 하고, 정서(正西)는 돈의문(敦義門)이며, 서북은 창의문(彰義門)이라 하였다.

> 正北日肅淸門, 東北日弘化門, 俗稱東小門. 正東日興仁門, 俗稱東
> 大門. 東南日光熙門, 俗稱水口門. 正南日崇禮門, 俗稱南大門. 小北
> 日昭德門, 俗稱西小門. 正西日敦義門, 西北日彰義門.
> 　　　　　　　　　　　　　　　　　　－『태조실록』 5년 9월 24일

4대문의 이름은 인의예지신(仁義禮智信)의 오상(五常) 가운데 네
가지 덕목(德目)을 동서남북 차례로 배분하였다. 한자는 뜻글자이므
로, 조선 건국의 주역들은 성문을 단순한 출입(出入) 용도의 건축물
로만 인식한 것이 아니라, 인간이 갖춰야 할 네 가지 덕목을 배분해
물격(物格)을 부여하였다. 변방(邊方)의 문루(門樓)에 무(武)라든가 승
(勝), 수(守), 진(鎭) 등의 글자를 사용한 것과 비교해보면, 한양도성
이 전투를 위한 성곽이 아니라 백성과 함께 살기 위한 성곽이었음을
알 수 있다.

> 도성(都城)의 남문(南門)이 이루어졌으므로, 임금이 가서 보았다.
> 都城南門成, 上往觀之.　　　　　－『태조실록』 7년 2월 8일

태조 5년 9월 24일에 한양도성의 성곽을 다 쌓고 4대문에 이름을
붙였지만, 실제로 성문은 이때 완성한 듯하다. 남대문이 완성되기도
전에 '숭례문(崇禮門)'이라는 이름을 붙였다는 자체가, 성문 자체보다
그 이름이 더 중요했다는 뜻이기도 하다. 남대문이 어떤 형태로 지어지
건 간에, 건국의 주역들은 그 자리에 세워지는 성문의 이름이 '숭례문'
이어야 나라를 올바로 다스릴 수 있다고 생각했던 것이다.

동서남북의 방위에 맞게 4대문에 인의예지(仁義禮智) 네 글자를
배치했는데, 4소문의 이름에는 이 글자를 배치하지 않았다. 그러나

서소문은 결국 서방(西方)에 해당되는 '의(義)' 자를 받게 되었는데, 그 이유는 왕비의 시호와 겹쳤기 때문이다.

> 서남쪽 문을 소의문(昭義門)이라고 하는데 처음 이름은 소덕(昭 德)이다. 장경왕후(章敬王后)께 시호(諡號)를 올린 다음 지금 이름으 로 고쳤으며, 민간에서 서소문(西小門)이라 부른다.
>
> 『동국여지비고』 제1권 경도(京都)

서소문의 원래 이름은 소덕문(昭德門)인데, 1396년 9월에 다른 성 문들과 함께 세워졌다. 성종(成宗)이 예종(睿宗)의 왕비 장순왕후(章 順王后)에게 '휘인소덕(徽仁昭德)'이라는 시호를 추존하고 보니 서소 문의 이름과 같았으므로, 이를 피하기 위해 소덕문을 소의문(昭義門) 으로 개칭하였다.(장경왕후의 휘호는 宣昭懿淑이다.)

이를 보면 물격(物格)이 인격(人格)보다 낮음을 알 수 있는데, 이는 단순한 인격의 우위를 입증하는 것이 아니라, 왕명(王名)의 피휘(避 諱)에 해당된다. 그런데 왕비의 시호와 서소문의 이름이 같았다는 자체가 성문의 이름을 사람의 이름이나 왕(비)의 시호와 다를 바 없 이 중요하게 여겼다는 증거이기도 하다.

시호(諡號)를 정하는 법이 따로 있었다. 시법(諡法)을 가장 잘 설명 한 글이 『사기정의(史記正義)』에 실린 「시법해(諡法解)」인데, 그 글에 서 시(諡)와 호(號)를 따로 나누어서 설명하였다.

> 시(諡)는 행위의 자취이고, 호(號)는 공을 드러낸 것이다. (옛날에 큰 공을 세우면 좋은 호를 주어서 칭찬하였다.) (줄임) 그러므로 큰 행위에는 큰 이름을 주고 작은 행위에는 작은 이름을 주었으니, 행위는

자기에게서 나오고 이름은 남에게서 나왔다. (이름을 호와 시라고 한다.)

「시법해(諡法解)」에는 『사기(史記)』에서 시(諡)에 쓰인 글자가 모두 103자라고 밝혔다. 궁궐과 성곽에 수많은 문(門)이 있었는데, 정도전은 그 많은 문에 건국의 염원을 담아 제각기 고유명사를 지어주며 의미를 부여하였다. 이 가운데 전투를 뜻하는 이름은 없고, 모두 인간답게 살기를 염원하는 이름들이다.

도성(都城)의 문과 궁성(宮城)의 문 사이에도 상하가 있어, 궁성 문이 보다 높았다. 동북에 있던 홍화문(弘化門)을 혜화문(惠化門)이라 개명(改名)하는 과정에서 그 위계를 볼 수 있다.

> 경성(京城)은 우리 태조 5년에 돌로 쌓았고 세종 4년에 다시 수리하였다. 둘레는 9천 9백 75보(步)요, 높이는 40척 2촌이다. 여덟 개의 문을 세웠으니 정남에 있는 것은 숭례(崇禮), 정북은 숙청(肅淸), 정동은 흥인(興仁), 정서는 돈의(敦義), 동북은 혜화(惠化), (나라를 세운 처음에는 이 문을 홍화(弘化)라 하였는데, 성종 계묘년에 창경궁(昌慶宮)의 동문을 역시 홍화라 하여, 두 문의 이름이 혼동되기 때문에 지금 왕 6년에 혜화라고 고쳤다.) 서북은 창의(彰義), 동남은 광희(光熙), 서남은 소덕(昭德)이다.
> 　　　　　　　　　　　　　　　　　　　－『동국여지비고』 경도(京都) 상

4대문과 4소문에 고유의 이름을 붙인 것은 사람에게 인격을 부여한 것과 마찬가지이다. 현재 청와대(靑瓦臺), 종합청사(綜合廳舍) 등의 이름은 고유명사라기보다 일반명사이다. 무과(武科)를 시험하던 경무대(景武臺)가 청와대로 개명되는 순간, '푸른 기와집'이라는 설

명 이상의 뜻, 치국(治國)의 이념을 잃어버렸다.

2. 명승(名勝)으로서의 한양도성

문학에 나타난 한양도성의 이미지 가운데 가장 드러난 것이 명승
으로서의 이미지이다. 연행사(燕行使)들은 북경 성문에 들어서며 위
압감을 느꼈지만, 명나라 사신 동월(董越)의 「조선부(朝鮮賦)」를 보
면 도성과 어우러진 산과 궁궐만 노래했을 뿐 성곽이나 성문에 관한
별도의 언급이 없다. 그에게는 한양도성 전체가 하나의 명승으로 보
였을 뿐인데, 조선의 시인들도 그렇게 인식하였다.

1) 정도전 『삼봉집』 신도 팔경의 시를 올리다[進新都八景詩]

도성궁원(都城宮苑)

> 성은 높아 천 길의 철옹이고
> 봉래 오색(蓬萊五色)이 구름으로 둘렸구나.
> 연년이 상원에는 앵화 가득하고
> 세세로 도성 사람 놀며 즐기네
> 城高鐵甕千尋　　雲繞蓬萊五色
> 年年上苑鶯花　　歲歲都人遊樂

정도전은 새 도읍의 명승을 여덟 가지로 꼽으면서, 그 가운데 하
나로 도성과 궁원을 꼽았다. 멀리서 바라보는 명승이 아니라, 도성
사람들이 즐기며 노는 공간, 여민락(與民樂)의 공간이다.

2) 이덕무 「성시전도(城市全圖)」 칠언 고시(古詩) 1백운(韻)

임자년 4월에 금중에 번드는 여러 신하에게 명하여 지어 바치게 했다. (줄임) 우등인 여섯 사람의 시권에는 각각 어평(御評)이 있는데, 공의 시권에는 아(雅)자를 썼다.

> 화산 세 봉우리는 북진이 되고
> 한수 한 줄기는 남쪽에 둘렀구나
> 육조와 백사는 여러 관원을 거느리고
> 팔문과 사교는 멀고 가까운 곳을 통하네
> 서쪽 산은 기봉처럼 험한 것이 없어
> 구부러진 성과 둥근 봉우리가 서로 대치하였네
> 華山三朶作北鎭, 漢水一帶爲南紀. (줄임)
> 六曹百司領大小, 八門四郊通邐迤. (줄임)
> 西山無如岐峯險, 曲城圓嶠相角掎.

3) 옥계사(玉溪社) 십이승(十二勝)

1786년 7월 16일에 최창규를 비롯한 13명의 위항시인들이 인왕산 옥계(玉溪)에 모여 시사(詩社)를 결성하였다. 어릴 때부터 인왕산 서당에서 글공부를 함께 하던 친구들이 중심이었는데, 인왕산의 모습이 철따라 달라지므로 1년 열두 달 가장 경치를 즐기기 좋은 곳을 미리 정해놓고 모였다.

> (1) 청풍계 산기슭의 시회 (음력 7월. 楓麓修禊) 옥류동 청풍정사
> (2) 국화 핀 뜨락의 단란한 모임 (8월. 菊園團會)
> (3) 높은 산에 올라가 꽃구경하기 (2월. 登高賞華) 인왕산 필운대
> (4) 시냇가에서 갓끈 씻기 (6월. 臨流濯纓) 옥류천

(5) 한길에 나가 달구경하며 다리밟기 (정월 보름. 街橋步月)

(6) 성루에 올라가 초파일 등불 구경하기 (4월. 城臺觀燈)

(7) 한강 정자에 나가 맑은 바람 쐬기 (8월. 江榭淸遊)

(8) 산속 절간에서의 그윽한 약속 (9월. 山寺幽約)

(9) 눈속에서 화롯가에 술 데우기 (10월. 雪裏對炙)

(10) 매화나무 아래에서 술항아리 열기 (11월. 梅下開酌)

(11) 밤비에 더위 식히기 (5월. 野雨納涼)

(12) 섣달 그믐날 밤새우기 (12월. 臘寒守歲)

이들은 1명이 시 한 수씩, 매달 13수씩 지어 156수를 한 책으로
엮었는데, 4월 초파일에는 성대(城臺)에 올라가 관등(觀燈)놀이를 즐
겼다. 여기서 말하는 성대(城臺)는 이들이 평소에 자주 올랐던 인왕
곡성(仁王曲城)이거나 꽃구경을 즐겼던 필운대이다.

조각달이 저녁에 처음 나오자
봄날 성 위에 줄 지어 올라가네.
화성 서너 점이
어느 새 천만 등불로 되었네.
片月初生夕,　春城取次登.
火星三四點,　頃刻千萬燈.　　　　　　　-華村 李陽馝

등불들이 어우러진 모습을 보려고
이날 밤 필운대에 올랐네.
조각달은 흐릿하게 비치는데
집집마다 등불이 영롱해라.
試看銀花合,　西臺此夜登.
片月微輝處,　玲瓏萬戶燈.　　　　　　　-菊潭 白履相

4) 남효온 『추강집』

「어린 아들을 데리고 숭례문 성에 올라 빗속에 꽃을 구경하다」

가랑비 성을 지나가자 붉은 비단 불타는 듯
나그네 올라와서 성가퀴에 한가히 기대었네.
아들 녀석이 아비 뜻을 억지로 이해하는지
홑적삼 다 젖어도 돌아가려 하지 않네.
細雨過城紅錦然.　　客來開倚女墻邊.
稚童强解愚翁意,　　濕盡單衫不肯旋.

아이 녀석 꿩 부르며 좋아한다 말하니
이놈이 벌써 아비의 광기 배운 게 가련하구나.
따라오는 몇 리 길이 그림처럼 아름다워
해노의 옛 비단 시주머니 옆구리에 찼구나.
兒子呼鷳傳喜語.　　憐渠已學老夫狂.
從行數里明如畫,　　佩得奚奴古錦囊.

남효온 부자가 숭례문 성 위에 올라가서 꽃구경을 해도, 아무도
말리지 않았다. 성벽이 전투라든가 국가의 위엄과 관계없이 일반 백
성들에게 공개되었음을 알 수 있다. 위의 시에서 초파일 관등놀이를
하러 성 위에 올라간 것도 마찬가지다. 개화기 사진에서도 수많은
백성들이 성루 위에 올라가 구경하는 모습을 흔히 볼 수 있다.

5) 윤기 『무명자집(無名子集)』 「만경재십경(萬景齋十景)」

윤기는 「만경재십경(萬景齋十景)」에서 내사산(內四山)과 도성(都城)
이 어우러진 모습을 만경재에서 바라보는 한양의 십경(十景)으로 묘
사하였다. 이 가운데 제1수 「일대분첩(一帶粉堞)」에서는 장안을 감싼

화려한 성곽을 묘사하고, 제4 「성상중수(城上衆樹)」에서는 성 위에
우거진 여러 종류의 나무들을 묘사하였다. 제5 「종남석봉(終南夕烽)」
에서는 남산 소나무 숲 사이로 보이는 봉수대(烽燧臺)를 묘사하였으
며, 다른 시에서도 산과 성 안팎이 하나가 된 명승을 노래하였다.

金城一帶壯長安. 粉堞麗譙占地寬. 誰把畫屏千萬丈. 擺開當戶使
人看. 右一**帶粉堞**

碧瓦參差間白茅. 環城撲地亘平郊. 遊絲白日多佳氣. 滿眼成文似
衆爻. 右極目人家

三山特立意如何. 佳氣兼將秀色多. 最是雨收雲捲處. 靑天洗出碧
嵯峨. 右天外三山

雜樹城頭撚不根. 形形色色異朝昏. 可憐物理眞如許. 高處偏疎下
處繁. 右**城上衆樹**

層城隱見萬松巓. 對闕南山應壽躔. 每夕明烽三四點. 坐占邊警絶
狼煙. 右**終南夕烽**

雨過天晴山色森. 朝來嵐氣爽人心. 秀峯自是淸高極. 紫陌紅塵不
敢侵. 右仁王朝嵐

華嶽峯尖似畫圖. 松林蒼鬱石容癯. 突兀精神端重象. 萬年宜爾鎭
王都. 右白嶽特立

靑天送目駱岑東. 秀出五峯杳靄中. 料得化兒多戲劇. 杈開仙掌倚
遙空. 右道峯五秀

天長鳥遠不勝閑. 橫帶斜陽向碧山. 焉得高如彭澤令. 共觀雲岫倦
飛還. 右駱山歸鳥

圓嶠登臨四望通. 傾城遊客不謀同. 三三五五相携處. 也有詩人有
醉翁. 右圓嶠遊人

10경 가운데 제1경, 제4경, 제5경이 도성 및 그에 연관된 봉수대(烽

燧臺)를 묘사한 시이다. 물론 만경재라는 장소에서 보이는 10경이기
는 하지만, 시인이 도성을 하나의 경관(景觀)으로 본 것은 분명하다.

3. 놀이터로서의 한양도성

명승으로서의 한양도성이 주로 성장(城牆, 성벽)의 개념이라면, 놀
이터로서의 한양도성은 사람이 모여 사는 성시(城市)의 개념이 강하다.

1) 시사(詩社)

한양 도성에 시대별로, 신분별로 수많은 시인들의 모임이 조직되
었는데, 인왕산 주민들로 구성된 옥계사(玉溪社) 동인들이 주로 인왕
곡성(仁王曲城)에 자주 올라 시를 지었다. 그들의 선배인 구로회(九老
會) 동인들도 인왕곡성에 자주 올라 시를 지었으며, 모암(帽巖)의 시
회(詩會)를 그림으로 남겼다.

> 이 행차가 몇 리나 되려나
> 길이 있어 성을 따라 걷네.
> 걸음 옮기니 강산이 바뀌고
> 지팡이에 기대자 천지가 맑구나.
> 여러 해 동안 정해진 약속 없었지만
> 오늘도 헛되지 않아,
> 그대들에게 말 전하노니
> 어찌 문 닫고 지내시려나.
> 此行爲幾里, 有路只從城.
> 移步江山換, 倚笻天地淸.

多年無定約. 是日不虛矸.
寄語二三子, 何如閉戶情.   —暮春登自帽巖, 遵城路至鼈頭.

시회가 모여 인왕산(모암)에서 잠두(남산)까지 걷다 보면 자연스레
순성(巡城)이 된다.

2) 치안유지에서 풍류로 바뀐 순성(巡城)

조선후기에 한양 성벽을 따라 유람하는 놀이가 유행했는데, 한양
의 지리와 풍물을 소개한 유득공의 『경도잡지(京都雜志)』에 구체적
으로 설명하였다.

도성의 둘레는 40리인데, 이를 하루 만에 두루 돌면서 성 안팎의
꽃과 버들 감상하는 것을 좋은 구경거리로 여겼다. 이른 새벽에 오르
기 시작하면 해질 무렵에 다 마치게 되는데, 산길이 험하여 포기하고
돌아오는 사람도 있다.

21세기의 순성(巡城)이 운동이나 역사 체험의 개념이라면, 18세기
에 유행했던 순성은 풍류가 중심이었다. 그러나 순성의 초기 형태는
치안을 유지하기 위해 왕명에서 시작되었다. 치안 유지의 순성은 물
론 조선 초기부터 시행되었지만, 문학작품에서는 이준경(李浚慶,
1499~1572)에 와서 보이기 시작한다.

承命巡城禁苑西, 躋攀閑步當山蹊.
洞深新嫩交加翠, 林靜幽禽上下啼.
旱竭巖泉凹處潀, 春殘花蘂葉間棲.

困來坐倚松根睡, 半日塵襟夢欲迷.
-東皐先生遺稿 卷之一「巡城」

치안 유지가 목적이라고 하지만 실제적인 위협이 없었기 때문에, 산을 넘고 골짜기를 건너면서 한가롭게 걷는 형태의 순성이다. 고요한 숲에서 새 울음소리를 들으며 샘물을 마시고, 꽃구경도 하다가 피곤해지면 잠시 솔뿌리를 베고 낮잠도 잘 수 있는 형태의 순성이 이뤄졌는데, 임진왜란과 병자호란을 겪은 뒤 오도일(吳道一, 1645~1703)에 와서는 무기(武器)를 지니고 순성하게 된다.

自笑書生忝總兵. 秋風撫劍倚層城.
抽身簿牒還開事, 著眼江山更勝情.
落日峯巒意崒峍, 晚霜浦渚氣澄明.
黃花不省君恩重, 似爲衰翁勸一觥.
-西坡集 卷之八「巡城時口占, 示安侍郎子厚.」

1700년에 병조판서에 임명된 오도일이 병조참의 안후(安垕)와 순성하다가 안후에게 지어준 시인데, 이 시 역시 외부의 침입을 의식하며 순성하는 것이 아니라, 칼 찬 자체를 부끄러워하며 강산의 풍류를 즐기는 시이다.

풍류 개념의 순성은 역시 『경도잡지』가 기록된 정조시대에 와서 보편화된다. 윤기(尹愭, 1741~1826)에 와서 친지들과 순성하며 시 짓는 문인들의 놀이가 많이 보이는데,

漢軸王居壯, 敬. 秦京佳氣多. 松間城郭出, 執. 雲裏闕門嵯.
坊曲如棊局, 敬. 樓臺掩妓歌. 風花方歷亂, 敏. 雲日轉淸和.

柳外分旗市, 執. 林中間草窩. 拱趍環遠峀, 敬. 隱映挹遙波.
廟社光輝在, 執. 黌庠道義劘. 慶樓巋石柱, 敬. 訓院儼霜戈.
地利神僧語, 執. 堞形瑞雪過. 東南關廟屹, 敬. 西北佛宮羅.
白岳春遊晚, 執. 靑門午憩俄. 逶迆隨眸眄, 敬. 眺望領山河.
坐石人三影, 執. 投林鳥衆柯. 怪巖時象虎, 敬. 遊皷或鳴鼉.
沽酒仍成醉, 執. 裁詩更自哦. 攀援初絕壁, 敬. 宛轉逶平阿.
街路通烟樹, 敏. 山墻帶雨蘿. 欲歸還有惜, 執. 談景定無他.
小魯吾非敢, 敬. 望洋爾謂何. 唱酬成一軸, 執. 未暇自雕磨. 敬.
　　　-無名子集詩稿 册一 「與希敏, 景執巡城聯句, 作索對體.」

　이 시는 세 친구가 한 구절씩 돌아가며 지어서 장편시를 이루는
놀이인데 '한축(漢軸)'과 '진경(奉京)', '송간(松間)'과 '운리(雲裏)',
'풍화(風花)'와 '운일(雲日)' 등으로 짝을 맞추며 성 위에서 내려다보
이는 한양의 장관을 묘사하였다.

撥悶臨東陌, 隨人陟北岑.
鑿巖容半足, 緣木俯千尋.
頗失遊觀樂, 寧忘戒懼心.
終南雖峻險, 比此是平林.
　　　-『無名子集詩稿』 册二 「欲試脚力, 從兒輩巡城至北岳口占.」

　이 시는 자신의 근력을 시험해보기 위해 아이들과 함께 순성하다
가 산세가 험한 북악(北岳)에 이르러 잠시 쉬며 지은 것이고,

麗景深春好, 閑居幽興多.
迨玆白日永, 陟彼靑門峩.

風浴宜時節, 冠童共詠歌.
聊因試氣力, 況復值豐和.
木齒憐靈屐, 花車憶邵窩.
傍瞻三角岀, 遙帶五江波.
草樹紛蒙蔽, 雲烟相刮劘.
北巖穹棧磴, 西嶽攢矛戈.
足慄危藤越, 魂招絕壁過.
堞譙時隱見, 幕壘密駢羅.
數雉迷千萬, 尋龍幻頃俄.
實宜綿祚籙, 寧不寶山河.
遊客紛携袂, 樵夫或睆柯.
微茫街路蟻, 於樂辟廛䨓.
倚杖頻成趣, 臨風更費哦.
白蘭纔暢豁, 紫閣又巖阿.
粉鵠懸蒼樾, 紅蛾間綠蘿.
促歸詩未暇, 惘暮笑從他.
縱有遊觀樂, 其如放浪何.
杜門誰靜處, 使我羨磋磨.
－『無名子集詩稿』册二「上東門因巡城, 用昔日巡城聯句韻賦之.」

이 시는 동대문에서 성 위에 올라가 순성하다가 앞서 친구들과 연구(聯句) 지었던 것을 생각하며 차운(次韻)한 것이다. 노정(路程)을 완주(完走)하는 것이 목적이 아니기 때문에 봄 경치를 즐기며 한가롭게 걸었고, 아이들과 함께 시를 읊었으며, 날이 저물자 중도에 그만두었다.

城頭日出已崇朝. 行到仁王霧未銷.

花擁朱門通象魏, 烟圍粉堞露華譙.
卽看嶽北三淸近, 笑指終南十里遙.
欲識神京眞面目, 更敎身在此山椒.
     -『海翁詩藁』卷一「巡城日, 口號示徐鳳瑞.」二首

홍한주(洪翰周, 1798~1868)의 시에서는 아침에 해 뜨는 모습을 보
며 순성을 시작해서 인왕산, 북악, 삼청동의 경치를 즐기는 모습이
보이는데, 남산이 십리 멀리 있다고 한 것을 보아 그 역시 완주하지
는 않은 듯하다.

巡堞吾行儘出奇. 病餘忽起故人思.
穿林蠟屐危頻涉, 帶雨凉巾墊亦宜.
遙看白雲留住處, 相逢靑眼笑迎時.
玆遊非是追康樂, 莫使稽山錯見疑.
     -『雲養集』卷之二「後數日病起, 約尹玉居共登北山之頂,
           巡城訪宋洞李硯史, 東村諸益亦登城相迎, 共賦.」

蠟屐年年有此行. 君家櫻熟我期程.
路窮乍喜先聞水, 村僻還疑不在城.
蜂課經春猶役役, 鶯聲垂老直平平.
脫巾獨向松陰坐, 有客聽琴非世情.
     -『雲養集』卷之二「五月二十日, 聞宋洞櫻桃正熟,
   與尹玉居復作巡城之行, 携沈雲稼 琦澤 共訪硯史, 東村諸益亦來會.」

김윤식(金允植, 1835~1922)의 시에서도 완주하려는 것이 아니라
성벽 따라 산책하다가 보고싶은 친구의 집을 찾아가는 모습들이 보
인다. 친구와 함께 북산에 올랐다가 성벽을 따라 송동(宋洞)에 사는

친구를 찾아가자, 동촌(東村)의 친구들이 역시 성에 올라 마중하였
다. 그는 병에서 일어난 지 며칠 안 되어 짧은 거리를 시험삼아 걸었
는데, 운동이나 역사탐방을 목적으로 하는 현대인의 순성과는 다른
모습이다.

순성(巡城)하는 방향은 대부분 서쪽에서 출발해 동쪽으로 돌았으
니 시계 방향인데, 완주한다면 하루 종일 걸렸으니 요즘 순성(巡城)
에 걸리는 시간과 비슷하다.

3) 연 날리기

높은 집이 없던 조선시대에는 성벽과 성문이 연날리기에 가장 좋
아, 성곽이 놀이터로 자주 등장 한다.

> 이십년 전 나이 어린 소년 시절
> 지난일 돌아보니 아득하기만 하네.
> 어렴풋이 기억나네. 남쪽 성 위에서
> 이웃집 아이와 종이연 날리던 일이.
> 二十年前卽少年. 回頭往事却茫然.
> 依俙記得南城上, 去伴隣兒放紙鳶.
>
> —이하곤 「원석(元夕)」 7

4) 관등(觀燈)

사월 초파일 관등놀이도 높은 곳에 올라 구경해야 제격인데, 옥계
사(玉溪社) 시인들의 시에도 성 위에 올라가 관등놀이 구경하는 모습이
보이며, 유민공의 「세시풍요」에도 서대문 관등놀이 모습이 보인다.

서대문 앞 등불놀이 특별히 볼 만하니
성 밖의 번화한 시장이 육의전과 비슷하네.
층층이 마주세운 시렁이 가로지른 곳에
태평만세 네 글자 높다랗게 걸려 있네.

　　　　　　　　　　－유만공『세시풍요(歲時風謠)』

5) 단오 (씨름)

신무문(북문) 곁에 있는 씨름 마당에서는
건장한 아이들이 서로 격렬하게 겨루네.
한강 버드나무와 남산 나무 아래
신선처럼 그네 뛰는 아가씨만 못하네.

　　　　　　　　　　유만공『세시풍요(歲時風謠)』

스님들 당돌하게 성곽 길가에 자리잡고
요란한 북소리로 사람들을 맞아들이네.
너도나도 염불하는 어리석은 행자들
늙은 할미들에게만 돈을 시주하라 하네.

　　　　　　　　　　－유만공『세시풍요(歲時風謠)』

　유숙(劉淑)의 그림 〈대쾌도(大快圖)〉에서 볼 수 있듯이, 단오날 성
곽 옆의 공간에 사람들이 모여 씨름을 했고, 모인 사람들을 상대로
장사꾼이나 스님들이 따라와 장사판을 벌리거나 시주를 구했다.
　도성이 연날리기나 관등, 단오(씨름) 등의 놀이터로 사용된 것을
보아도 도성이 전투용 시설이 아니라 한양 주민들에게 하나의 광장
으로 인식되었음을 알 수 있다.

4. 방(榜)을 붙이는 공간

1) 광해군일기 10년 8월 : 허균 남대문 괘방(掛榜) 사건

신이 (인목대비) 폐비론에 관한 상소 일로 소청(疏廳)에 있다가 아침 전에 남대문을 나가는데 행인들이 많이 모여서 문을 바라보고 있었습니다. 신이 말 타고 지나가면서 흘깃 보니 대장(大將)이라고 쓴 글 아래에 서명하였고, 첫머리에는 '조선'이라는 두 자를 썼는데 그 이하는 흉악하고 참담하여 신하로서는 차마 눈뜨고 보지 못할 것이었습니다. 그래서 곧바로 한명욱을 찾아가 인사한 뒤에 "방금 남대문에 걸린 방을 보았는데 매우 흉악하였다." 하니, 명욱이 놀라며 '다시는 말하지 말라.'고 하였습니다. 신이 돌아갈 때에 보니 없었는데 문을 나오면서 방을 보았을 때가 진시(8시) 말엽인 듯합니다. -광해군일기 10년 8월 10일

허균이 역모에 걸려든 계기가 바로 한양도성 남대문에 내걸린 흉악한 방(榜)이었다. 과연 그 방(榜)을 허균이 써서 붙였는가를 확인할 방법은 없지만, 가장 많은 주민들이 지나다니는 한양도성의 사대문은 방(榜)을 붙여 자신의 의사를 널리 전하는 공간으로 활용되었다.

2) 임득충 시 남대문 괘방

항동자 김부현이 언젠가 이런 말을 하였다.
"숭례문 누벽 위에 누가 시를 지어 붙였는데,
'울긋불긋 누각이 반공에 우뚝 솟아
올라와 보니 날아가는 기러기나 탄 듯 황홀하구나.
평생의 장한 뜻 펼칠 곳이 없어
천지 만리풍에 홀로 누웠네.'

누가 지은 시인지 알 수 없었다네. 나중에 찾아가며 물었더니 임득
충의 시라고 하는데, 득충은 용력으로 이름난 무사라고 하더군."

巷東子嘗言見崇禮門樓壁上有題詩曰, 畫閣岧嶢出半空. 登臨怳若
跨飛鴻. 平生壯志憑無地, 獨臥乾坤萬里風. 不知爲何人所作, 後尋問
之則林得忠詩也. 盖得忠武士, 以勇力稱云. 余觀其詩, 氣槩激昂豪
壯, 可以想見其爲人, 類非兜鍪下庸士. 噫! 人有如此才, 而生不見用
於世, 死且泯沒無傳, 惜哉. 然賴有此數句, 得知世間有林得忠者, 其
亦幸矣. 於是感歎, 爲一絶以和之.

世間何地不生才. 驥服鹽車只可哀. 悵望千秋歌一曲, 西風吹落古
燕臺.　　　　　　　　　　　　　　　　　　　　　　　-洪世泰『柳下集』

　위항시인 홍세태가 김부현의 이야기를 전해 듣고 숭례문 누벽에
내붙인 무사 임득충의 시를 기록했는데, 위항시인이나 무사 모두 조
선시대에 차별받던 계층이었으므로 "평생의 장한 뜻 펼칠 곳이 없
어" 숭례문 누각에 올라 큰 포부를 방(榜)으로 내붙였던 것이다.

5. 맺음말

　서울의 한양도성은 이름 그대로 한강(漢江) 북쪽에 내사산(內四山)
과 어우러지게 쌓았으며, 전쟁보다는 삶의 공간으로 문학작품에 표
현되었다. 성문의 이름 자체에서 인의예지(仁義禮智)의 덕목을 정치
에서 실현하려 했던 조선 건국 주역들의 경륜이 엿보인다. 성(城)에
는 두 가지 개념이 있는데, 명승으로서의 한양도성이 주로 성장(城
牆, 성벽)의 개념이라면, 놀이터로서의 한양도성은 사람이 모여 사는
성시(城市)의 개념이 강하다. 한양의 명승을 노래한 시인들이 대부분

도성을 그 가운데 하나로 꼽았으며, 순성(巡城)의 모습에서도 알 수 있듯이 한양도성을 내사산(內四山)과 하나로 인식하였다. 자연과 하나가 되게 설계했기 때문이다. 순성을 비롯한 놀이터로서의 한양도성은 오늘날에도 살려볼 만한 주제라고 생각한다.

읍지에 소개된 안동지역의 정자들

　안동은 예로부터 큰 고을이어서 수많은 정자들이 관청이나 개인
에 의해서 지어졌다. 고려시대에 처음 지어져서 공민왕이 편액을
썼던 영호루(映湖樓)부터 시작하여 최근에 이르기까지, 안동지역에
서 300여 개의 누정(樓亭)이 지어졌다. 여러 문중에 뛰어난 선비들
이 누정을 짓고 글을 읽었으며, 그곳에서 제자들을 가르치기도 하
였다. 명승지에 세워졌던 정자나 풍류를 즐기던 정자들과는 달리,
안동지역의 정자들은 대부분 학자들에 의하여 지어져서 학문과 수
양의 공간으로 운영되었다. 조선시대에 편찬된 몇 가지 문헌들을
통하여 안동지역에 세워졌던 누정들을 조사하고, 이 누정들이 누
구에 의해서 세워졌다가 언제 없어졌는지, 또는 그 뒤에 중건되거
나 복원되었는지 알아보기로 한다. 근세에 세워져서 문헌에 소개
되지 않은 정자들도 아울러 조사하기로 한다.

　조선시대의 안동은 봉화군을 포함하는 넓은 지역이었지만, 이 글
에서는 현재 안동의 행정구역을 중심으로 조사하고자 한다. 조선시
대의 안동대도호부와 예안현이 그 범위에 해당된다.

1. 조사한 정자의 범주

정자는 일반적인 주거공간이 아니다. 이규보는 「사륜정기(四輪亭記)」에서 "사방이 툭 트이고 널찍하게 비도록 만든 집을 정자라고 한다[作豁然虛敞者, 謂之亭]"고 하였다. 『영조법식(營造法式)』에서는 "정(亭)은 백성들이 안정하는 곳이다. 정(亭)에는 누(樓)가 있다. 정(亭)은 사람들이 모이고 머무는 곳이다"라고 하였다.1) 정자를 건물의 형태에 따라 나누면 정(亭)·누(樓)·당(堂)·각(閣) 등으로 나눠지는데, 이들을 아울러서 흔히 누정(樓亭), 또는 정자라고 한다. 이 글에서는 주거용이 아니면서 업무용도 아닌 모임의 공간을 넓은 의미의 정자라고 보았다.

읍지나 지리지 등의 여러 가지 문헌자료들을 조사해본 결과, 이네 가지 종류의 건물 이름들이 모두 누정(樓亭)조에 속해 있음을 확인하였다. 심지어는 목판을 간직한 장판각(藏版閣)이나 재실(齋室)도 누정조에 소개한 경우가 있다. 그래서 이 글에서도 그들의 관점에 따라 옛자료의 누정조에 소개된 건물들은 일단 모두 정자로 보았다.

정자 건물을 짓지 않고도 정자 이름을 붙인 경우도 있었다. 커다란 나무가 정자 역할을 한 곳들도 많았는데, 이러한 정자나무도 다 넓은 의미의 정자이다. 부라원촌(浮羅院村) 원루(院樓) 앞에 금희련(琴希槤)이 심은 느릅나무를 황유정(黃楡亭)이라고 했다든지, 그 자리에 느릅나무 두 그루를 더 심어 삼금정(三琴亭)이라고 했다든지, 또는 북계촌(北溪村) 마을 앞에 있었던 참나무 서너 그루 아래에다 권시중(權是中)이 단을 쌓고 늑정(櫟亭)이라고 한 것 등이 바로 그런

---

1) 박언곤, 『한국의 정자』, 대원사, 1989. 68면.

경우이다. 이러한 곳에서도 사람들이 모여 시를 짓고, 정자와 같은 역할을 했기 때문에, 누정문학 연구의 좋은 자료가 될 수 있다.

2. 조사한 문헌자료들

초기의 지리지인 『고려사』「지리지」나 『세종실록』「지리지」에는 별다른 자료들이 없다. 이들 지리지에서 특별히 누정을 소개하지 않았기 때문이다. 안동지역의 누정은 『동국여지승람』에 처음 소개되었다.

1) 『동국여지승람(東國輿地勝覽)』

안동지역에 세워졌던 정자들을 조사하기 위한 첫번째 문헌자료는 『동국여지승람』이다. 세조가 즉위한 초년에 집현전 학사 양성지(梁誠之)에게 명하여 팔도지리지(八道地理志)를 편찬케 했는데, 양성지는 20여 년 동안 작업한 끝에 성종 9년(1478) 정월에 완성하였다. 성종은 그 책에다 시문(詩文)을 보태라고 명하면서, 노사신(盧思愼)·강희맹(姜希孟)·서거정(徐居正)·성임(成任)·양성지 등을 총재로 하여 『동국여지승람(東國輿地勝覽)』을 편찬케 하였다. 이 책은 김종직(金宗直)의 수정을 거쳐, 성종 17년(1484)에 55권으로 간행되었다.

중종은 즉위한 뒤에 전대의 편찬 간행사업을 계승하였는데, 이행(李荇)·홍언필(洪彦弼) 등에게 명하여 『동국여지승람』도 증보판을 내게 하였다. 성종 25년(1530)에 새로 증보 간행된 『신증 동국여지승람』은 예전의 책과 체제나 권질에 변동이 없으며, 새로 보탠 기사에는 "신증(新增)"이라는 두 글자를 표시하였다. 그래서 책 이름도 『신증 동국여지승람』이라고 하였다.

이 책에는 전국 각 지역의 인문지리가 망라되어 있어, 누정(樓亭)·역원(驛院)·제영(題詠) 등을 찾아보기 편리하다. 그러나 임진왜란 이전에 세워진 정자만 실려 있어, 임진왜란 뒤에 세워진 정자들을 찾아보기에는 좋은 자료가 아니다.

『동국여지승람』 제24권에는 안동지역의 정자가 「안동대도호부」조에 관풍루(觀風樓)·영호루(暎湖樓)·모은루(慕恩樓)·향사당(鄕射堂)·영춘정(迎春亭)·영은정(迎恩亭)이 실려 있고, 신증(新增)에 망호루(望湖樓)·삼귀정(三龜亭)·환수정(環水亭)·귀래정(歸來亭)이 실려 있다.

제25권에는 「예안현」조에 추흥정(秋興亭)·동루(東樓)·쌍벽루(雙碧樓)가 실려 있다.

2) 『증보문헌비고(增補文獻備攷)』

이중하(李重夏)가 1906년에 『문헌비고(文獻備攷)』를 증보하라는 고종의 명을 받고, 2년의 작업 끝에 1908년 7월 1일에 완성한 책이다. 이 책에는 임진왜란 이후의 변천이 잘 소개되어 있는데, 안동의 능초루(凌超樓)·제남루(濟南樓)·청암정(靑岩亭)·임영루(臨瀛樓)와 예안의 망미루(望美樓)·관심정(寬心亭)이 실려 있다.

3) 『영가지(永嘉誌)』

안동에는 여러 종의 읍지가 발간되었다. 안동대도호부 읍지를 비롯한 서너 가지의 읍지가 시대별로 엮어졌으며, 『영가지(永嘉誌)』·『금계지(金鷄誌)』·『와룡지(臥龍誌)』 등의 사찬 읍지가 또한 엮어졌다.

『영가지(永嘉誌)』는 용만(龍巒) 권기(權紀, 1546~1624)에 의하여 1602년부터 1608년까지 편찬되었다. 처음 안동의 지지(地誌)를 편찬하라고 권하였던 서애 유성룡이 초고를 교열하다가 1607년에 세상을 떠나자 작업이 일시 중단되었는데, 『임영지(臨瀛誌)』를 편찬했던 한강(寒岡) 정구(鄭逑)가 안동부사로 부임하면서 작업이 계속되었다. 편찬 당시의 원본은 8권 4책 56항목이었는데, 1791년 교정을 거쳐 1899년에 간행되었다. 누정(樓亭) 항목은 권3에 실려 있다. 이 책은 1910년에 중간되었다.

목판은 현재 안동시 길안면 대사동 용만공 종가에 소장되어 있으며, 고본(稿本)들과 함께 경상북도 유형문화재 224호로 지정되어 있다. 『영가지(永嘉誌)』는 1996년 안동청년유도회(安東靑年儒道會)에서 국역(國譯)하여 『국역 영가지』라는 이름으로 다시 간행되었다.

4) 『선성지(宣城誌)』

지금의 안동시 예안면(禮安面)은 조선 태종 13년(1413)에 선성현(宣城縣)이 되었다가, 고종 32년(1895)에 예안군이 되었으며, 1914년 4월 1일 읍면 통폐합에 따라 안동군에 편입되어, 예안·도산·녹전 3개 면으로 분리되었다. 선성현이 예안군으로 바뀌었으므로, 선성현의 읍지인 『선성지(宣城誌)』를 흔히 『예안지』라고도 부른다.

선성현이 안동문화권에서도 독립된 지역이었으므로『영가지』에서도 그 지역은 별로 다루지 않았었다. 그래서 월천(月川) 조목(趙穆)의 제자인 늑정 권시중(權是中, 1572~1644)이 선성현 읍지를 작성했는데, 1619년에 초고가 완성되었다. 초고본『선성지』는 50장 필사본이다.[2]

5) 『선성읍지(宣城邑誌)』

이 책은 고종 년간에 필사된 『선성지(宣城誌)』를 참고하고 더 많은 자료를 보태어 일제시대에 석판본 2권으로 간행한 것이다. 다른 항목도 많은 자료가 보완되었지만, 인물이나 누정(樓亭)에 대해서는 훨씬 많은 자료가 보완되었다. 기존의 『선성지』에서는 인물에 대해서 충절과 효행만 기록되었는데, 이 책에는 열녀 항목도 추가되었다.

누정(樓亭) 항목에 대해서도 체제가 정비되어, 자료를 찾아보기가 쉽게 되었다. 초고본의 경우에는 각 정자나 서원 등에 게판된 시가 개별적으로 소개되었지만, 이 석판본에서는 제영(題詠) 항목에서 일괄적으로 소개되었다.

『선성읍지(宣城邑誌)』는 1993년에 성병희(成炳禧) 박사가 국역하였으며, 『선성지(宣城誌)』와 함께 국역선성지발간추진위원회에서 『국역선성지』라는 책으로 간행되었다.

3. 정자가 세워지고 변모된 과정

1) 『동국여지승람』「안동대도호부」조에 소개된 정자들

(1) 덕민루(德民樓)

객사 동쪽에 예전에 5칸의 누(樓)가 있었는데, 이름을 덕민루(德民樓)라고 하였다. 신묘년(1471)에 횃불 맡은 사람이 실수로 불을 내어,

---

2) 『선성지(宣城誌)』와 『선성읍지(宣城邑誌)』에 대한 설명은 국역선성지발간추진위원회(國譯宣城誌發刊推進委員會)에서 1993년에 간행한 『국역 선성지(宣城誌)』「해제」를 참조하였다.

하루 저녁에 다 타버리고 재만 검게 남았다.*3)

덕민루는 관풍루 이전에 있던 객사 누각이다. 불타버린 지 2년 뒤인 계사년(1473)에 목사 손소(孫昭)가 객사 대문 밖에 다시 5칸 누각을 지었는데, 감사 김영유(金永濡)가 순시차 들리자 이를 기념하여 관풍루(觀風樓)라고 이름을 고쳤다.

덕민루에 대한 기사는 김수온이 지은 관풍루(觀風樓)의 기(記)에 소개되어 있다.

(2) 관풍루(觀風樓)

부의 성내에 있다.*

김수온(金守溫, 1409~1481)의 기(記)가 실려 있다.

1576년 2월에 불이 났다.

(3) 영호루(暎湖樓)

부의 남쪽 5리에 있다. 공민왕이 남쪽으로 거둥하여 복주(福州)에 이르렀을 때에, 영호루에 나가서 배를 타고 유람하였다. 이때 물가에서 활을 쏘았는데, 안렴사가 임금에게 음식을 대접하자 구경하는 자들이 담처럼 둘러섰다.*

백문보(白文寶)의 금방기(金榜記)와 이색(李穡)의 찬(讚)이 실려 있다. 백문보의 기에,

"신축년(1361) 겨울 11월에 (공민)왕이 (홍건적의) 난을 피하여 가다가 복주에 이르렀다. (줄임) 이미 싸움에 이겨 개경(開京)을 수복하게 되자, 이 고을을 승격시켜 대도호부(大都護府)로 삼고, 조세를 감면

---

3) 이하 옛자료에 소개된 기사를 그대로 번역해서 인용할 때에는 *표로 표시한다.

하였다. 하루는 고을의 영호루에 거둥하여 기쁜 마음을 시원하게 펴기도 했다. 개경에 돌아간 뒤에도 멀리 그리워하기를 마지않았다. (그래서) 한가한 날 친히 붓과 벼루를 잡고 누(樓)의 현판으로 걸 수 있도록 (영호루라고) 큰 글자 석 자를 써서 하사하여, 그 누에 달게 하였다. (줄임) 지정(至正) 무신년(1368)에 고을 수령 신자전(申子展)이 옛 제도를 고쳤다."

라고 하였다. 이색의 찬에,

"병오년(1366) 겨울에 임금이 서연(書筵)에서 영호루(暎湖樓)라는 석 자를 큰 글씨로 써서 주셨다."

라고 하였다.

정도전(鄭道傳)·채홍철(蔡洪哲)·우탁(禹倬)·조간(趙簡)·정포(鄭誧)·정자후(鄭子厚)·신천(辛蔵)·전녹생(田祿生)·정몽주·권근(權近)·권사복(權思復)·이원(李原)·조효문(曹孝門)·최수(崔脩)의 시가 실려 있으며, 신증(新增)에 김종직(金宗直)의 기(記)가 실려 있다.

영호루는 낙동강 가에 있기 때문에 여러 차례 홍수에 떠내려갔다가 다시 세워졌는데, 지금 서 있는 누각은 1971년에 철근과 시멘트로 중건한 것이다. 제영(題詠)은 예전 것과 새로 쓴 것이 섞여서 걸려 있다.

(4) 모은루(慕恩樓)

부의 서쪽 5리에 있다. 세조 때에 부사 한치의(韓致義)가 세우고, 권반(權攀)이 기를 지었다.*

1602년에 부임한 부사 홍이상(洪履祥)이 중창하였다.

(5) 향사당(鄉射堂)

부성(府城) 서쪽에 있다.*

(6) 사청(射廳)

부성 안에 있다.*

부사 한치의가 세웠는데, 팔도체찰사 이석형(李石亨)이 1467년에 지은 기와 시가 실려 있다.

(7) 영춘정(迎春亭)

부의 동쪽 5리에 있는데, 옛이름은 천재정(千載亭)이다. 영락 18년 (1420)에 부사 최관(崔關)이 천태종 스님 의호(義湖)에게 명하여, 시주를 모아서 세우게 했다. 해마다 입춘에 이곳에서 제사를 지내고 아침 해를 맞는다.*

(8) 영은정(迎恩亭)

부의 북쪽 5리에 있다. 고려 충렬왕이 예전 이곳에 올랐다가, 현액을 (영은정이라고) 이름 지었다.*

(9) 침벽루(枕碧樓)

백련사(白蓮寺)는 노산(盧山)에 있는데, 침벽루가 있다.4)

권한공(權漢功, ?~1349)의 시가 실려 있다.

---

4) 이상의 누정들은 「누정」조에 소개되어 있고, 침벽루(枕碧樓)는 「불우(佛宇)」조에 소개되어 있는데, 하나 뿐이어서 따로 항목을 만들지 않고 「누정」조의 누정들과 함께 소개한다.

2)『신증 동국여지승람』「안동대도호부」조에 소개된 정자들

『동국여지승람』이 1484년에 처음 완성된 다음, 46년 뒤에 새로
증보된 『신증 동국여지승람』이 간행되었다. 이 동안 누정(樓亭)들이
많이 무너지거나 새로 지어져서, 「누정」조 기사에 변동이 많았다.
새로 추가된 사항이나 변동된 사항들을 소개한다.

(1) 망호루(望湖樓)

객관 동쪽에 있다. 부사 박호겸(朴好謙)이 세웠다.*

(2) 삼귀정(三龜亭)

풍산현 서쪽 6리에 있다. 성현(成俔, 1439~1504)의 기(記)에,
"상사(上舍) 김세경(金世卿)씨가 그 고을 풍산현 삼귀정(三龜亭)의
상황을 전해주며 내게 기(記)를 지어 달라고 청하였다. 풍산은 안동부
의 속현이다. 서쪽 5리 남짓한 곳에 마을이 있는데, 금산촌(金山村)이
라고 한다. 그 동쪽 20보쯤에 봉우리가 있는데, 동오(東吳)라고 한다.
그 높이가 거의 60길인데, 정자가 그 봉우리 위에 걸터앉았다. (줄임)
화산(花山)은 김씨의 관향이다. 김씨는 우리나라의 큰 문벌이며,
그의 외조(外祖) 상국 권제평(權齊平)은5) 조정에 이름이 높았다. 권
씨는 바로 그의 따님인데, 나이가 88세이다. 그의 아들 영전(永銓)·
영추(永錘)·영철(永鐵)이 모두 가까운 고을의 수령이 되어 그를 지
성껏 봉양했으며, 또 이 정자를 지어 아침저녁으로 어머니가 놀고
쉬는 곳으로 삼았다. 정자에 돌 세 개가 있는데, 거북이 엎드린 모습

---

5) 이름은 권맹손(權孟孫, 1390~1456)인데, 호는 송당(松堂)이고, 시호가 제평(齊平)
  이다.

이다. 그래서 삼귀정(三龜亭)이라고 이름 지었다."[6]
라고 하였다.*

괴애(乖崖) 김극검(金克儉, 1439~1499)도 따로 기문을 지었다.

(3) 환수정(環水亭)

내성현(奈城縣) 서쪽에 있다.*

(4) 귀래정(歸來亭)

부의 동쪽 3리에 있다. 유수(留守) 이굉(李浤, 1441~1516)이 벼슬에
서 물러나 고향에 돌아와, 와부탄(瓦釜灘) 위에 지은 정자이다.*

이우(李堣)의 시가 실려 있다.

이중환이 지은 『택리지』에서는 안동의 대표적인 정자로 귀래정·
임청각·군자정·옥연정(玉淵亭)을 소개하였는데, 귀래정은 문화재
자료 제17호이다. 정덕(正德, 1506~1521) 연간에 창건하고, 1918년에
중수하였는데, 이종기(李鍾夔, 1856~1937)가 지은 「귀래정중수기」가
『영파집』 권4에 실려 있다.

3) 『동국여지승람』 「예안현」조에 소개된 정자들

(1) 추흥정(秋興亭)

객관 동쪽에 있다. 홍희(洪熙) 원년(1425)에 현감 박결(朴潔)이 세
웠으며, 관찰사 하연(河演)이 이름 짓고 기(記)도 지었다.*

은여림(殷汝霖)의 시가 실려 있다.

---

6) 성현이 지은 「삼귀정기(三龜亭記)」가 『허백당집(虛白堂集)』 권5에 실려 있는데, 영
   철(永鐵)이 영수(永銖, 1446~1502)로 되어 있다.

(2) 동루(東樓)

현 동쪽에 있다.*

4) 『신증 동국여지승람』「예안현」조에 소개된 정자들

(1) 쌍벽루(雙碧樓)

부진(浮津) 언덕 위에 있다.*

5) 『증보문헌비고(增補文獻備考)』에 소개된 정자들

(1) 능초루(凌超樓)·제남루(濟南樓)

모두 읍내에 있다.*

(2) 청암정(靑岩亭)

내성(奈城)에 있는 정자인데, 못 가운데 있는 큰 바위 위에 지었으므로 섬 같다.*

(3) 임영루(臨瀛樓)

서쪽으로 5리에 있다.*

(4) 망미루(望美樓)·관심정(寬心亭)*7)

6) 『영가지(永嘉誌)』에 소개된 정자들

(1) 망호루(望湖樓)

10칸인데, 객사 동쪽에 있다. 부사 박호겸(朴好謙)과 판관 박감(朴

---

7) 망미루와 관심정은 「예안군」조에 이름만 소개되어 있다.

城)이 지었다.*8)

최세절(崔世節)·유희서(柳希緖)·유희령(柳希齡)·송렴·이순형(李純亨)·조사수(趙士秀)·황준량(黃俊良)·김희수(金希壽)·태두남(太斗南)·유홍(俞泓)·양문(梁文)·이춘영(李春英)·김성일(金誠一)의 시가 실려 있다.

(2) 애련당(愛蓮堂)

6칸이다. 객사 망호루 북쪽에 있다. 퇴도(退陶) 이선생의 시 병서(幷序)에 "당(堂)이 옛날에는 정자였는데, 연못 가운데 있었다. 송재부군(松齋府君)이 벼슬에 나가는 날 일찍이 시를 지었다. (줄임) 뒤에 농암(聾巖) 이(현보)선생이 이어서 부사가 되었는데, 당을 고쳐 짓고 벽에다 송재의 시를 그대로 걸어 두었다. 대나무는 북쪽 담으로 옮겼으나, 해바라기는 없어졌다."고 하였다.*

(3) 관풍루(觀風樓)

부성 안에 있다. (줄임) 가정 경자년(1540)에 부사 김광철(金光轍)이 중수하였고, 만력 병자년(1576)에 불이 났다.*9)

(4) 영호루(映湖樓)

부의 남쪽 5리에 있다. (줄임) 가정 정미년(1547) 7월 큰물에 떠내려가고, 임자년(1552)에 부사 안한준(安漢俊)이 중창하였다.*

김종직·조순(趙舜)·김안국(金安國)·양희지(楊熙止)·류방선(柳方

---

8) 망호루와 애련당 기사는 「관우(官宇)」조에 소개되어 있다.

9) 관풍루 이하는 「누정」조에 소개되어 있다.

善)·이석형(李石亨)·권응정(權應挺)·이황·김극일(金克一)·권응인(權
應仁)의 시가 더 실려 있다.

(5) 누선(樓船)

영호루 아래에 있다.*

정사룡(鄭士龍, 1491~1570)의 시가 실려 있다.

정사룡의 시에 영호선(映湖船)이라고 하였으니, 영호루 앞에 배를
띄운 것이다. "창교초정안채익(創巧草亭安彩鷁)"이라는 구절을 보아
서, 채색 익조(鷁鳥)를 그린 배 위에다 초정(草亭)을 세웠던 듯하다.

(6) 모은루(慕恩樓)

부의 서쪽 5리에 있다. 세조 때에 부사 한치의가 세웠다.*

1465년에 도순찰사 화산군(花山君) 권반이 지은 기(記)가 실려 있다.

(7) 진남문루(鎮南門樓)

부성의 남쪽 문이다. 만력 을사년(1605) 7월 큰물에 떠내려갔는데,
부사 김륵(金玏, 1550~1616)이 다시 짓고 그대로 진남(鎮南)이라 하였
으며, 인성군(仁城君) 미(嵋)가 현액을 썼다.*

권강(權杠)의 상량문이 실려 있다.

(8) 영춘정(迎春亭)

(줄임) 만력 정유년(1597)에 명나라 군사에 의해 허물어졌다.*

(9) 영은정(迎恩亭)

(줄임) 만력 정유년(1597)에 명나라 군사에 의해 허물어졌다.*

(10) 귀래정(歸來亭)

부의 동남쪽 5리 와부탄(瓦釜灘) 위에 있다. 유수(留守) 이굉(李浤)
이 벼슬에서 물러난 뒤에, 고향에 돌아와 이곳에 지었다.*

문계창(文繼昌) · 신상(申鐺) · 이사구(李思句) · 양망정(兩忘亭) · 권응
인 · 서익(徐益) · 김팔원(金八元)의 시가 더 실려 있다.

(11) 임청각(臨淸閣)

부성(府城) 동쪽 법흥리(法興里)에 있다. 참의 이명(李洺)이 지었다.*
고경명(高敬命)의 시가 실려 있다.

임청각의 사랑채를 군자정(君子亭)이라고 한다.

(12) 반구정(伴鷗亭)

귀래정 동쪽에 있다. 별좌 이굉(李肱)이 세웠다.*

조사수(趙士秀) · 이황 · 이고(李股) · 김정신(金鼎臣) · 조연(趙淵) · 류
중영(柳仲郢) · 류경심(柳景深) · 김진(金鎭) · 황준량 · 권응정 · 서익 · 김
부륜(金富倫)의 시가 실려 있다.

이굉이 귀래정 이명(李洺)의 뜻을 이어받아 벼슬을 버리고 고향에
돌아와 지은 정자인데, 문화재자료 제258호이다. 이굉의 아들 어은(漁
隱) 이용(李容)도 벼슬에 뜻이 없어 은거했으므로, 후손들이 반구정
앞에 "고성이씨삼세유허비(固城李氏三世遺墟碑)"를 세웠다. 이광정(李
光庭, 1674~1752)이 지은 「반구정중수기」가 『눌은집(訥隱集)』 권8에
실려 있다.

(13) 침벽루(枕碧樓)

부의 동쪽 25리 백련사 앞에 있었다. 현액은 조맹부(趙孟頫)의 글씨였는데, 잃어버렸다. 뒤에 절은 없어지고, 여강서원(廬江書院)을 세웠다. 양호루(養浩樓)가 바로 그 터이다.*

배환(裵桓, 1417)·배권(裵權, 1420)·배강(裵杠, 1441)의 시가 실려 있다.

(14) 침호정(枕湖亭)

부의 서쪽 작현(鵲峴)에 있는데, 왼쪽으로는 아호(鵝湖)를 당기고, 오른쪽으로는 성산(城山)을 누른다. 고을 사람 류종례(柳宗禮)가 지었는데, 지금은 세마(洗馬) 김집(金潗)이 이어서 가지고 있다.*

(15) 감원정(鑑源亭)

부의 동쪽 가구촌(佳丘村) 안 수구(水口) 서쪽 기슭에 있다. 사간(司諫) 권춘란(權春蘭, 1539~1617)이 지었다. 못을 파서 연꽃을 심고, 또 작은 집을 못 가운데 지었는데, 백담(栢潭) 구봉령(具鳳齡, 1536~1596)이 감원정이라 이름 짓고 시를 지었다.*

구봉령·류운룡(柳雲龍, 1539~1601)의 시가 실려 있다.

(16) 권산정(權山亭)

부의 서쪽 35리에 있다. 교수 권질(權耊)이 살던 집이므로, 마을 사람들이 이렇게 이름 지었다.*

(17) 환골대(換骨臺)

부의 동쪽 가탄촌(嘉灘村) 아래 낙동강 가에 있다. 한번 올라 노닐면 몸이 마치 날개를 단 것 같으므로, 구백담(구봉령)이 이렇게 이름 지었다.*

(18) 강정(江亭)

상락대(上洛臺) 아래 공수포(公須浦) 위에 있다. 판서 권예(權輗)가 지었다.*

이황의 시가 실려 있다.

(19) 하계곡리정(下桂谷里亭)

부의 서쪽 건지산(搴芝山)을 마주하고 있으며, 상락담(上洛潭)이 앞으로 비껴 있다.*

(20) 상단지리정(上丹地里亭)

부의 서쪽에 있는데, 역시 강가에 임하여 상쾌하다.*

(21) 송원정(松院亭)

부의 서쪽 12리에 있었는데, 명나라 군사가 불태웠다.*

(22) 압각정(鴨脚亭)

부의 서쪽 금지촌(金地村)에 있다.*

(23) 함경당(涵鏡堂)

부의 서쪽 가야곡촌(佳野谷村)에 있다. 절충장군 강희철(康希哲)이 지었다.*

부사 권응정·권응인·이황·김팔원·권호문(權好文)의 시가 실려 있다.

(24) 송파정(松坡亭)

부의 서쪽 소야촌(所夜村)에 있다. 땅이 그윽하고 형세가 트였으며, 곁에 대나무집이 있다. 교수 정이청(鄭以淸)이 날마다 그 위에서 살았다.*

권호문의 시가 실려 있다.

(25) 의의정(依依亭)

부의 북쪽 익우리(益友里)에 있다. 부사 남우량(南佑良)이 지었다.*

(26) 경류정(慶流亭)

옛날 주촌(周村) 남쪽 2리 정동(亭洞)에 있었다. 훈도(訓導) 이연(李演, 1492~?)이 지은 것이다. 퇴도선생이 오셔서 구경하시고 이름을 지으셨으며, 시도 지으셨다고 한다. (시 생략) 그 뒤 정사(亭舍)가 오랫동안 황폐하게 되자, 연(演)의 손자 정회(庭檜) 등이 마을 안으로 옮겨 세웠다.*

성종 때 훈도를 지낸 이연이 와룡면에 세운 종택 별당인데, 전액은 허목(許穆)의 글씨이다. 이정(李禎)이 영변판관을 지내고 돌아올 때 약산의 향나무 세 그루를 옮겨왔는데, 그 가운데 한 그루가 경류정에 있다. 천연기념물 제314호이다. 이만인(李晚寅, 1834~1897)이 지은 「경류정노송기(慶流亭老松記)」가 『용산집(龍山集)』 권7에 실려 있다.

(27) 한송정(寒松亭)

임하현(臨河縣) 북쪽 비이연(飛鯉淵) 위에 있는데, 김예범(金禮範)

이 지었다. 정자 아래 강가에 바위 하나가 있는데, 그 모습이 마치 대나무 상자 같다. 그래서 이 바위를 농암(籠巖)이라고 한다. 물을 따라 몇 리를 내려가면 말안장[盤陀] 같은 바위가 있는데, 이 바위를 의암(衣巖)이라고 한다.*

(28) 호은정(壺隱亭)

임하현 북쪽 천전리(川前里) 두 시냇물 가운데 있는데, 참봉 김정(金珽)이 지었다. 정자 위에서 노닐며 술을 마시고, 시를 읊으며 스스로 즐겼다.*

옥산(玉山) 이우(李瑀)의 시가 실려 있다.

(29) 백운정(白雲亭)

임하현 북쪽 2리 부암연(傅巖淵)에 있다. 증판서(贈判書) 김진(金璡, 1500~1580)이 지은 것인데, 아들 수일(守一, 1528~1583)이 옛제도에다 보태어 개축하였다.*

김진의 시가 실려 있다.

문화재자료 제175호인데, 전액은 허목의 글씨이다. 김진의 6세손인 김성탁(金聖鐸, 1684~1747)이 1743년에 지은 「백운정중수기」가 『제산집(霽山集)』 권14에 실려 있다.

(30) 선유정(仙遊亭)

임하현 동쪽 선찰사(仙刹寺) 앞에 있는데, 김진이 지었다. 동쪽에 있는 산을 봉일(捧日)이라 하고, 뒤에 있는 산을 무학(舞鶴)이라 하였으며, 앞에 있는 산을 장륙(藏六)이라 하였다. 왼쪽에 있는 산을 옥병(玉屛)이라 하고, 오른쪽에 있는 산을 취병(翠屛)이라 하였다. 취병의 뒷봉우리는 도경(倒景)이고, 옥병의 뒷봉우리는 탁천(坼天)이다.*
정자 주인과 아들 극일(克一)의 시가 실려 있다.

(31) 퇴산정(退山亭)

임하현 북쪽 5리쯤 무릉도(武陵島) 아래에 있다. 농선(農船)을 가
지고 있으며, 위에는 나무 세 그루가 있는데 생원 정교(鄭僑)가 손수
심은 것이다.*

(32) 구계정(龜溪亭)

임하현 북쪽 광탄(廣灘) 위에 있다. 벽동군수 권시좌(權時佐)가 세
웠으므로, 후세 사람들이 **벽동정**(碧潼亭)이라고도 하였다.*

(33) 금역당(琴易堂)

임하현 북쪽 도목촌(桃木村)에 있다. 내한(內翰) 배용길(裵龍吉)이
살던 곳이다.*
명나라 주원조(朱元兆)·조목(趙穆)·이준(李埈)의 시가 실려 있다.

(34) 만류정(萬柳亭)

길안현 산하리(山下里)에 있는데, 송후은(宋後殷)이 지었다.*
김팔원의 시가 실려 있다.

(35) 타양정(沱陽亭)

일직현(一直縣) 서쪽 사천(斜川) 위에 있다. 흔히 **동내정**(洞內亭)이
라고도 부른다. 임진년(1592)에 난리를 겪으면서 현사(縣舍)가 허물
어졌는데, 이 정자만은 남았다. 정자 옆에는 직장(直長) 이종제(李宗

悌)의 집이 있는데, 명나라 장수와 우리나라 사신이 오가면서 이 정
자에 묵었다.*

만력 기해년(1599)에 명나라 장수 학해산인(學海山人) 양문(梁文)이
지은 시가 실려 있다.

(36) 백암정(白巖亭)

귀미촌(龜尾村) 동남쪽 몇 리 쯤에 있는데, 효자 남응원(南應元)이
지었다. 곁에는 돌 대(臺)가 있는데, 강 복판에 갑자기 일어나 깎아지
른 듯 섰다. 깊은 연못을 굽어보는데, 여덟 아홉 사람이 앉을 만하다.*

(37) 삼수정(三樹亭)

풍산현 북쪽 3리에 있다.*

(류성룡의 시가 실려 있다.)

당시에 권경전(權景絟)·권경신(權景紳)·권경침(權景統) 3형제가
모두 나이 여든 남짓 되었는데, 날마다 이 정자에 모여 강(講)을 하
였다. 서애(西厓)가 방문하여 이 시를 남겼다.*

(38) 고창정(高唱亭)

풍산현 남쪽 1리 쯤에 있다. 들판에 임했는데, 아주 높다. 옛 늙은
이들이 이렇게 전했다. "신라 말에 섬 오랑캐들이 자주 와서 고을사
람들에게 도적질하자, 들에 일하러 가는 사람들이 사람을 시켜 정자
에 올라가서 바라보다가 만약에 왜적들이 오면 높은 소리로 크게 고
함쳐서 그들로 하여금 숨어 피하게 하였다. 그래서 고창정(高唱亭)이
라고 이름 지었다."*

(39) 천당정(泉堂亭)

풍산현 남쪽, 화산 서쪽 기슭에 있다. 서쪽으로는 옥연(玉淵)에 임했고, 북쪽으로는 학가산(鶴駕山)을 바라본다. 큰 느티나무가 있는데, 사간(司諫) 안팽명(安彭命, 1447~1492)이 그 아래에서 독서하였다.*

(40) 어락정(魚樂亭)

풍산현 남쪽, 호산 동쪽 기슭, 곡강(曲江) 위에 있다. 효자 김세상(金世商)이 지었다.*

(41) 삼귀정(三龜亭)

풍산현 서쪽, 금산리 동네 앞에 있다. 천간 긴영전(金永詮)이 지은 것이다. 현액은 용재(慵齋) 이종준(李宗準)의 글씨이다. 임진년 난리에 불타서 두 칸이 허물어지자, 조도사(調度使) 김상준(金尙寯)이 다시 수리하였다.*

성현의 기(記)와 이사균(李思鈞)의 시, 김영(金瑛)의 「사시사(四時詞)」가 실려 있다.

(42) 침류정(枕流亭)

풍산현 서쪽 구담촌(九潭村)에 있다. 김수한(金粹澣)이 지은 것이다.*
농암 이현보·장옥(張玉)의 시가 실려 있다.

(43) 긍구당(肯構堂)

풍산현 서쪽, 상암(床巖) 북쪽 언덕 위에 있었다. 안순(安洵)이 지은 것인데, 지금은 터만 남아 있다.*

(44) 선지정(先志亭)

풍산현 서쪽, 종연(鍾淵) 북쪽 기슭에 있었다. 관찰사 김연(金緣, 1487~1544)이 늙은 뒤에 물러나 정자를 지으려다 이루지 못했는데, 그의 아들 생원 부의(富儀, 1525~1582)가 정자를 짓고서 (선친의 뜻을 받들어) 선지정(先志亭)이라고 이름 지었다. 임진년(1592)에 적에게 불태워졌다.*

(45) 삼경당(三徑堂)

감천현(甘泉縣) 서쪽 1리 쯤에 있었다. 선비 윤창문(尹昌文)이 지은 것인데, 지금은 허물어져 터마저 없어졌다.*

(윤창문·장응선(張應旋)의 시가 실려 있다.)

태소(太素)는 윤창문의 자인데, 좌찬성 별동선생(別洞先生) 윤상(尹祥, 1373~1455)의 증손자이다. 사부(詞賦)를 잘 지어 당시 대가(大家)라고 불렸다.*

(46) 환수정(環水亭)

내성현 앞에 있었는데, 지금은 허물어졌다.*

이우(李堣, 1469~1517)의 기(記)와 시, 권시(權偲)의 시가 실려 있다.

(47) 청암정(靑嵓亭)

내성현 북쪽 6리, 권충정공(權忠定公) 집 앞 바위 위에 있는데, 충정공이 처음 지은 것이다. 시냇물을 끌어 못을 만들고 삼면을 연꽃으로 둘러쌌는데, 몹시 성대하다.*

이황과 권벽(權擘, 1520~1593)의 시가 실려 있다.

(48) 석천정(石泉亭)

내성현 삼계(三溪) 위에 있다. 지경이 맑고 그윽하며 바위도 기묘
한 곳인데, 권동보(權東輔)가 지었다.*

(49) 송암정(松巖亭)

내성현 토곡(吐谷) 서쪽 기슭에 있다. 권동미(權東美)가 지은 것인
데, 연못이 있다.*

(50) 외영당(畏影堂)

내성현 서쪽 호평(虎坪)에 있다. 진사 이홍준(李弘準)이 지은 것
이다 *

이우의 시가 실려 있다.

(51) 취규정(翠虯亭)

내성현 서쪽 9리, 용담(龍潭) 절벽 위에 있다. 참봉 임흘(任屹)이
지은 것이다.*

(52) 청아루(菁莪樓)

향교에 있는데, 9칸이다.*10)

(53) 효사루(孝思樓)

부에서 북쪽으로 10리 떨어진 병산(甁山) 아래에 가수암(嘉水庵)이 있
다. 백죽당(栢竹堂) 배상지(裵尚志)의 재사(齋舍) 앞에 효사루(孝思樓)가
있는데, 배환(裵桓, 1379~1448)·배강(裵杠) 형제가 지었다고 한다.*11)

---

10) 청아루는 「누정」조가 아니라, 『영가지』 권4 「향교」조에 소개되어 있다.

7) 『선성지(宣城誌)』에 소개된 정자들

(1) 추흥정(秋興亭)

객관에 있다. 홍희(洪熙) 원년(1425)에 현감 박결(朴潔)이 세웠고, 관찰사 하연(河演)이 이름을 지었다.*12)

홍여림(洪汝霖)의 시가 실려 있다.

(2) 동루(東樓)

현 동쪽에 있다.*

(3) 쌍벽정(雙碧亭)

현 남쪽 1리 부진(浮津) 위에 있다. 푸른 산을 등지고 푸른 물을 마주보기 때문에 이런 이름을 얻었다. 현감 임내신(任鼐臣)이 처음 세웠다.*

(임내신·이현보·이황·황준량·이중량(李仲樑)·장응선(張應旋)의 시가 실려 있다.)

이 정자는 강 위에 우뚝 서서 지나는 나그네들이 올라보지 않는 이가 없었다. 감사 곽회근(郭懷瑾)이 중수하여 옻칠까지 마쳤는데, 임진왜란을 만나고도 불타버리지 않아 사람들이 모두 다행스럽게 여겼다. 그러다가 을사년(1605) 대홍수 때에 떠내려가서 형체도 남지 않았다. 옛사람들이 남긴 시들이 모두 묵은 자취가 되고 말았으니, 매우 유감스런 일이다.*

---

12) 추흥정·동루·쌍벽정은 「누정」조에 소개되어 있다.

(4) 양호루(養浩樓)

(향교 명륜당) 남쪽의 루(樓)는 양호(養浩)이다. 그 사이에 학령(學令)과 잠(箴)·명(銘)을 걸어두니, 한결 같이 성균관의 규례를 따른 것이다.13)

(5) 수월루(水月樓)

앞쪽에 있는 누각은 종루(鐘樓)이고, 서쪽의 누각은 수월루이다.*14)

(6) 월천정(月川亭)

낙천(洛川) 위에 있다. 생원 채승선(蔡承先)이 지은 정자였는데, 그가 세상을 떠난 뒤에 비바람에 허물어졌다. 그 뒤에 후손 채간(蔡衎)이 3칸으로 고쳐 지었지만, 지금은 자손 가운데 지키는 사람이 없다. 정자는 진작 퇴락하여, 겨우 옛터만 남아 있다.*15)

(7) 산수정(山水亭)

현 남쪽 3리에 있다.*

(8) 침류정(枕流亭)

현 남쪽 5리 낙천 위에 있었다. 주인인 병마절도사 김부인(金富仁, 1512~1584)이 정자를 짓고 침류정이라 이름 지었다. 지금은 없어지고, 옛 터만 남아 있다.*

---

13) 양호루는 「학교」조에 소개되어 있다.
14) 수월루는 「불우(佛宇)」 "용수사(龍壽寺)"조에 소개되어 있다.
15) 월천정·산수정·침류정·능운대는 「승처(勝處)」조에 소개되어 있다.

(9) 능운대(凌雲臺)

진사 이원승(李元承)이 지었다.*

(10) 만대정(晩對亭)

의인(宜仁) 서쪽 농암 맞은편 언덕에 있다. 감사 이중량(李仲樑, 1504~1582)이 이 정자를 지어서 쉬는 곳으로 삼았는데, 을사년(1605)에 큰물이 져서 무너진 뒤에는 그 터도 남지 않았다.16)

(11) 임정(林亭)

마을 앞 숲에 있다. 나무들이 즐비하여 그늘이 짙기 때문에, 마을 사람들이 모여서 의논하는 곳이다.*

(12) 영지정사(靈芝精舍)

마을 서쪽 산 정상에 있는데, (이 산은) 예안고을의 진산이다. 옛부터 공사(公寺)라고 불렸는데, 산이 몹시 가파르다. 이 산에 오르면 예안이 작다고 할 만하다. 효절공(孝節公 李賢輔, 1467~1555)이 정자를 지어놓고 오르내리던 곳이다. 만력 임오년(1582)에 산불이 일어나 모두 불탔는데, 자손들이 다시 짓고는 중에게 명하여 지키게 하였다. 중년에는 지키는 사람이 없어서 퇴락하였는데, 태수 한득일(韓得一)이 부임하면서 예안고을에 진산이 텅 비어 버려진 것을 애석히 여겼다. 그래서 중으로 하여금 시주하여 다시 짓게 하고는, 그곳에 들어가 지키게 하였다.*

---

16) 만대정(晩對亭)·임정(林亭)·영지정사(靈芝精舍)는 「분천사적(汾川事蹟)」에 실려 있다.

(13) 사미정(四未亭)

송재(松齋)의 손자 이빙(李憑)이 계남(溪南) 언덕에 지었던 정자이다. 임진왜란을 겪은 뒤에 무너져 형체도 없이 되었으므로, 지금은 옛터만 남아 있다.[17]

(14) 유정(柳亭)

마을 앞 이문(里門)에 있는데, 성성재(惺惺齋) 금난수(琴蘭秀, 1530~1604)가 사운시를 지었다.[18]

(15) 부라원루(浮羅院樓)

마을 앞 들판 낙동강 가에 있다. 병사 김부인이 붓을 던지고 무예를 익히면서, 마을 친구인 손환(孫㻶)과 함께 이곳에서 활을 쏘았다. 김부인이 손환에게 지어준 시를 (줄임) 현판에 새겨 달아 놓았다. 또 월천(月川) 조목(趙穆, 1524~1606) 선생이 이 누에 와서 시를 지었다. (줄임)*

부라원(浮羅院) 건물은 없어지고 원루(院樓)만 남아 있다. 안동지역에 유일하게 남아 있는 원루인데, 경상북도 유형문화재 제39호이다. 편액은 석봉(石峰) 한호(韓濩, 1543~1605)가 썼으며, 학산(鶴山) 금용하(琴鏞夏, 1860~1929)가 지은 「부라원루기(浮羅院樓記)」가 『학산집(鶴山集)』 권4에 실려 있다.

---

17) 사미정(四未亭)은 「온계사적(溫溪事蹟)」에 소개되어 있다.

18) 유정(柳亭)·부라원루(浮羅院樓)·황유정(黃楡亭)은 「부라사적(浮羅事蹟)」에 소개되어 있다.

(16) 황유정(黃楡亭)

원루(院樓) 앞에 있다. 첨지 금희련(琴希槤)이 심은 것이다. 가지가 조금도 들쑥날쑥하지 않아 동청(冬靑)과 같았다. 지나는 사람들 가운데 아끼지 않는 사람이 없었으며, 마을 어른들이 날마다 이곳에서 쉬었다. 부위(副尉) 금헌(琴憲)과 참봉 금희(琴熹)도 역시 각자 느릅나무 한 그루씩을 그 서북쪽에다 심어, 이 세 그루를 삼금정(三琴亭)이라고 불렀다. 갑술년 엄동에 두 그루는 모두 얼어 죽었다.*

(17) 늑정(櫟亭)

마을 위에 참나무 서너 그루가 있었는데, 내가 (권시중) 그 아래에다 단을 쌓고 늑정(櫟亭)이라 이름 붙였다.*19)

(18) 유정(柳亭)

마을 앞에 버드나무 20여 그루가 있는데, 그 아래에 단을 만들었다. 선군(先君)께서 이매암(李梅巖)·조월천(趙月川)·이벽오(李碧梧)와 함께 꽃 피는 봄날이나 가을 달밤에 이곳에서 술잔을 기울이고 가사를 읊조렸다. 을사년(1605) 대홍수로 무너져 떠내려갔다.*20)

(19) 괴정(槐亭)

마을 안에 있다. 선조께서 세운 것인데, 역시 을사년(1605) 대홍수에 무너져 떠내려갔다.*

---

19) 늑정(櫟亭)은 「부라사적(浮羅事蹟)」에 소개되어 있다.
20) 유정(柳亭)·괴정(槐亭)·이정(梨亭)은 「면계촌(綿溪村)」에 소개되어 있다.

(20) 이정(梨亭)

마을 앞에 있다. 낙동강을 마주보고 큰길 가에 있기 때문에, 오가는 어른 아이 할 것 없이 이곳에 올라 쉬지 않는 이가 없다.*

(21) 읍청정(挹淸亭)

주인은 김부의인데, 시냇가 남쪽 언덕에다 정자를 지었다. 청량산을 바라보고 절하는 모습이었기에 이같이 이름을 지었다. 퇴계선생이 지은 절구 12수가 있다.*21)

(22) 일휴당(日休堂)

주인은 금응협(琴應夾, 1526~1586)이다. 집을 짓고 일휴당이라 이름 지었는데, 그 아래에 연못을 파고 연꽃을 심었다.*

(23) 탁청정(濯淸亭)

주인은 김유(金綏, 1481~1552)이다. 시냇가 북쪽 바위 위에 정자를 짓고, 연못을 파서 연꽃을 심었다. 이름을 붙인 뜻은 퇴계선생의 시에 있는데, 효절공(孝節公 李賢輔)도 시를 지었다.*

김유가 고택 안에다 1541년에 세운 정자인데, 낙동강 가의 외내에 있었다. 중요민속자료 제226호인데, 수몰로 이전하였다. 편액은 한호의 글씨이며, 마루에 이현보·이황·황준량·정윤목 등의 시판이 걸려 있다. 금시술(琴詩述, 1783~1851)이 지은 「탁청정이건상량문(濯淸亭移建上樑文)」이 『매촌집(梅村集)』 권4에 실려 있다.

---

21) 읍청정(挹淸亭)·일휴당(日休堂)·탁청정(濯淸亭)·침류정(枕流亭)은 「오천(烏川)」에 소개되어 있다.

(24) 침류정(枕流亭)

마을 입구 낙동강 가에 있었다. 단성현감 김만균(金萬鈞)이 지었고, 김유(金綏)가 이어받아 이곳을 지켰다. 퇴계선생이 시를 지었는데 (줄임), 이 정자는 임진왜란 뒤에 퇴락하여 옛터만 남았다.*

(25) 월천정(月川亭)

주인 사마 채승선(蔡承先)이 마을 동쪽 언덕, 낙천을 굽어보는 곳에다 정자를 지었다. 퇴계선생과 금계 황준량의 시가 있었는데, 임진왜란을 겪으면서 퇴락하여 무너졌다. 그의 손자 채간(蔡衎)이 사촌 박수의(朴守誼)와 함께 의논하여, 힘을 합쳐 세 칸으로 중창했다.*22)

채간과 박수의 두 사람이 정자 아래에 대를 쌓았는데, 월천선생이 수월대(水月臺)라고 이름 지었다. 을사년(1605) 대홍수에 크게 무너져서, 온전한 모습이 남아 있지 않다.*

(26) 부용정사(芙蓉精舍)

만력(萬曆) 갑진년(1604)에 월천선생이 부용봉 북쪽 작은 언덕에 정자를 새로 짓고서, 그 집 이름을 정관(靜觀)이라 했으며, 그 마루 이름을 고명(高明)이라고 했다.*

월천은 이미 37세 때에 퇴계를 모시고 부용봉에 올라 정자 터를 정했었지만, 힘이 모자라 건물을 짓지는 못했었다. 이때 모두 8칸을 지었는데, 두 방의 이름은 정관(靜觀)과 수약(守約)이며, 헌은 고명(高明), 못은 군자(君子)라고 했다.

---

22) 월천정(月川亭)과 부용정사(芙蓉精舍)는 「월천(月川)」에 소개되어 있다.

8) 『선성읍지(宣城邑誌)』에 소개된 정자들

『선성지(宣城誌)』에 소개된 것과 같은 내용은 다시 소개하지 않는다. 그러나 그곳에서 소개되었던 누정이라도, 추가되는 내용이 있으면 소개한다. 세월이 300년 가까이 지나면서 무너지거나 중건한 경우가 많기 때문이다.

(1) 관심루(寬心樓)

일명 제시루(題詩樓)라고도 하는데, 객사 동쪽에 있다.*

(2) 망미루(望美樓)

객사 문밖에 있던 누(樓)이다.*

(3) 애일당(愛日堂)

분천(汾川) 가에 있다. 이현보가 어버이를 모시고 노닐던 곳이다.*

(4) 추월한수정(秋月寒水亭)

퇴계(退溪) 가에 있다. 이황이 머물러 쉬던 곳이다.*

퇴계종택 내 오른쪽에 있다. 1896년에 불이 났다가 1926년에 중건했는데, 금용하가 지은 「추월한수정중건기」가 『학산집』 권5에 실려 있다.

(5) 침류정(枕流亭)

현 남쪽 5리 우암(愚巖) 위에 있다. 낙동강에 임하여 경치가 아름답다. 현감 김만균이 세웠는데, 세월이 오래 되어 퇴락해 무너지자, 김유(金綏)가 철거하고 다시 새로 세웠다. 뒤에 큰물로 다시 무너졌다.*

(6) 요산정(樂山亭)

현 서쪽 10리에 있는데, 이완(李完)이 지었다. 계부(季父) 황(滉)이 손수 써서 이름 지었다.*

(7) 고산정(孤山亭)

일동(日洞) 월명담(月明潭) 아래에 있다. 금난수의 별장이다.*

(8) 격양정(擊壤亭)

현 서쪽 10리에 있는데, 박사희(朴士熹)가 세웠다.*

(9) 송원정(松遠亭)

현 서쪽 10리에 있다. 판관 김영근(金永根)이 세웠다.*

(10) 침락정(枕洛亭)

오천(烏川) 남쪽 3리에 있다. 김광계(金光繼, 1580~1646)가 숨어서 수양하던 곳이다.*

외내마을 앞산 낙동강 가 언덕에 있던 김광계의 서재인데, 수몰로 인해 오천문화재단지에 옮겨 세웠다. 경상북도 유형문화재 제240호인데, 이만도(李晩燾, 1842~1910)가 지은 「침락정중수기」가 『향산집(響山集)』 권1에 실려 있다.

(11) 청락당(淸洛堂)

청량산 골짜기 밖 나부촌(羅浮村)에 있는데, 임흘(任屹)이 머물러 쉬던 곳이다. 헌(軒)은 주일헌(主一軒)이라 하고, 재(齋)는 양심재(養心齋)라 했으며, 바위는 붕래암(朋來巖)이라 하고, 대(臺)는 영요대(領

要臺)라 했다. 모두 28영(詠)이 있다.*

(12) 강정(江亭)

의인강(宜仁江) 언덕에 있다. 이집(李集)이 세웠다.*

(13) 침간정(枕澗亭)

온계리 서쪽에 있다. 임세핵(任世翮)이 세웠으며, 권두경(權斗經, 1654~1725)의 시가 있다.*

(14) 수석정(漱石亭)

하계(下溪) 위 강언덕에 있다. 이야순(李野淳, 1755~1831)이 세웠다.*

(15) 후계정(後溪亭)

부라(浮羅) 동쪽 청동(清洞)에 있다. 이이순(李頤淳, 1754~1832)이 세웠다.*

(16) 고계정(古溪亭)

청음석(清吟石) 동쪽 강가에 있다. 이휘녕(李彙寧, 1788~1861)이 세웠다.*

홍선대원군 이하응이 "고계산방(古溪山房)"이라고 쓴 편액이 붙어 있었는데, 1990년대 후반에 없어졌다.

(17) 오류정(梧柳亭)

요성산 아래에 있다. 김양직(金養直)이 세웠다.*

(18) 침천정(枕泉亭)

온계(溫溪) 서쪽에 있다. 이휘재(李彙載, 1795~1875)가 세웠다.*

4. 앞으로의 과제

안동지역에는 옛 부터 많은 누정들이 세워졌다. 이번 조사에 의하면 읍지에 소개된 누정만 해도 119개인데, 그 뒤에도 수많은 누정이 지어졌으며, 한쪽에서는 또 없어졌다. 임노직 선생이 조사한 통계만 해도 현재 안동지역에 남아 있는 누정이 280여 개라고 한다. 문집에 소개된 누정도 상당히 많았으며, 문헌에 소개되지 않은 누정들도 실제로 많다.

실제 현지에 나가 조사하면 더 많은 누정이 확인될 것이다. 그 다음 과제는 안동지역에 현존하는 누정 일람표를 만드는 일이다. 행정구역별로 어느 정자가 어디 있으며, 누가 언제 세웠는지, 편액은 누가 쓰고 기문은 누가 지었는지, 문화재로 지정되었는지 등을 도표화하려고 한다. 이 작업까지 마무리되면 안동지역에 세워졌던 누정들에 대해서 문학, 또는 역사학이나 민속학적인 연구가 본격적으로 시작되리라 생각한다.

경복궁 서측지역의 문화유산

허경진(연세대 국문과 교수)
유춘동(연세대 국문과 강사)

▲ 1920년대 경복궁 서측지역 일대
◀ 현재 경복궁 서측지역 일대

일러두기

1. 이 글은 이 지역의 산재한 '문화유산'을 정리한 것이다.
2. 현재의 '행정구역'을 기준으로 '한글 자모순'으로 배열하여 정리했다.
3. 참고한 자료는 '참고문헌'에 제시했다.
4. 경우에 따라 출처를 밝힐 필요가 있는 것은 '각주'로 처리했다.
5. '사진'이나 '관련 자료'가 있을 경우, 이해를 돕기 위해 함께 첨부했다.

부록 차례

청운·효자동 지역

인왕산

경복궁 서측지역 일부

지역 개관

　「경복궁 서측지역」은 지금까지도 조선시대의 역사와 인물, 그리고 예술과 풍류가 고스란히 남아있는 역사적인 공간이다.

　먼저 이곳은 정궁(正宮)인 경복궁 바로 옆에 위치한 특수한 지리적 여건으로 왕실과 깊은 관련을 맺고 있었다. 왕이 왕위에 오르기 전에 살았던 잠저(潛邸)터, 왕실의 사당(祠堂), 왕을 측근에서 보좌했던 관료와 내시(內侍)들의 거주지, 왕실 생활에 없어서는 안 될 필수품을 제공하던 주요 관청 등이 대부분 이곳에 있었다. 따라서 이 지역은 그동안 잘 알려지지 않았던 왕실의 생활을 복원해볼 수 있다는 측면에서 큰 의의를 지닌다.

지척에 있었던 인왕산(仁王山)으로 인해, 이 지역은 조선시대 최고의 명승지로 명성이 높았던 곳이었다. 이곳의 아름다운 경치를 구경하기 위해 왕들도 사시사철 이 지역을 찾았으며, 당대 최고의 명문세가들, 예를 들어 안평대군의 무계정사, 소세양의 청심당, 필운대의 권율과 이항복, 청풍계의 김상용, 송석원의 김수항과 민겸호 등에서 볼 수 있듯이 모두 이곳 인왕산 골짜기에 저택이나 별장을 만들고 풍류를 즐겼다.

조선후기에는 여항문인들이 이곳에 거주하며 여항문학의 꽃을 피우기도 했다. 옥류동에 있었던 천수경의 집인 송석원(松石園)에서는 송석원시사(松石園詩社)가 결성되어 거의 30여 년 동안 시사 동인들이 매월 정기적인 모임을 가지고 시회(詩會)를 열었다. 이 시사에는 여항문인뿐만 아니라 사대부, 화원, 가객 등이 참여하여 신분과 당색을 떠나 새로운 문화를 즐겼다. 이로 인해 조선후기 새로운 문화가 형성되었다. 이처럼 이곳은 조선시대 전반에 걸쳐 매우 중요한 문화공간이었다.

근대에 들어와서는 많은 예술가들이 이곳에 거주하며 전대의 문화의 맥을 유지했다. 시인 이상, 윤동주, 노천명, 화가 박노수, 이상범 등이 모두 이곳에 거주하며 예술의 새로운 지평을 열었다. 이처럼 「경복궁 서측지역」은 조선시대뿐만 아니라 근대에 이르기까지 문화공간으로써 매우 중요한 곳이라고 할 수 있다.

1. 궁정동

1) 육상궁(毓祥宮)·칠궁(七宮)

위치: 궁정동

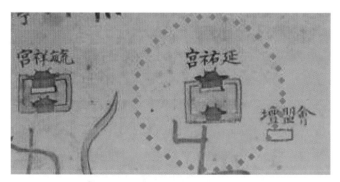

「한양도성도(漢陽都城圖)」 속의 육상궁·칠궁

　조선시대의 역대 왕, 왕으로 추존된 이의 생모(生母)인 후궁(後宮) 7명
의 신위(神位)를 모신 곳이다. 원래 이곳은 1725년(영조 1) 영조가 생모이
자 숙종의 후궁인 숙빈 최씨(淑嬪崔氏)의 신위를 모시고 숙빈묘(淑嬪廟)
라 하다가 뒤에 육상묘(毓祥廟)로 바꾸었으며, 1753년 육상궁(毓祥宮)으
로 개칭했다. 그 뒤 1882년(고종 19) 불타 없어진 것을 이듬해 다시 세웠
으며, 1908년 저경궁(儲慶宮)·대빈궁(大嬪宮)·연우궁(延祐宮)·선희궁

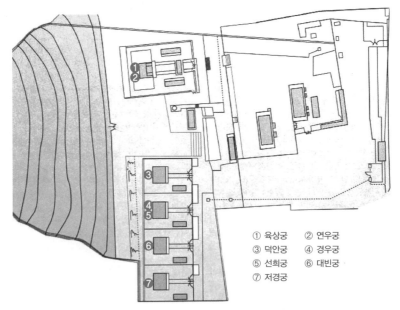

① 육상궁　② 연우궁
③ 덕안궁　④ 경우궁
⑤ 선희궁　⑥ 대빈궁
⑦ 저경궁

육상궁·칠궁의 배치도

(宣禧宮)·경우궁(景祐宮) 등 5개의 묘당을 이곳으로 옮겨 육궁이라 하다가 1929년 덕안궁(德安宮)도 옮겨와서 칠궁(七宮)이라 하였다. 칠궁은 동쪽으로부터 ① 육상궁(영조의 생모 숙빈 최씨), ② 연우궁(추존된 진종(眞宗)의 생모 정빈 이씨), ③ 덕안궁(영친왕의 생모 순헌귀비(純獻貴妃) 엄씨), ④ 경우궁(순조의 생모 수빈(綏嬪) 박씨), ⑤ 선희궁(사도세자의 생모 영빈(暎嬪) 이씨), ⑥ 대빈궁(경종의 생모 희빈(禧嬪) 장씨), ⑦ 저경궁(추존된 원종(元宗)의 생모 인빈(仁嬪) 김씨) 등의 순서로 모셨다.

칠궁 담장 너머로 보이는 저경궁과 대빈궁

2) 육상궁 지역의 궁장(宮牆)

위치: 궁정동 2가 일대

칠궁은 1968년 서쪽으로 새로운 도로가 개설되면서 영역이 축소되었고, 사당의 일부는 다른 곳으로 이전하였다. 담장은 칠궁으로부터 분리된 채 지금에 이르고 있다. 담장 위쪽 맞은편은 옛날 농상아문 터라 전한다. 담장의 남쪽 아래 지역은 로마교황청 대사관이 자리 잡고 있다.

현재 육상궁·칠궁 지역의 궁장

2. 신교동

1) 선희궁(宣禧宮)

위치: 신교동 1-1

선희궁은 영조의 후궁이며, 추존된 임금 장조(莊祖)의 생모인 영빈이씨(暎嬪李氏, 1696~1764)의 신위(神位)를 봉안(奉安)하고 제사 지내던 사당이다. 순종 2년(1908) 지금의 칠궁 안으로 이사한 뒤, 이곳에는 영빈이씨의 신위를 모셨던 정당(正堂) 등이 남아있다.

영조 41년(1765) 7월 영조는 영빈의 시호를 의열(義烈)이라 내리고 그 사당을 한성부 북부 순화방 백운동에 세우고 이름을 의열궁이라고 하였

현재 선희궁의 모습과 편액

다. 이를 정조 12년(1788) 선희궁으로 고쳤다. 이 선희궁에 순조 7년 (1807) 경종의 생모인 희빈장씨의 신위를 모신 대빈궁을 옮겨 두 신위를 동시에 모신 일도 있었다고 한다.

선희궁은 고종 7년(1870) 육상궁 별묘로 옮겼다. 그러나 고종은 24년 (1897) 4월 24일에 다시 옛날의 선희궁으로 자리를 옮겼다.

1908년 선희궁의 신위가 육상궁 별묘로 옮겨진 뒤, 이곳에는 1912년 조선총독부 소속 의료기관인 제생원(濟生院)의 양육부(養育部)가 설치되었다. 현재는 국립서울농학교가 자리 잡고 있다. 선희궁은 자하문 근처에 있어서 자하궁이라 불리기도 했다.

2) 세심대(洗心臺) 터

위치: 신교동 1-4 일대로 추정

세심대(洗心臺)는 원래 당진현감을 지낸 이정민(李貞敏, 1556~1638)의 집터였다. 이곳은 도성 내에서 경치가 좋기로 유명했다. 광해군은 이 사실을 알고 자신이 세심대를 취하고 대신 이정민에게는 벼슬을 내렸다고 하나, 그는 이를 피해 홍주 봉서산(鳳棲山)으로 낙향했다고 전한다.

만 그루 소나무 그늘져서 서쪽 기슭 창창한데

솔숲 사이에 있는 석대(石臺)가 사람 마음을 맑게 하네.
좋은 자리에 맛있는 술 빈객들은 즐거운데
거문고와 노래까지 있어 마주 대해 술 따르네.
그 원림(園林)이 난리 겪은 뒤에 적막해졌는데
밝은 달은 전과 같이 예와 지금 비추누나.
우리 집은 삼대(三代)토록 같은 동리 살았거니
어느 날에 돌아가서 아무개 나무를 가리키려나.

西麓蒼蒼萬松陰. 松間石臺淸人心.
芳筵美酒娛賓客. 復侑琴歌相對斟.
園林寂寞喪亂後. 明月依然照今古.
吾家三世與同里. 何日歸來指某樹.

－김상헌(金尙憲) 『청음집(淸陰集)』
「근가십영(近家十詠) 세심대(洗心臺)」

이 시는 청운동에 살았던 김상헌(1570~1652)이 집 근처에 있었던 승경지(勝景地)를 읊은 시 중의 하나이다. 이를 통해 이미 17세기부터 세심대가 유명한 승경지였음을 알 수 있다.

　세심대는 또한 왕실과 깊은 관련을 맺고 있었다. 영조가 세심대 가까이 창의궁에서 거주하였고, 또 세심대 아래에 사도세자와 영빈이씨의 사당 선희궁을 짓게 되었기 때문이다.

「한양도성도(漢陽都城圖)」 속의 세심대

육상궁을 참배하고 봉안각을 봉심(奉審)하였으며, 선희궁·연호궁·의소묘에 작헌례(酌獻禮)를 거행하고, 장보각을 살펴보았다. 상이

근신들과 함께 세심대에 올라 잠시 쉬면서 술과 음식을 내렸다. 상이 오언근체시(五言近體詩) 한 수를 짓고 여러 신하들에게 화답하는 시를 짓도록 하였다. 이어 좌우의 신하들에게 이르기를, "임오년(영조 38년, 1762)에 당을 지을 땅을 결정할 때 처음에는 이 누각 아래로 하려고 의논하였으나, 그때 권흉(權兇)이 그 땅이 좋은 것을 꺼려서 동쪽 기슭에 옮겨지었으니, 지금의 경모궁(景慕宮)이 그것이다. 그러나 궁터가 좋기로는 도리어 이곳보다 나으니, 하늘이 하신 일이다. 내가 선희궁을 배알할 때마다 늘 이 누대에 오르는데, 이는 아버지를 여읜 나의 애통한 마음을 달래기 위해서다" 하였다. 누대는 선희궁 북쪽 동산 뒤 1백여 보 가량 되는 곳에 있다.

－『정조실록』 15년(1791) 3월 17일

육상궁(毓祥宮)·연호궁(延祜宮)·선희궁(宣禧宮)을 참배하고 세심대(洗心臺)에 올라 시신(侍臣)들에게 밥을 내려주고 여러 신하들과 활쏘기를 하였다. 선희궁에 돌아와서 화전(花煎) 놀이를 하면서 상(上)이 칠언절구로 시를 짓고는 군신들에게 화답하여 바치도록 하였다.

－『정조실록』 18년(1794) 3월 13일

이 기록을 통해 세심대가 왕실과 깊은 관련이 있어 역대 왕들이 자주 드나들었음을 알 수 있으며, 세심대의 위치도 가늠해볼 수 있다. "선희궁의 북문을 통과하여 약 100보 정도 오르는 동산"에 세심대가 있었다. 현재 세심대의 위치는 정확히 알 수 없지만, 1770년에 만들어진 「한양도성도」를 참고했을 때 선희궁의 서쪽에 있었음을 알 수 있다.

정조는 매년 봄 육상궁과 선희궁 등을 참배하면서 아울러 세심대에 행차하여 꽃구경을 하고 활을 쏘며, 시를 짓고, 신하들에게 연회를 베풀었다. 『한경지략』과 『신증동국여지승람』에 따르면 '세심대는 인왕산 아래에 있으며 육상궁 뒤의 석벽(石壁)에 「세심대」라고 글자를 새겼는데,

꽃나무가 많아서 봄철에는 구경하기에 적당하다'고 하였다.

또한 『열양세시기(洌陽歲時記)』에는 "필운대와 같이 꽃나무가 많아서 봄의 꽃구경은 장관이다. 영조, 정조, 순조, 익종이 여기에 자주 거둥하고 한 달 동안 사람들이 구름같이 구경했다"고 기록되어 있다.

3) 후천(后泉) 각자(刻字)

위치: 신교동 1-4

「후천(后泉)」각자는 세심대의 위치를 추정해볼 수 있는 중요한 자료이다. 백운동의 선희궁을 지금의 옛 선희궁 자리로 가정할 경우 세심대는 바로 이 부근에 있었음을 알 수 있다.

후천(后泉) 각자

4) 신교(新橋) 터

위치: 신교동 66번지와 60번지 일대

신교의 원 명칭은 '새 다리'이며, '신교'는 한자식 명칭이다. 이 다리는 조선시대 선희궁과 경복궁 사이에 있었던 다리 중, 가장 북쪽에 있었던 것이다. 이 다리에서 현재의 동명이 유래되었다.

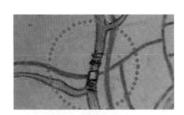

「한양도성도(漢陽都城圖)」속의 신교(新橋)

신교가 표기된 지도는 1770년 경에 만든 「한양도성도」, 1840년 경에 만든 「수선전도(首善全圖)」, 19세기 중엽에 만든 「수선총도(首善總圖)」, 1892년 경에 만든 「슈션젼도(首善全圖)」등이 있다. 이 다리는 육상궁과 선희궁을 참배할 때 이용한 다리로 보인다.

3. 청운동

1) 김상헌(金尙憲)과 김수항(金壽恒)의 집터, 무속헌(無俗軒) 터

위치: 청운동 94-2

김상헌은 병자호란 때 대표적 척화파 인물로 유명하다.[1] 그의 집이 청운동 94-2 일대에 있었으며, 이 집 안에 있던 무속헌(無俗軒)에서 영의정을 지낸 손자 김수항[2]이 태어났다.

『동국여지비고』에 따르면 "김수항의 집은 백악산 아래에 있는데 육상궁과 더불어 담장이 연결되어 있고 집 안에 무속헌이 있다"고 하였다. 『종로구지(하권)』에서는 김상헌의 집을 '악록유거(岳麓幽居)'라고 했는데, 악록 은 '백악산 기슭'을 빌한다.

이 집 터는 원래 학조대사(學祖大師) 가 조카 김번을 위해 정해준 곳이라고 한다. 북악의 모양이 목성이기 때문에

현재 김상헌 집터에 남은 표지석

---

1) 김상헌(金尙憲, 1570~1652): 본관 안동(장동김씨), 호 청음(淸陰) 또는 석실산인(石室山人)이다. 선조 29년(1596) 문과에 급제하여 대제학, 육조 판서, 좌의정 등을 지냈다. 예조판서였던 인조 14년(1636) 병자호란 때 당시 청나라와 화친하자는 주화론(主和論)을 배척하고 끝까지 항전하자는 주전론(主戰論)을 주장하였다. 인조 17년(1639) 청나라가 명나라를 공격하기 위해 요구한 출병에 반대하는 소를 올렸다가 청나라에 압송되었다. 시호는 문정(文正)이며 문집 『청음집』이 전한다.

2) 김수항(金壽恒, 1629~1689): 본관 안동(장동김씨), 호 문곡(文谷), 좌의정 상헌(尙憲)의 손자, 동지중추부사 광찬(光燦)의 아들, 영의정 수흥(壽興)의 아우다. 효종 8년(1651) 문과에 장원 급제하고 영의정 등을 지냈으나, 숙종 15년(1689) 기사환국(己巳換局)으로 남인이 재집권하자 진도에 유배된 뒤 사사(賜死)되었다. 형 김수흥, 김수증과 함께 당대에 명망이 높았다. 김수항에게는 아들이 6명 있었는데 창집(昌集, 1648~1722)·창협(昌協, 1651~1708)·창흡(昌翕, 1653~1722)·창업(昌業, 1658~1721)·창즙(昌緝, 1662~1713)·창립 (昌立, 1666~1683)이다. 이들은 당대를 대표하는 대선비로서 육창(六昌)으로 불렸다. 저서로는 문집 『문곡집』이 있다. 시호는 문충(文忠)이다.

집을 '삼금허중(三禽虛中)'의 모양으로 지어서 『주역』의 이치에 맞추었
다. 이러한 이유로 후손이 번성하여 김상용(金尙容, 1561~1637), 김상헌,
김수항 등 속칭 '장동김씨(壯洞金氏)'를 배출했다고 한다.

2) 농상아문(農商衙門) 터

위치: 청운동 89-12일대

농상아문은 갑오개혁 때 설치된 농상업무를 담당한 중앙행정부서로,
개간·잠업·목축·도량형 심사·제조·상업·삼림·어업·지질·산업·광
업·전매 등의 사무를 담당하였다. 그러나 다음해 관제 개편에 따라 공무
아문(工務衙門)과 통합되어 농상공부(農商工部)가 되었다.

현재 이 지역 일대를 농상아문 터로 보고 있으나 『종로구지(하권)』에
서는 이 자리가 농상아문이 있었던 곳이 아니라 농상아문의 관할 아래에
있는 농상소(農桑所)가 있었다 한다.

청운동 89번지 경복고등학교 자리는 농상소로 농사시험소였다.

농상아문터 표석

1894년 갑오개혁과 함께 설치된 농상아문 농상국 관하에 있었는
데, 1923년에 경기도립상업학교(현 경기상업고등학교)와 1921년에
제2고등보통학교(1951년경에 경복고등학교로 개칭)가 설립되면서
일부 묘목원은 경복고등학교 부속 온실로 사용하였다. 묘목원이라
부르던 농상소의 식물원은 창경원 온실에 버금갈 정도로 종류와 수
가 많았는데, 차츰 청량리 임업시험장으로 옮겨가고 농상소의 나머
지 부지를 학교시설물로 사용하였다.

－종로구청『종로구지(하권)』, 959면

그러나「서울문화유적지표조사」에서는 이 지역을 농상아문터로 지
정해 놓았다. 이 곳은 현재 청운동 실버센터가 자리 잡고 있다.

3) 단경왕후(端敬王后) 사당, 신비사(愼妃祠) 터
위치: 청운동 89-9일대

단경왕후(端敬王后, 1487~1557)는 조선 제11대 왕 중종의 비다. 그의
사당인 신비사는 다음의 기록을 통해 볼 때, 청운동 일대에 있었던 것으
로 보인다.

숙종 22년 병자(丙子: 1696)에 신비사(愼妃祠)를 창의문 안 영경전
옆에 세웠다.『조야첨재(朝野僉載)』에 실려 있다.

－『궁궐지(宮闕志)』,「영경전(永慶殿)」

신비사 : 숙종 24년 구(舊) 연경궁 자리에 중종의 첫 왕비인 단경왕
후 신씨의 사당을 영경전 곁에 세웠다고 전한다. 그리고 영조 15년에
신위를 종묘로 모셨다.　　　　－『동국여지비고』,「단묘(壇廟)」

단경왕후를 모신 온릉(溫陵)

위 기록을 통하여 단경왕후의 사당인 신비사가 연경궁 자리 영경전 옆에 있었음을 알 수 있다. 단경왕후는 1739년에 왕후로 복위되었다. 이때 단경왕후의 신위가 종묘로 이전되면서 신비사가 없어진 것으로 보인다.

4) 동락정(同樂亭) 터

위치: 청운동 52-8일대

1911년에 작성된「경성부시가도」를 보면 52번지 일대에 있었던 '청풍학교(淸風學校)' 동쪽에 '동락정동(同樂亭洞)'이란 표기가 있다.

이곳이 왕실 사당인 선희궁과 가깝다는 점을 고려했을 때, 동락정은 왕실과 깊은 관련이 있었던 정자나 건물로 추정된다.

5) 박자진의 집, 풍계유택(楓溪遺宅) 터

위치: 청운동 55-15~16일대

정선의「풍계유택」은 인왕산 아래 살았던 외조부 박자진(朴自振, 1625~1694)의 집을 그린 것이다. 박자진은 이조판서를 지낸 박충원(朴忠

元, 1507~1581)의 현손이며, 광
해군 때 영의정을 지냈던 박승종
(朴承宗, 1562~1623)의 5촌 조카
다. 외조부 박자진은 유년시절
의 정선에게 많은 도움을 주었
다. 이병성의 문집 『순암집』을
보면 정선이 풍계유택에서 청년
시절을 어떻게 보냈는지 자세히
기록하고 있다.[3]

이 그림은 퇴계(退溪) 이황(李
滉, 1501~1570)의 친필 「주자서
절요서(朱子書節要序)」, 우암(尤
庵) 송시열(宋時烈, 1607~1689)
의 친필 발문, 정선의 그림 「계
상유거(溪上幽居)」·「무봉산중
(舞鳳山中)」·「풍계유택」·「인곡

정선이 그린 풍계유택

정사(仁谷精舍)」, 정선의 둘째 아들 정만수(鄭萬遂, 1710~1795)의 발문,
이병연의 제시(題詩) 등과 함께 엮은 『퇴우이선생진적첩(退尤二先生眞
跡帖)』에 수록되어 있다.

6) 연경궁(延敬宮)과 의경묘(懿敬廟) 터

위치: 청운동 89-9 일대

세조의 장남인 도원군(桃原君)은 세자가 된 뒤 요절하였다. 이에 의경

---

3) 최완수, 『겸재의 한양진경』, 동아일보사, 2004. 참조.

(懿敬)이란 시호를 내려 의경세자라 불렀고, 성종 때에 의경왕에서 덕종
(德宗)으로 추존되었다.

『성종실록』 3년(1472) 12월 2일 기록을 보면 의경왕의 사당 의경묘
또는 의묘는 연경궁 후원에 세웠으며, 연경궁을 의경왕의 장남이자 성종
의 친형인 월산대군(月山大君, 1454~1489)에게 하사한 것으로 나와 있다.

성종 4년(1473) 9월 20일 의경왕의 사당 의경묘가 완성되고 그 제사는
의경왕의 장남인 월산대군이 맡았다. 의경왕은 성종 6년(1475) 2월 덕종
(德宗)으로 추존되었는데, 의경묘 안에 덕종의 어진(御眞)이 있었음을
아래 기록으로 알 수 있다.

> 의경묘: 성종 4년 덕종의 별묘를 연경궁에 세웠다. 어진은 뒤에
> 있는 전각에 봉안하였다가 뒤에 폐하였다. 소재는 미상이다.
> —『동국여지비고』, 「단묘(壇廟)」

연경궁에 있던 의경왕의 신위는 덕종으로 추존된 뒤, 경복궁 신무문
안에 지은 연은전(延恩殿)으로 옮겼다. 이후 명종(明宗, 재위 1545~1567)
때 이 연은전에 인종(仁宗, 1544~1545)의 신위도 함께 모셨다. 연은전은
안에 모셨던 신위들이 종묘 내 영녕전(永寧殿)으로 옮겨진 뒤에 없어졌
다. 이 연경궁과 의경묘가 있었던 곳은『동국여지비고』, 「단묘(壇廟)」에
수록된 신비사(愼妃祠), 즉 단경왕후의 사당 기록을 통하여 소현세자의
사당 영경전 곁임을 알 수 있다.

청운동에 의경묘가 있었음은 의경묘의 신위를 경복궁 신무문 안 연은
전으로 이전할 때 의경세자의 사당이 가까운 곳에 있다고 언급한『성종
실록』6년(1475) 10월 28일 기록을 통해 확인된다.

7) 영경전(永慶殿)과 소현묘(昭顯廟) 터

위치: 청운동 89-9일대

영경전은 명종의 아들 순회세자를 제사지 내던 곳이다. 순회세자는 가례를 올린 뒤 얼마 되지 않아 후사도 잇지 못한 채 1563년 열세 살의 어린 나이로 죽었다.

「경도오부도」 속의 영경전

영경전: 창의문 남쪽에 있다. 선조 34년에 세워 순회세자(順懷世子)를 제사지냈다. 인조 25년 소현세자도 함께 제사지냈다. 뒤에 두 신위를 땅에 묻고 지금은 단지 빈 건물만 남았다.

　　　　　　　　　　　　　　　　－『동국여지비고』, 「단묘(壇廟)」

순회묘(順懷廟): 도성 안 북쪽에 있고 옛 영경전이다. 선조 34년에 세워 순회세자 및 공회빈(恭懷嬪) 윤씨를 제사지냈다. 숙종4년(1678)에 이르러 신위를 땅에 묻고 뒤에 소현묘(昭顯廟)로 삼았다.

　　　　　　　　　　　　　　　　－『동국여지비고』, 「단묘(壇廟)」

소현묘: 인조 25년 소현세자와 민회빈(愍懷嬪) 강씨를 제사지내는 곳이다. 순회묘와 더불어 같은 사당에 나열되어 자리 잡았고 함께 제사지낸다. 숙종 4년 비로소 홀로 제사를 지냈다.

　　　　　　　　　　　　　　　　－『동국여지비고』, 「단묘(壇廟)」

이러한 기록을 통해 영경전에서 순회세자와 공회빈 윤씨 내외를 제사지냈고, 인조 이후에는 소현세자 내외도 함께 제사지냈음을 알 수 있다.

영경전은 위 『동국여지비고』의 기록과 조선 영조 때 그린 지도 「경도오부(京都五部)」에 비춰볼 때 지금의 종로구 청운동이며, 나아가 지금의 칠궁과 창의문 중간 정도의 지점에 남향으로 자리 잡고 있었다고 추정할 수 있다.

참고로 1902년 선교사 게일이 서양에 소개한 「서울지도」에서 소현묘는 육상궁 왼쪽에 그려 있다.

8) 운강대(雲江臺) 터

위치: 청운동 89-9

운강대(雲江臺)는 조원(趙瑗, 1544~1595)과 관련이 깊다. 원래 청운동과 효자동 일대는 조선 명종 때의 문신이었던 조익(趙翊, 1474~1547)의 자손이 대대로 거주하던 곳이었다.

조원은 조익의 손자로 남명 조식(曺植)의 문인이었다. 1564년(명종 19) 진사시에 장원급제 하였고, 1572년(선조 5) 별시문과에 병과로 급제하였

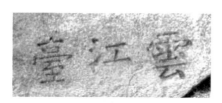

운강대 각자

다. 1575년 정언(正言)이 되던 해에 당쟁이 시작되자, 그에 대한 탕평책을 상소하여 당파의 수뇌를 파직시킬 것을 주장하였다. 이듬해 이조좌랑이 되고, 1583년 삼척부사로 나갔다가 1593년 승지에 이르렀다. 저서로는 『독서강의(讀書講疑)』와 『가림세고(嘉林世稿)』가 있다.

조원의 소실 옥봉(玉峰) 이씨(李氏)는 여성 시인으로 이름났으며, 그의 시집 옥봉집이 『가림세고』에 부록으로 실려 있다.

9) 장호진의 집터, 양산동천(陽山洞天)·남거유거(南渠幽居) 각자

위치: 청운동 55-15~16일대

'양산동천'은 이곳이 '인왕산의 양지쪽으로 볕이 잘 들고, 신선이 살만큼 경치가 아름다운 곳'이라는 뜻이며, '남거유거'는 남거(南渠) 장호진

(張浩鎭, 1856~1929)이 그윽하게 사는
집'이라는 뜻이다.

장호진은 본관이 인동(仁同)으로,
인왕산 아래 남정현(南征峴)에서 태
어나 남거라는 호를 썼다. 1887년
무과에 급제한 뒤 남양군수를 지냈

양산동천, 남거유거 각자

고, 일제 강점기에는 이왕직(李王職)의 전사(典祀) 등을 지냈다. 특히
황실의 대소 의례에 해박하여 고종과 명성황후, 민태호(閔台鎬) 등으
로부터 깊은 신임을 얻었다. 저서로는 『남거자술(南渠自述)』이 있다.

10) 정선(鄭敾)이 집터 ①

위치: 청운동 89-9일대

지금의 청운동 경복고등학교 일대
는 조선시대 유란동 난곡(蘭谷) 지역
으로 겸재(謙齋) 정선4)이 태어난 곳
이다. 정선은 이곳에서 52세까지 살
았고 이후 인왕산 아래 인왕곡으로
이사하였다.

「한양도성도(漢陽都城圖)」 속의 유란동

---

4) 정선(鄭敾, 1676~1759): 본관 광주(光州), 자 원백(元伯), 호 겸재(謙齋) 또는 난곡
(蘭谷)이다. 난곡이라는 호는 유란동에서 비롯된 것이다. 어렸을 때 집 근처에 살았던
장동김씨 가문의 일원인 농암(農巖) 김창협, 삼연(三淵) 김창흡, 노가재(老稼齋) 김창
업 문하에 드나들며 성리학과 시·서·화를 배웠다. 14살 되던 생일에 아버지를 여의고
스승 김창흡이 낙향하자 출세의 뜻을 버리고 화업(畫業)의 길을 선택하였다. 탁월한
그림 솜씨를 인정받고 또 친교가 깊었던 장동김씨 가문의 후원에 힘입어, 경상도 하양
및 청하현감을 거쳐 65세에 경기도 양천현령, 79세에 사도시 첨정(僉正), 81세에 종2
품 동지중추부사 등을 지냈다. 그림은 산수, 인물, 화훼, 풀벌레 등에 두루 정통하여
조선 후기 제일의 화가로 꼽힌다. 서울 주변의 명승지와 금강산을 특히 많이 그렸다.

이곳은 김창집 형제들이 나서 자란 악록유거(岳麓幽居)와 이웃해 있었던 곳이다. 이로 인해 정선은 그의 문하에 드나들며 성리학과 시문서화 등에 영향을 받게 되었고, 그들의 후원으로 진경산수화를 창안할 수 있었다.

11) 정철(鄭澈) 집터

위치: 청운동 123

정철 집터의 표지석

정철 집터 주변. 정철 집터 주변에는 관동별곡을 비롯한 시비들이 서 있다.

현재 청운초등학교 지역은 조선시대에는 장의동(壯義洞)으로, 정치가이자 가사문학의 거봉인 송강 정철[5]이 태어난 곳이다.

---

5) 정철(鄭澈, 1536~1593): 본관 연일(延日), 호 송강(松江)이다. 큰 누이가 인종의 후궁이므로 어려서 궁중에 자주 출입하였으며 동갑인 경원대군(慶源大君, 뒷날의 명종)과 친숙하였다. 그러나 명종 즉위년(1545) 을사사화에 매부 계림군(桂林君, ?~1545)이 관련되었으므로, 그에 연좌되어 10세 어린 나이로 가족과 같이 유배 생활을 하였다. 명종 17년(1562) 문과에 장원급제하여 사헌부 지평을 지냈고, 선조 13년(1580) 45세 때 강원도관찰사가 되어 「관동별곡」을 지어 가사문학의 대가로서 문장력을 발휘하였다. 선조 22년에 우의정이 되어 정여립의 모반사건을 처리하였으며, 이후 좌의정에 올랐으나 광해군의 세자 책봉을 주장하였다가 선조의 노여움을 사서 강계로 유배되었다. 임진왜란이 일어나자 귀양이 풀려 경기·충청·전라도 체찰사를 역임하였다. 작품으로는 「관동별곡」을 비롯해 「사미인곡」, 「속미인곡」, 「성산별곡」 등의 가사와 시조 107수, 그리고 문집 『송강집』이 전한다. 시호는 문청(文淸)이다.

12) 청송당(聽松堂) 터

위치: 청운동 89-3

청송당(聽松堂)은 성혼(成渾, 1535~1598)의 아버지인 청송(聽松) 성수
침(成守琛, 1493~1564)의 별당이었다. '청송당'이란 이름은 눌재 박상(訥
齋 朴祥, 1474~1530)이 지어준 것이라고 한다.

그가 북악산과 인연을 맺게
된 것은 그의 부친 성세순(成世
純, 1463~1514) 때부터라고 전
한다. 성혼은 조부 성세순 행
장(行狀)인 「조고가선대부사헌
부대사헌시사숙공행장(祖考嘉

〈청송당유지〉 각자

善大夫司憲府大司憲諡思肅公行狀)」에서 "백악산 아래 집을 정하였는데
숲이 깊고 땅이 외져 자못 산수의 멋이 있었다. 공무를 마치면 지팡이
를 들고 신발을 끌며 왕래하였다. 계곡마다 두루 찾아다니며 시를 읊조
리고 돌아갈 줄 몰랐다"라고 사연을 밝혔다.

성수침이 본격적으로 이곳에 기거하게 된 계기는 기묘사화 때문이다.
기묘사화가 일어났을 때 관직에서 물러나 이곳에 청송당을 짓고 제자
양성에 힘을 썼다.

임억령(林億齡, 1496~1568)은 「청송당기」에서 성수침의 청송당 생활
을 이렇게 소개하였다.

새둥지 같은 집에서 약초를 캐어 달이면서 몸을 보양하였다. 의
롭지 않은 명성과 공명, 부귀 따위는 썩은 쥐나 똥으로 보았다. 고
고하게 누워 몸을 일으키지 않고서 이곳에서 10년을 살았다. 낮은
담을 두르고 소나무, 잣나무, 단풍나무, 대나무, 매화나무, 국화,

두충 등을 심어 놓았다. 담 밑에 구멍을 내어 산속의 샘과 통하게
하고, 앞뒤로 굽이굽이 돌아 버드나무가 있는 개울로 흘러들게 하
였다. 그 위에 다리를 놓아 청송당으로 가는 사람들이 건너다닐 수
있게 하였다.

성수침이 죽은 후에 이곳은 폐허로 변했다. 그후 1668년에 외손 윤순
거(尹舜擧, 1596~1668)와 윤선거(尹宣擧, 1610~1669) 등이 다시 중건했
다. 이때 송시열, 윤순거, 윤선거, 남구만(南九萬, 1629~1711) 등이 모여
시회(詩會)를 벌였다고 한다. 이후 청송당은 이이, 성혼의 학풍을 계승한
후학들에게 성지로서 인식되었다.

『동국여지비고』에 따르면 청송당의 규모는 서당 몇 칸으로 기록되어
있고, 현재는 자취를 감춘 채 「청송당유지」 각자만이 남아있다.

13) 청풍계(淸風溪)와 태고정(太古亭) 터

위치: 청운동 52-8 일대

청풍계는 인왕산 동쪽 기슭의 북쪽에 해당하는 청운동 52번지 일대
골짜기를 일컫는 말이다. 원래는 이곳이 단풍이 유명한 곳이어서 '풍계
(楓溪)'라고 불렸는데, 김상용6)이 이곳에 살면서 "맑은 바람이 부는 계
곡"이란 의미에서 청풍계란 명칭이 생겨났다고 한다. 이곳에 있던 그의
집은 태고정(太古亭)', '선원고택(仙源古宅)'으로 불렸다. 태고정은 집터
에 있었던 정자 이름이고, 선원고택은 김상용 사후(死後) 자손 및 후학들

---

6) 김상용(金尙容, 1561~1637): 본관 안동(장동김씨), 호 선원(仙源)·풍계(楓溪), 김
상헌(金尙憲)의 형이다. 선조3년(1590) 문과에 급제하였으며, 우의정에 이르렀다. 인
조 11년(1636) 병자호란 때 왕족을 시종하고 강화로 피란하였는데, 이듬해 강화성이
함락되자 화약에 불을 질러 자결하였다. 이에 문충(文忠)이란 시호가 내려졌으며 순
절한 강화도에 순절비가 세워지는 등, 오래도록 충신으로서 추앙되었다.

이 부른 이름이다. 이 집터
는 학조대사(學祖大師)가 정
해주었다고 한다.

이곳의 위치와 건물 배치
는 동야(東野) 김양근(金養
根, 1734~1799)의 「풍계집승
기(楓溪集勝記)」에 자세히
기술되었다.

정선의 그림 속 청풍계

백악산이 청풍계 북쪽에 웅장하게 솟아 있고 인왕산이 그 서쪽을
에워싸고 있는데, 개울 하나가 우레처럼 흘러내리고, 세 군데 못이
거울같이 펼쳐져 있다. 서남쪽 여러 봉우리의 숲과 골짜기가 더욱
아름답다. 시내와 산의 빼어남이 도성 내에서 최고다. 반룡강(蟠龍
崗)은 와룡강(臥龍崗)이라고도 하는데, 집 뒤쪽의 주산(主山)이다.
그 앞이 창옥봉(蒼玉峰)인데, 창옥봉 서쪽으로 10보쯤 떨어진 곳에
작은 정자가 우뚝 솟아 시내를 마주하고 있다. 짚으로 이었는데, 한
칸은 넘지만 두 칸은 되지 않는다. 몇 십 명이 앉을 수 있는데, 이
정자가 바로 태고정(太古亭)이다. (줄임)
탄금대 왼편에 네 칸의 당과 두 칸의 방이 있고, 방 앞에 또 반
칸의 마루가 있는데 청풍지각(靑楓池閣)이다. 우리 창균(蒼筠 金箕
報) 선조가 남쪽에서 돌아온 뒤에 선원공을 위해 꾸민 것이다. '청풍지
각'이라는 현액은 석봉(石峰) 한호(韓濩)가 썼다. 대들보 위에 '청풍계
(靑楓溪)' 세 글자를 걸었는데, 선조(宣祖)의 어필(御筆)이기에 붉고
푸른 비단깁으로 둘렀다. 청풍지각 동쪽이 소오헌(嘯傲軒)인데, 도연
명의 시 "동헌 아래에서 마음껏 휘파람 불며, 애오라지 다시금 이 생을
얻었네[嘯傲東軒下, 聊復得此生]"의 뜻을 취한 것이다. (줄임)
회심대(會心臺)는 태고정 서쪽에 있는데 3층으로, 진간문(眞簡文)

이 이른 바 "마음에 맞는 곳이 반드시 먼 곳에 있는 것만은 아니다."의 뜻을 지녔다. 회심대 좌우의 돌길 위에 늠연사(凜然祠)가 있는데, 선원공(仙源公)의 영정을 봉안한 곳이다. 사당 앞 바위에 "대명일월(大明日月)" 네 글자가 새겨져 있는데, 우암(尤庵) 선생의 필적이다.

천유대(天遊臺)는 태고정 위쪽에 있는데, 푸른 절벽이 우뚝 솟아 절로 대(臺)를 이루었다. 빙허대(憑虛臺)라고도 하는데, 일대의 아름다운 경관을 모두 이곳에 옮겨온 것 같다. 절벽에 주자(朱子)의 "백세청풍(百世淸風)" 네 글자가 새겨져 있어, 청풍대라고도 한다.

김상용은 35세까지 외직으로 돌아다니다가 36세가 되던 1608년에 첨지중추부사가 되어 서울로 돌아왔는데, 그의 연보에 보면 이 해에 청풍계(淸風溪)에 별장을 지었다. 그 기사에 아래와 같은 주가 덧붙어 있다.

(청풍계는) 일명 청풍계(靑楓溪)라고도 하는데, 경성 서북쪽 필운산 아래 있다. 수석(水石)이 맑고도 뛰어나다. 암(菴)을 와유암(臥遊菴)이라 하고, 각(閣)을 청풍각(淸風閣)이라 하였으며, 태고정(太古亭)도 지었다. 지(池) · 대(臺) · 암(巖) · 학(壑)에 모두 이름을 지었으며, 12월령시(月令詩)도 지었다.

그가 별장을 짓고 머물었던 청풍계는 지금의 종로구 청운동 52번지 일대인데, 백운동 골짜기에서 청운초등학교 뒤로 맑은 시냇물이 흘러내려 경치가 좋았다. 이곳에 장동 김씨의 터를 잡은 사람이 바로 김상용이다. 김상용은 임진왜란 중에 강화도 선원리로 피란가 머물면서 호를 선원(仙源)이라고 했는데, 청풍계로 이사 온 뒤에는 풍계(楓溪)라고도 했다.

김상용은 이후 건물은 물론 집 안팎의 못, 대(臺), 바위와 골짜기 등에 이름을 붙였는데, 집 뒤쪽의 반룡강(蟠龍崗) 또는 와룡강(臥龍崗), 그 앞은 창옥봉(蒼玉

백세청풍 각자

峯), 그 서쪽으로 태고정(太古亭)이라 불렀다. 이 건물의 현액은 명필 석봉(石峯) 한호(韓濩, 1543~1605)가 썼고, 대들보에는 선조의 어필인 '청풍계(淸楓溪)'라는 글씨가 비단에 싸여 걸려 있었다.

이외 소오헌(嘯傲軒), 와유암(臥遊庵) 등의 부속 건물들이 있었다. 젊은 시절 소현세자가 청풍지각에 구경 와서 "창에 임하니 끊어진 개울에 물소리 들리는데, 객이 이르니 외로운 봉우리가 구름을 쓸고 있네" 라는 한시를 지었는데, 이것이 소오헌 남쪽에 걸려 있었다.

늠연사는 태고정의 서쪽에 위치한 회심대(會心臺) 좌우의 돌길에 있었으며, 늠연사를 세우는데 적극 관여한 송시열은 그 앞 큰 바위 천유대(天遊臺)에 '대명일월(大明日月)'이란 각자를 남겼다. 천유대(天遊臺)에는 '백세청풍(百世淸風)'이란 글자를 새겼다. 현재는 "백세청풍"이란 글씨만 남아있다.

정조는 정조 14(1790)년 육상궁을 참배하고 태고정에도 행차하였다. 이때 정조는 김상용의 봉사손(奉祀孫)을 불러 만나보고, 이조에 명하여 관직을 내려주도록 하였으며, 호조에 명하여 그 집을 수리하게 하였다. 김상용의 아우 김상헌은 아래와 같이 청풍계를 시로 남겼다.

청풍계 위의 태고정(太古亭)은
우리 집의 큰 형님이 지어 놓은 곳.

숲과 골짝 의연히도 수묵도(水墨圖)와 같거니와,
바위 절벽 절로 푸른 옥병풍(玉屛風)을 이루었네.
우리 부자 형제들이 한 집에 앉아서,
바람과 달과 거문고와 술로 사시사철을 즐기었네.
그 좋던 일 지금 와선 다시 할 수 없거니와,
이러한 때 이런 정을 어떤 이가 알 것인가.
                                          −김상헌 『청음집(淸陰集)』,
                          「근가십영(近家十詠) 중(中) 청풍계(淸風溪)」

　이후 이곳은 1940년대 미쓰이 재벌에게 넘어가 주택단지로 바뀌어 현재 그 모습을 찾아볼 수 없다. 몇 십 년 전까지 남아 있던 "대명일월(大明日月)" 넉 자는 빌라를 지으면서 축대 밑에 깔려버렸다. 현재 힐스테이트 진입로에 남아있는 "백세청풍(百世淸風)" 넉 자를 통해 여러 건물의 위치를 짐작할 수 있을 뿐이다.

4. 옥인동

1) 경우궁(景祐宮) 터

　　위치: 옥인동 45~46 일대

　경우궁은 조선 제23대 왕 순조의 생모인 현목수빈박씨(顯穆綏嬪朴氏, 정조의 후궁)의 사당이었다. 1824년(순조 24) 북부(北部) 양덕방(陽德坊)[7] 계동(桂洞)에 사당을 세우고 신위를 모셨다. 1884년(고종 21) 갑신정변이 일어났을 때 고종(高宗)이 잠시 이 궁에 피신한 일이 있었다. 이듬해

---

7)「도성지」에는 북부 양덕방으로,「민족문화대백과사전」에는 관광방으로 소개했다. 모두 근접한 거리이다. 이 글에서는 전자를 따른다.

1885년(고종 22) 경우궁을 인왕동으로 옮겼다. 이후 1908년에는 육상궁
(毓祥宮)에 합사하였다.

고종이 이곳을 경우궁 자리로 잡은 것은 순원왕후(純元王后, 1789~
1857)의 지시가 있었다는 점과 육상궁 및 경복궁과 근접한 곳이기 때
문이다.

하교하기를, "육상궁 근처의 인왕동이 좋을 것 같다. 그 전에 들
은 바에 의하면 을사년간(乙巳年間)에 순원왕후가 늘 이곳에 대하
여 말하였으며, 이번에 대왕대비(大王大妃, 신정익황후 조씨)도 이
곳이 합당하다고 하교하였다. 내가 사당을 옮기자고 생각한 지 오
래지만 더 없이 중대한 데에 관계되는 일이므로 감히 문득 정하지
못하였다"라고 하였다.

심순택이 아뢰기를, "신은 집터 자리를 보는데 본래 어둡기 때문에

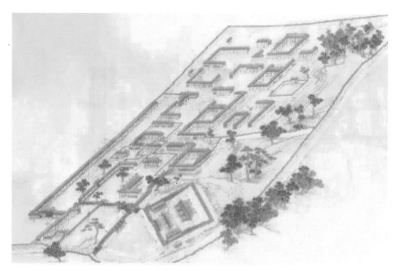

한성부 북부 양덕방(陽德坊)에 있었던 경우궁의 모습.
이 자리에 휘문고등학교가 세워졌으며, 현재는 (주)현대 사옥이 들어서 있다.

감히 망령되게 논할 수 없습니다. 그러나 이제 전하의 지시에 이미 순원왕후가 평소에 말한 것을 들었으며 또 대왕대비의 지시도 들었다고 하였으니 이것은 이른바 하늘땅이 아끼고 감추었다가 오늘을 기다린 것이라고 할 수 있습니다. 더구나 그 지대는 이미 육상궁과 가까운데다 또 시어소(時御所: 경복궁)와도 가까우므로 귀신의 이치로 보나 사람의 정리로 보나 거의 서로 멀지 않습니다. 빨리 지시를 내리시기 바랍니다."라고 하였다.

—『고종실록』 22년(1885) 12월 16일

1902년 서양에 소개된 「서울지도」에는 지금의 신교동에 있었던 선희궁과 지금의 옥인동에 있었던 경우궁이 동서로 연접되어 그려져 있다.

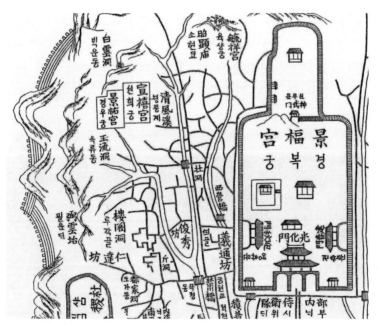

경우궁과 선희궁은 조금 떨어져 있는데, 선희궁 자리에 현재 국립 서울 농학교가 들어섰고, 경우궁 자리에는 순화병원, 시립 중부영원을 거쳐 효자동주민센터가 들어서 있다.

2) 독충당(篤忠堂) 터

위치: 옥인동 45 일대

독충당은 김수항의 영정을 모신 사당이
었다. 위치는 옛 서울 중부시립병원의 옆
(지금의 종로구 송석원길 32 및 자수궁길 18,
22 일대, 옥인동 45번지)이라 전한다.

3) 박노수(朴魯壽) 가옥

위치: 옥인동 168-2

김수항의 초상화

박노수 가옥은 윤덕영이 그의 딸을 위해 1938년에 건립한 2층집이다.
집은 당시 중국 기술자들이 침여하였다고 하는데, 한옥과 중국, 그리고
양옥의 수법들이 섞인 절충식이다. 반지하층이 있는 2층 가옥인데, 1층
은 벽돌조이고, 2층은 목조이며, 지붕은 서까래가 노출된 처마가 나온
박공지붕을 하였다. 건물은 남향을 하였으며, 건물 서쪽에 포치(porch)
가 설치되었는데, 포치의 서쪽과 북쪽 벽은 벽돌로 아치를 틀어 뚫어
놓았다.

박노수 가옥과 안내판

1층은 온돌·마루·응접실 등을 두어 프랑스풍이 나게 꾸몄고, 2층은 마루방 구조로 만들었으며, 주택 내에는 벽난로가 3개 설치되어 있다. 2층에는 원래 베란다가 있었으나 30여 년 전에 방으로 바뀌었다. 현 소유자인 박노수는 서울대학교 미술대학 교수를 지낸 동양화가로서 이 가옥에 1972년부터 거주하고 있다.

4) 북학(北學) 터

위치: 옥인동 45일대

북학은 조선시대 도성 안 5부(五部)에 설치했던 중등교육기관의 하나로, 송준길(宋浚吉, 1606~1672)의 주청(奏請)으로 설립되었다고 전한다. 북학은 자수원을 헐고 지었다고 하는데, 이와 관련지어 위치를 추정해 보면 현재 옥인동 45번지 일대라고 볼 수 있다.

5) 벽수산장(碧樹山莊) 터

위치: 옥인동 47(연대: 1913년)

벽수산장은 윤덕영의 별장이다. 이 별장은 약 3,000평 되는 대지에 연건평 1,175평의 규모, 그리고 호화스러운 내부 장식 등으로 인하여 '한양 아방궁(阿房宮)', '조선 아방궁' 또는 '아방궁'이란 별명이 붙었다. 구체적으로는 본건물 222

일제강점기 때의 벽수산장 전경

평, 3층 별관 157평, 지하실 308평, 부속건물 14동 280평이었다.

벽수산장의 설계도는 프랑스인이 작성하였으며, 청휘각의 옛 주인이었던 민영익의 아우 민영찬(閔泳瓚)이 주(駐)프랑스 공사로 있던 시절에

입수하였다. 민영찬은 1905년 을사늑약(乙巳勒約)으로 인하여 공사관이
프랑스로부터 철수되며 귀국할 때 이 설계도를 가져왔으나, 재력이 미
치지 못하여 건축하지 못하였다.

이후 이 설계도는 1910년 경술국치(庚戌國恥)때 특별한 공로를 세웠다
고 하여 일본 국왕으로부터 막대한 은사금(恩賜金)을 받은 윤덕영이 민영
찬으로부터 입수하여 1914년부터 짓기 시작하였다. (『종로구지(하권)』에
서는 "민태호가 죽은 후에는 그의 둘째 아들 민영린에게 물려졌고 이어서 이
터는 한일합병 후 윤덕영의 소유가 되었다"고 기록되어 있다. 그러나 김정동교수
의 논문 「한국근대건축의 재조명(8)」과 이 집터에 실제로 살았던 윤평섭 교수의
논문 「송석원에 대한 연구」를 상호 참조하여 이렇게 기록한다.)

이 별장의 건축 공사는 설계가 복잡한 데다 감독마저 까다로워 도중에
몇 번인가 청부업자가 바뀌었는데, 진호영이라는 중국인이 청부를 맡아
1917년에 마무리했고, 독일인이 공사를 감독했으며, 중국인 석공이 공
사했다. 진호영은 이 공사를 잠시 중단했다가, 중국의 종교단체인 기만
학회(紀卍學會)를 열 때에 완공했으며, 그 학회의 예배당과 사무실로도
사용하였다.

김정동 교수는 이 건물의 외관을 이렇게 묘사하였다.

> 붉은 벽돌과 석재를 혼용한 2층 건물로, Gothic식 탑 부분에서 그
> 장식적인 특성을 잘 나타내주고 있다. 입면(立面)은 일반적인 대칭
> 양식을 버리고 비대칭으로 했고, 지붕면을 급경사로 처리(하여) 프랑
> 스 Maison풍의 이미지를 잘 나타냈다. 지붕은 Dormer Window로 처
> 리(하여) Attic에까지 빛이 들어오도록 했다. 석재는 각 독립주(獨立
> 柱), 건물 우각부(隅角部)의 Quoin, 창호(窓戶) 주위에 사용된 붉은
> 벽돌과 조화되어 아름다움을 더했다. 현관 부분과 서쪽 발코니의 독
> 립주 등은 Tuscan Order로 했다. 내부는 대리석 기둥으로 장식했고,

독일제 자재를 수입해서 사용했다.
－「한국근대건축의 재조명(8)」

현재의 벽수산장 터 일부

그러나 아래 1926년 기사를 통하여
여전히 이 건물은 송석원으로도 불리
고, 1917년 이후로도 계속 공사를 진행
하였으며, 1926년경에는 일본 이본궁가
(梨本宮家: 이왕가의 이왕비 친정댁 이름으
로 일본 동경에 소재)의 별장으로 팔린다는 소문이 있었음도 알 수 있다.

　　일찍이 수십 만 원의 거액과 십여 년의 긴 세월을 두고 몇몇 청부업
자의 짧은 밑천을 털음 하여 가며 한양의 서북(西北)편에 있는 인왕
산록(仁旺山麓)에 올연히 서서 한양의 아방궁이라는 별명을 들어가
며 주인의 부귀가 극치함을 자랑 하는듯한 시내 옥인동 47번지에 있
는 자작 윤덕영씨의 송석원은 그 궁사극치(窮奢極侈)함은 삼척동자
이라도 아는 터이나 이제 전하는 바에 의하면 창덕궁 왕비(王妃) 전
하의 어친가(御親家)이신 이본궁(梨本宮: 나시모토미야)에서 얼마
전부터 경성의 별장(別莊)을 경영하던 중 송석원이 마땅하다 하여 쌍
방에서 매매의 의론이 있던 중 근자에 이르러 쌍방의 의론이 일치하
여 불원간 윤씨의 손을 떠나 이본궁가의 별장으로 넘어 가리라더라.
　　　　　　　　　　　　　　　　　　　－「조선일보」, 1926년 5월 23일

　　집 한 채를 14, 5년이나 두고 건축하고도 오히려 필역(畢役)치 못
하였다 하면 누구나 경이(驚異)의 눈을 뜰 것이다.
　　　　　　　　　　　　　　　　　　　「조선일보」, 1926년 5월31일

그러나 1936년 5월 10일「매일신보」기사에서 이 건물을 여전히 송석

碧樹山莊一覽序
碧樹山莊成文人徒遊者以主人公曁前後諸公題咏
之篇什溫于申衍瘠於照開刀梱爲一書名之曰碧樹
山莊一覽要余以弁其首盖山莊諸勝萬羅在此山水
之精采嚴洞之窈瓷臺榭勝之縹紗掩暎花木竹石
之瑰巖珍怪及夫淸畔亭之傳奇老稼句之行筆古蹟
年代刻名氏顯末詳焉覽如視掌一覽日而得之
洞一區之全圖山中之實史也一展讀貼次突朗居然
有逢壺開想此可以當卧遊矣是爲序
癸丑端陽後三日海觀慶士尹用求題

벽수산장일람 서문

원으로 그리고 윤덕영의 저택으로 보도되고 있다. 따라서 이본궁가에 매도되지 않았음을 알 수 있다. 그리고 이 건물에는 '세계홍만자회 조선본부(世界紅卍字會朝鮮本部)'라는 간판이 걸려 있다고 보도하였다. 그러나 이것은 윤덕영이 초호화 주택으로 인하여 비난을 받자 이를 감추기 위하여 종교 건물로 위장한 것이라고 한다.

이 건물은 윤덕영이 죽은 후 제2차 세계대전 때인 1941년 군부와 결탁한 일본의 재벌회사 미쓰이의 소유로 바뀌었다. 광복 이후에는 덕수병원(德壽病院), 한국전쟁 때는 유엔군 장교숙소, 1954년부터는 UNCURK(국제연합한국통일부흥위원회)에서 이 건물을 사용하였다. UNCURK에서 1층은 사무실, 2층은 살림집, 3층은 무전실로 사용해 오던 중 1966년 4월 5일 화재로 2, 3층이 소실됐고, 이후 1973년 6월 도로정비 사업을 하며 완전히 철거하고 현재 그 자리에는 많은 단독주택들이 들어 서 있다.

윤덕영은 송석원을 사들인 뒤에 호를 벽수거사(碧樹居士)라 하고, 집 이름을 벽수산장(碧樹山莊)이라고 했다. '벽수(碧樹)'라는 두 글자는 송석원의 전 주인인 노가재 김창업이 지은 시 「옥동동제인부운(玉洞同諸人賦韻)」의 "옥류동에 푸른 구름 저무는데 바람부는 정자에 푸른 나무 맑구나. 玉洞靑雲晚, 風亭碧樹淸."에서 따왔다. 그리고 김수항이 청휘각을 짓기 시작한 이야기부터 민씨네를 거쳐서 자신이 인수하기까지의 사연, 몇 백 년 동안 이 터에 지어졌던 건물들에 관한 자료를 모두 수집해 『벽수산장일람(碧樹山莊一覽)』이라는 활자본 책을 1913년에 간행하였다. 「일양정십팔영(一陽亭十八詠)」 등, 이 일대의 문화재의 변천사를 연구하기에 좋은 자료이다.

6) 삼승정(三勝亭) 터

위치: 옥인동 일대(연대: 18세기 중반)

「삼승정(三勝亭)」은 이춘제(李春躋, 1692~1761)의 집 후원에 있던 정자였다. 도승지 이춘제의 집은 세심대와 옥류천 사이에 있었다. 이 그림은 정선이 그린 것으로 「삼승조망(三勝眺望)」, 「옥동척강(玉洞陟崗)」과 함께 한 화첩에 묶여 있다.

이춘제는 세종의 왕자 영해군(寧海君) 당(瑭)의 10대손이며, 창의동에서 태어나 인왕산 아래 옥류동에서 살았고 이웃한 정선과 절친한 사이였다. 먼저 정선으로부터 「옥동척강(玉洞陟崗)」 그림을 받았고, 1년 뒤인 영조 16년(1740) 6월 다시 정선에게 이 그림을 받았다. 그는 자신의 집 후원에 초가 정자를 짓고 49세 생일잔치를 벌였는데, 이병연이 시를 짓고, 병조판서 조현명(趙顯命, 1691~1752)이 「서원소정기(西園小亭記)」를 지었으며,

정선이 그린 옥동척강

정선이 삼승정(三勝亭)을 묘사한 「서원소정도(西園小亭圖)」를 그렸다.

조현명(趙顯命)은 『귀록집(歸鹿集)』에 실린 「서원소정기(西園小亭記)」에서 "(초가 정자가 있는 후원의) 경치와 (이병연의) 시와 (겸재의) 그림이 빼어나다"는 뜻으로, 이 정자에 삼승정이라는 이름을 붙여 주었다.

정선이 그린 삼승정. 서원소정

이 그림에서 정자 우측에는 '세심대(洗心臺)', 왼쪽에는 '옥류동(玉流洞)'이라는 글자가 쓰여 있어서, 삼승정의 위치를 짐작할 수 있게 한다.

이 그림은 인왕산을 배경으로 그린 것인데, 정선은 삼승정에서 남산

정선이 그린 삼승조망

을 바라보는 그림 「삼승조망도(三勝眺望圖)」도 남겨 놓아서 인왕산 아래 마을의 모습도 보여 주었다. 「삼승조망도」는 삼승정 주인 이춘제가 멀리 장안을 바라보는 그림인데, 인왕산 아랫마을, 폐허가 된 경복궁, 남산과 사직단(社稷壇)까지 그려져 있다.

1739년 6월 어느 날 소나기가 그친 뒤에, 그의 집 후원인 서원(西園)에서 송익보·서종벽·심성진·조현명·이병연·정선과 주인 이춘제 등 7명이 모여서 시를 짓고 놀았다. 이날의 모임을 기념하기 위해 이병연이 시를 짓고, 이춘제는 「서원아회기(西園雅會記)」를 지었으며, 정선은 이들이 옥류동에서 세심대를 향해 산등성이를 올라가는 모습을 그렸는데, 이 그림이 바로 「옥동척강도(玉洞陟崗圖)」이다. 그림 아래쪽 굵은 먹선의 흰 담장은 이춘제의 집터를 묘사한 것이고, 오른쪽 바위가 세심대이다. 그림에서 일곱 선비가 걸어가는 능선은 현재도 인왕산 정상으로 올라가는 주요 등산로이다. 이춘제의 집이 김수항의 청휘각보다 위쪽에 있었음을 알 수 있다.

7) 소세양(蘇世讓) 집터

위치: 옥인동 일대

소세양[8]의 집이 인왕산에 있었다는 것은 아래 기록을 통해 확인할 수 있다. 그 집에 청심당, 풍천각, 수운헌이란 정자를 지어 풍류를 즐겼다.

소세양 제(蘇世讓 第): 인왕동에 있다. 청심당(淸心堂), 풍천각(風

---

8) 소세양(蘇世讓, 1486~1562. 조선 중기의 문신. 병조, 이조판서, 우찬성 등을 역임했고, 성주사고가 불타자 왕명에 따라 춘추관의 실록을 등사, 봉안하였다. 율시에 뛰어났으며, 송설체를 잘 썼다고 한다.

泉閣), 수운헌(水雲軒)이 있었는데 지금은 모두 없어졌다.

─『동국여지비고』,「제택(第宅)」

　인왕산 개울 복판의 바위에다 기둥을 쌓아 올려 집을 지었는데, 북쪽 벼랑을 걸터앉아 앞쪽이 탁 트이도록 지세를 따라 비스듬한 구조로 되어 있었다. 소세양은 공무에서 물러나면 청심당에서 각건을 쓰고 거문고를 타며, 물가에 서재를 꾸미고 직접 꽃나무를 심고 즐겼고, 청심당 지붕에는 홰나무가 뒤덮었고 섬돌 곁에는 매화가 있어 봄바람에 향기를 풍겼다.

─김안로(金安老)「청심당기(淸心堂記)」

　인왕동에 들어가 고(故) 양곡(陽谷) 소세양(蘇世讓) 대감의 옛집인 청심당(淸心堂)·풍천각(風泉閣)·수운헌(水雲軒)을 지나갔다. 무너진 섬돌과 남은 주춧돌들을 거의 분간할 수 없게 되었다.

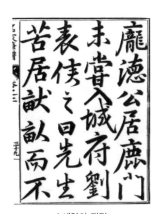

소세양의 필적

　양곡은 문장이 세상에 뛰어난데다 부귀를 누렸으며, 또한 심장(心匠)도 지녔다고 일컬어져, 집 지음새가 매우 공교하고도 아름다웠다. 사귀며 노닌 사람들도 모두 일세의 문장가들과 이름난 이들이어서, 그들이 읊은 시들은 반드시 외어서 전해졌다. 그러나 지금 백년도 채 안되었는데, (그 화려하던 집들이) 하나도 남지 않고 다 없어졌다. 선비들이 후세에 믿고 남길 것이 이러한 건물은 아니다.

─김상헌「유서산기(遊西山記)」

8) 송석원(松石園) 터

위치: 옥인동 47

이인문이 그린 송석원

송석원은 천수경(千壽慶, 1758~1818)의 집 이름으로, 앞에 소개한 김 수항의 육청헌과 청휘각의 옆에 있었거나 육청헌과 청휘각의 자리에 있었다는 이야기가 각각 전한다.

김수항의 청휘각이 조선 말기까지 그 후손에게 대대로 전승되었다는 점으로 볼 때 송석원이 청휘각을 그대로 계승한 터는 아니었음을 알 수 있다. 그러나 육청헌 뒤에 송석원 각자가 있다는 것으로 보면 이 두 집은 아주 가까운 곳에 있었던 것으로 보인다. 초기에는 집들이 많지 않아 터를 넓게 잡았다가, 나중에 여러 개의 필지로 나누어진 듯하다. 천수경이 세상을 떠나던 1818년까지 30년 동안 송석원이 위항시인들의 주심적인 모임터로 사용되다가, 천수경이 세상을 떠나자 여러 차례 주인이 바뀌었으며, 결국 장동 김씨네가 이 땅까지 사들여 확장하였다. '송석원(松石園)'이라고 새겨진 큰 바위가 청휘각 울타리 안으로 들어가면서, 사람들이 송석원을 장동 김씨네 별장으로 인식하게 되었다. 김씨, 혹은 민씨네가 주인이었던 고종 시대에 사대부들의 시회(詩會)가 송석원에서 자주 열려, 천수경의 이름은 잊혀지고 후대 사대부 주인들의 이름만 기억하게 되었다.

천수경과 송석원에 대하여는 아래 조희룡(趙熙龍 : 1789~1866년)이 엮은 야담집인 『호산외사(壺山外史)』의 기록에 잘 나타나 있다.

천수경은 자를 군선(君善)이라 하였다. 집은 가난하나 독서를 즐기어 특히 시에 재주가 있었다. 옥류천 위에 초가집을 짓고 스스로 호를 지어 '송석도인(松石道人)'이라고 하였다. 아들 5형제를 두었는데 그 이름이 일송(一松), 이석(二石), 삼족(三足), 사과(四過), 오하(五何)였다. 송(松)과 석(石)은 그가 사는 송석원에서 따온 것이고 족(足)은 셋이면 족하다는 뜻이며, 과(過)는 넷은 너무 지나치다는 뜻이며, 하(何)는 다섯이나 되니 어찌된 것이냐는 뜻이다. 그리하여 세상 사람들의 웃음거리가 되었다. 세간에 유행하는 『풍요속선(風謠續選)』은 그가 모아서 엮은 책이다. 수경이 죽으니 안시혁(安時赫)이 그 묘 앞 묘갈(墓碣)에 다만, "시인 천수경의 묘(詩人千壽慶之墓)"라 썼다.

1786년 7월 천수경은 송석원이 있는 옥계, 즉 옥류동에서 같은 중인(中人) 계층인 차좌일(車佐一), 장혼(張混), 조수삼(趙秀二), 박윤묵(朴允默), 김낙서(金洛瑞) 등 13명의 시인들과 함께 시사(詩社)를 결성하였다. 이 시사는 장안의 화제가 되어 문인들이 초청받지 못하면 부끄럽게 여겼으며, 해마다 봄·가을이 되면 큰 백일장도 열었다 한다. 이 시사의 이름

김홍도가 그린 「송석원시사 야경」

은 송석원시사(松石園詩社), 옥계시사(玉溪詩社)라고 하였고 또한 이들
이 모인 곳이 인왕산 아래 서촌(西村)에 있음으로 서사(西社), 서원시사
(西園詩社)라고도 불렸다.

송석원은 일제 강점기 때에 이르러 앞에서 언급한 육청헌 및 청휘각,
그리고 기타 일대의 여러 별서 및 집들과 함께 윤덕영의 별장인 벽수산
장 대지에 포함되었다. 윤덕영은 순종 황제의 황후인 순정효황후 윤씨
의 백부(伯父)이며 친일로 그 이름을 더럽혔다. 윤덕영의 별장인 벽수산
장과 그 안에 있었던 정자 일양정(一陽亭)에 대하여 김학진(金鶴鎭)이
지은 아래 기문(記文) 「일양정기(一陽亭記)」에는 육청헌, 송석원, 청휘
각, 벽수산장에 이르는 역사, 위치, 정취와 함께 대표적 친일파들이 부
귀영화를 누리며 가꾼 별장의 호화스러움이 잘 나타나 있다.

옥류동 송석원은 나의 선조 문곡(文谷, 김수항의 호) 선생의 별
장이다. 선생의 옛 집이 북부 순화방에 있었는데 그 뜰에 여섯 그
루의 나무가 있어 슬하에 여섯 자제를 둔 것과 서로 맞았다. 그리
하여 집 옥호(屋號)를 육청헌이라 하였다. 그 집에서 오른쪽으로
2, 30보를 가서 한등성이를 넘으면 그 기슭에 언덕과 골짜기가 아

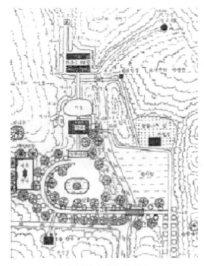

1940년내 송석원의 모습

름답고 산골 물이 얽히고 굽이친다. 이를 차지하니 아침저녁으로 지팡이를 끌며 거닐 만하고 특히 청휘각에서 내려다보이는 경치가 구경할 만 하였다. 가재우물 또한 제격이다. 여기를 옥류동이라 하는데 그 옆 너럭 바위에 새긴 「옥류담」이란 문자는 우암 송시열 선생의 필치라고도 전한다. 옥류동 골 안에 있는 「송석원」이라 새긴 문자는 추사 김정희공(金正喜公)의 필적이다. 기와집은 우리 집안끼리 번갈아 들어 살기를 10여세(世)에 황사(黃史) 민상공(閔相公, 민규호)이 병으로 여기 물을 마시게 됨에 내가 갈 데가 없게 되었다. 이렇게 해서 주인이 처음으로 바뀌었다. 지금 벽수(碧樹) 윤공(尹公, 윤덕영)이 산장을 꾸미고 거친 데를 다듬고 물이 막힌 곳을 뚫어서 완연하게 연못을 이루었다. 벽수선생이 심은 소나무가 층층 바위 옆에 큰 노목으로 울창하게 자라 온통 뜰을 덮었는데 몇 개 받침대로 받쳐주고 있다. 그 아래쪽으로 물을 끌어 반무(半畝)가량 넓이의 네모진 연못을 꾸미니 사흥가(四興架), 팔관파(八觀坡), 서상대(西爽臺), 동서사(東西榭)에 구름과 나무가 어우러져서 푸르르니 발 돌리는 대로 경치가 바뀌어 술 마시고 글짓기에 알맞다. 이름 하여 일양정이라 하고 어느 친구의 글씨로 현판을 걸었다. 나에게 청하여 이렇게 쓴다.

박윤묵(朴允默)은 『우혜천기(又惠泉記)』에서 "송석원에는 우혜천이라는 물맛이 좋은 샘물이 있어 석벽에다 우혜천이라 새겼다" 하였다.

이를 통하여 송석원 안에 우혜천이라는 샘이 있었음을 알 수 있다.

1960년대까지 송석원 터에서 살았던 윤평섭 교수는 송석원 터를 답사하면서 이 집의 마지막 거주자인 서용택과 윤양로의 자문을 얻어, 1940년대의 송석원 모습을 위와 같이 재구성하였다.

9) 송석원(松石園) 각자(刻字)

위치: 옥인동 47번지(연대: 1817년)

송석원 각자

송석원시사(松石園詩社)가 커지자, 천수경이 60세 되던 해에 당대의 명필 추사 김정희에게 글씨를 써 달라고 부탁하였다. 추사는 송석원시사가 결성되던 해에 태어났는데, 어느새 그에게 글씨를 써 달라고 부탁할 정도로 이름났던 것이다. 추사의 집은 충남 예산 용궁리에 있는 추사고택이 잘 알려졌지만, 실제로는 인왕산 건너편의 통의동에 주로 살았다. 수령 600년의 통의동 백송(白松)이 10여 년 전에 수명을 다해 쓰러졌는데, 이 나무가 바로 추사의 집 정원수였다. 추사의 증조할아버지 김한신이 영조의 둘째딸 화순옹주에게 장가들어 월성위에 봉해지자, 영조가 통의동에 큰 저택을 하사하였다. 너무 큰 집이어서 월성위궁(月城尉宮)이라고 불렸다. 추사는 김한신의 장손 김노영에게 양자로 들어가 대를 이었는데, 12세에 양아버지가 세상을 떠나고 이어 할아버지 김이주(형조판서)마저 세상을 떠나 큰 집의 주인노릇을 하고 있었다.

송석원시사의 부탁을 받은 추사는 예서체의 큰 글자로 '松石園' 석자를 쓰고, 그 옆에 잔 글씨로 "정축(丁丑) 청화(淸和) 소봉래서(小蓬萊書)"라고 간기를 쓴 뒤에 낙관하였다. 정축년은 1817년이니, 추사의 나이

송석원터 표지석

32세 때이다. 청화는 음력 2월이
고, 소봉래는 추사의 또 다른 아호
이다. 예산 고향집 뒷산을 소봉래
라 했는데, 청나라에 다녀온 뒤부
터 호를 자주 바꾸는 습관이 생겼
다. 송석원에는 약수터도 있어, 추
사는 '우혜천(又惠泉)'이라는 글씨
도 써 주었는데, 3월에 다 새겼다.
마침 지산(芝山)이 아들을 장가보
냈으므로 범례에 따라 술잔치를 베풀어, 더 많은 동인들이 모여 시를
지으며 놀았다.

1809년 10월에 호조참판으로 있던 아버지 김노경이 동지부사(冬至副
使)로 청나라에 가게 되자, 24세 되던 추사도 자제군관(子弟軍官) 자격으
로 따라나섰다. 추사는 연경에서 당대 최고의 학자 완원(阮元)을 만나
완당(阮堂)이라는 호를 받았다. 추사로서는 금석학자이자 서예가인 옹
방강(翁方綱)을 만난 것이 더 큰 행운이었다. 그의 서재 석묵서루에는
희귀본 금석문과 진적(眞蹟) 8만여 점이 소장되어 있었는데, 추사는 조
선에서 전혀 볼 수 없었던 진본들을 맘껏 보았고, 모각본까지 선물받았
다. 청나라에서 돌아온 뒤에 그의 글씨가 달라졌을 것은 당연하다. 연암
박지원의 손자 박규수는 추사의 글씨가 바뀐 과정을 논하면서, 청나라
에 다녀온 뒤의 변화를 이렇게 설명하였다.

"완옹(阮翁)의 글씨는 어려서부터 늙을 때까지 그 서법(書法)이 여
러 차례 바뀌었다. 어렸을 적에는 오직 동기창(董其昌)에 뜻을 두었
고, (청나라에 다녀온 뒤) 중세에는 옹방강을 좇아 노닐면서 그의 글

씨를 열심히 본받았다. (그래서 이 무렵 글씨는) 너무 기름지고 획이
두꺼운데다 골기(骨氣)가 적다는 흠이 있었다."

이러한 특징을 가장 잘 보여주는 글씨가 바로 '松石園' 석 자이다.
장중하면서도 아름답다.

송석원에는 바위에 새겨진 글자가 네 군데 있었는데, '옥류동(玉流
洞)', '송석원(松石園)', '구대(龜臺)', '벽수산장(碧樹山莊)'이다. 이들 바
위의 존재를 확인하면, 당시의 규모와 배치도를 재구성할 수 있을 것이
다. '벽수산장(碧樹山莊)' 넉 자는 1911년에 윤용구(尹用九)가 앞뜰 바위
에 쓴 것이며, '구대(龜臺)' 두 자는 김수항의 6세손인 김수근이 앞뜰
연못 가운데 있던 거북바위에 쓴 것이다. '옥류동(玉流洞)' 석 자는 우암
송시열이 쓴 것이며, '송석원(松石園)' 석 자는 추사 김정희가 쓴 것이다.
그러나 최근까지 이 집에 살았던 서용택에 의하면 '송석원(松石園)'이라
는 글자가 새겨진 바위는 시멘트로 발랐으며, '옥류동(玉流洞)'이라고
새겨진 바위는 집을 지을 때 집장사들이 깨서 없애버렸다고 한다. 가재
우물에 있던 노가재 김창업의 글씨도 역시 시멘트로 발라서 흔적조차
찾을 길이 없다.

10) 수성궁(壽成宮)

위치: 옥인동 일대

임금이 예조에 전지(傳旨)하기를, "문종(文宗)의 후궁이 사는 곳을
수성궁이라 칭하라" 하였다.   -『단종실록』 2년(1454) 3월 13일

"자수궁(慈壽宮)·수성궁(壽成宮)의 여승들을 이미 한 궁으로 모았
느냐? 예관(禮官)에게 물어보라. 또 수성궁에 들어가 거처하는 선왕

의 후궁을 모두 자수궁으로 옮기고, 수성궁은 이름을 고쳐 성종의
후궁을 거처하게 하라."

-『연산군일기』 10(1504)년 5월 1일

위 기록과 같이 수성궁에는 본래 문종의 후궁이 살았다. 연산군 때에
는 그곳에 살던 다른 왕의 후궁들을 자수궁으로 옮기고 성종의 후궁들만
살게 하였고, 같은 해 5월 15일 정청궁(貞淸宮)으로 이름을 바꾸게 하였
다. 또 같은 해 11월 1일 왕명으로 수성궁에 자수궁이 이전해 왔다. 그래
서 수성궁이란 이름은 없어진 것으로 보인다.

『연산군일기』10년(1504) 11월 14일의 기록에는 왕명으로 "정청궁은
50칸을 건축하되 매 1칸에 4인을 수용할 만하게 하라"고 하였다.

1506년 9월 2일 중종반정으로 쫓겨난 연산군의 왕비 신씨가 폐비의
신분으로 정청궁에 거처하다가 친정아버지 신승선의 집으로 옮기고 있
음을『중종실록』1년(1506) 9월 2일, 9월 24일 기록에서 확인할 수 있다.
이후『실록』에 정청궁에 관한 기록이 없는 것으로 보아 정청궁은 곧
폐궁된 것으로 본다.

수성궁은『명종실록』4년(1549) 11월 4일 기록처럼 다시 지어 궁인들
의 질병을 치료하는 곳으로 삼았다. 이후 숙종 때에는 터만 남았음을
『숙종실록』36년(1710) 10월 3일 기록으로 확인할 수 있다.

11) 수성동(水聲洞)

위치: 옥인동 185-4 일대

안평대군의 별장인 무계정사가 인왕산에 있었지만, 경복궁이 내려다
보이지 않는 옆자락이었다. 그의 살림집은 시냇물 소리가 들린다는 뜻
의 수성동(水聲洞) 기린교(麒麟橋) 부근에 따로 있었다. 유본예가 서울의

옥인아파트 앞에 기린교로 알려진 다리

명승지와 동네를 소개하는 『한경지략(漢京識略)』에서 그 사실을 입증하였다.

수성동은 인왕산 기슭에 있는데, 골짜기가 깊고 그윽하다. 물 맑고 바위도 좋은 경치가 있어서, 더울 때 소풍하기에 가장 좋다. 이 동네는 옛날 비해당(匪懈堂) 안평대군이 살던 집터라고 한다. 개울을 건너는 다리가 있는데, 이름을 기린교라고 한다.

겸재 정선이 그린 『장동팔경첩』에 「수성동」 그림이 실려 있다. 수성동 골짜기는 인왕산을 오르는 주요 등산로 가운데 하나여서, 세 선비와 동자가 산을 오르고 있다. 수성동은 지금의 옥인아파트 자리

정선이 그린 수성동과 그림 속 기린교

라고 추정되는데, 1960년대에 아파트 공사를 하면서 기린교를 없앴다고 김영상 선생이 증언하였다. 그러나 현재 기린교라고 생각되는 다리가 발견되었다.

안평대군의 집이었던 수성궁은 「수성궁몽유록」, 일명 「운영전」의 무대로 국문학에 자취를 남겼다.

12) 순정효황후 생가(옥인동 서용택가(玉仁洞 徐龍澤家))

위치: 옥인동 47-133

순종의 비인 순정효황후(純貞孝皇后) 윤비(尹妃)가 1906년 동궁계비에 책봉되기 전에 살던 잠저(潛邸)라고 전하여 온다. 그러나 윤비가

책봉될 당시에 아버지 윤택영
의 집은 종로구 간동 97번지
5호에 있었으므로, 백부 윤덕
영의 집이 윤택영의 집으로
잘못 알려진 것이다. 윤덕영
의 집은 종로구 송현동에 있
었고, 백수산장 일대를 별장
으로 사용하였다. 문화재 지

순정효황후 생가의 전경

정 당시 뒤로 동산을 낀 높은 터에 안채와 사랑채만이 남아 있었다.

전면에 수십단의 ㄱ자로 꺾인 돌계단으로 올라서면 대문이 되고,
이 대문을 들어서면 ㄷ자형의 안채가 자리 잡고 있는 장방형의 안마
당에 이른다. 안채는 ㄷ자형 평면의 중앙에 4칸 반 크기의 대청을
두고, 대청의 동측에 안방, 부엌, 찬방, 광이 남북으로 길게 늘어서
있고, 서측으로 건넌방, 마루방, 아랫방들이 남북으로 길게 늘어서
있다.

대문간 옆의 사랑채는 전면에서 볼 때에는 중층으로 보이는데 이
는 계단이 있는 곳보다 사랑채가 높은 곳에 있기 때문이며, 사랑방
과 대청, 작은 마루방으로 구성되었다. 안채는 세벌대기단 위에 네
모뿔대의 초석을 놓고 네모기둥을 세워 주두를 놓고 익공을 하나씩
놓은 초익공집으로, 주간(柱間)에도 운공(雲工)을 놓아 굴도리를 받치
고 있다.

가구는 일고주오량(一高柱五樑)이고, 전후면 모두 부연을 단 겹처
마이고, 후면과 측면 모두 툇마루 밖으로 井자살 창호를 달아 궁집
과 같은 모습을 이루고 있다.

본래는 서울특별시민속자료 제23호로 지정되었으나, 노후로 인한

붕괴위험 및 심각한 원형 훼손 등의 사유로 문화재위원회의 심의를 거쳐 1997년 2월 20일자로 해제되었다.

현재는 남산골 한옥마을에 복원되어 있다.

13) 이완용(李完用) 집터

위치: 옥인동 45-30 일대

이완용(李完用, 1856~1926)은 을사오적 중의 한 명으로 친일 매국노의 대표적 인물이다. 그의 집은 여러 곳에 있었는데, 마지막으로 숨을 거둔 곳은 이 옥인동 저택이다. 옥인동 저택은

옥인동에 있었던 이완용의 집

대지 3천 평에 달했다고 한다. 현재 이 집터에는 효자동 주민센터가 들어서 있다.

14) 옥류동(玉流洞)

위치: 옥인동 47 주변 일대

옥류동은 서울 최고의 명승지로 알려져 많은 사람들이 찾았던 곳이다. 그리고 고관들의 별장 또한 이곳에 많아서 늘 연회와 시사(詩社)가 그치지 않았다.

옥류동 각자, 김영상 사진9)

9) 김영상, 『서울 육백년』, 대학당, 1994.

15) 육청헌(六靑軒) 터

위치: 옥인동 46번지 일대

육청헌은 김수항(金壽恒, 1629~1689)
집의 사랑채였다. 육청헌이란 명칭은 뜰
앞에 동청(冬靑) 여섯 그루와 그의 아들
이 여섯 형제였기 때문이라고 한다. 사랑
채 후원에는 청휘각(淸暉閣)이란 정자가
있었다.

김수항의 초상

육청헌은 김수항의 후손들이 대대로 살다가, 친일파 윤덕영(尹德榮,
1873~1940)이 이곳을 사들여 벽수산장(碧樹山莊)에 편입시켰다.

육청헌 근처에 송시열이 '옥류동(玉流洞)' 가자, 김정희(金正喜)의 '송
석원(松石園)' 각자가 있었다.

16) 정선의 집터 ②, 인왕유거(仁王幽居)·인곡정사(仁谷精舍)

위치: 옥인동 20번지 일대

인왕곡은 인왕산 계곡을 뜻하
며, 인곡(仁谷)으로도 불렸다. 정
선은 백악산 유란동(幽蘭洞)에서
태어나 52세까지 살다가, 인왕
산 기슭인 인왕곡으로 이사하여
84세로 운명할 때까지 살았다.

자신이 살고 있었던 집의 택호
(宅號)를 인곡유거(仁谷幽居) 또는
인곡정사(仁谷精舍)라고 하였다.

『겸재 정선의 진경산수화』(범

정선이 그린 인곡정사

우사, 1993)에 실린 최완수의 고증에 의하면 지금의 옥인동 20번지 부근이라고 하는데, 정선이 1746년에 그린 위의 그림을 보면 솔숲 아래 소슬대문까지 갖춘 ㄷ자 모양의 전형적인 한양 사대부 주택이다.

17) 자수궁(慈壽宮) 터

위치: 옥인동 45 일대

자수궁은 태조의 일곱째 왕자인 무안군(撫安君, 1381~1398)의 집을 문종 때 왕명으로 고쳐 선왕(先王) 후궁(後宮)들의 처소로 사용하려고 만든 작은 궁이었다.

> 임금이 무안군(撫安君)의 예전 집을 수리하도록 명하고 이름을 자수궁(慈壽宮)이라 하였으니, 장차 선왕(先王)의 후궁(後宮)을 거처하도록 함이었다.
>
> -『문종실록』 즉위년(1450) 3월 21일

무안군은 그 아우인 의안군 방석(芳碩)과 함께 역적으로 몰려 1398년 정안군 방원에게 피살당하였는데, 이때 집도 몰수되어 나라의 소유로 전하던 것을 문종 때 용도를 바꾼 것이다.

1477년 8월 30일부터 연산군의 어머니인 왕비 윤씨가 빈(嬪)으로 강등된 채 자수궁에서 거처하였으며, 1485년 5월 7일에는 세조와 예종의 후궁들도 함께 거처하였다. 또 같은 달 9일 세조의 후궁 근빈박씨(謹嬪朴氏)가 자수궁에 들어가자, 성종은 자수궁의 근빈 처소를 특별히 창수궁(昌壽宮)이라고 부르게 하였다.

『동국여지비고』에 의하면 연산군은 성종의 후궁들을 박대하려는 이유로 자수궁을 폐하고 자신의 사랑을 받은 기생들의 처소로 만들었다한다. 그러나 『연산군일기』 9년(1503) 11월 8일 기록에는 자수궁과 수성궁

자수궁터 표지석

자수궁터에 들어선 군인 아파트

에 성종의 후궁들이 있다고 기록되어 있다.

자수궁은, 1504년 11월 1일 왕명으로 제안대군 집으로 옮기려 하였다. 그러나 제안대군 집은 왕궁과 가까워 자수궁이 들어와 불경 소리를 내면 왕궁이 시끄러울 것이므로 자수궁을 성종의 후궁들이 살던 수성궁(壽成宮)으로 옮겼다. 이 때 수성궁에 함께 있던 정청궁(貞淸宮)은 따로 다른 곳에 짓도록 하였다. 정청궁을 공사할 때 수성궁으로 이전한 자수궁은 잠시 임영대군(臨瀛大君) 집으로 이전하였다. 아마 자수궁 옆에서 정청궁 공사가 진행되면 소란스러우므로 잠시 자수궁을 다른 곳으로 이전하게 한 것으로 보인다. 이후로도 단경왕후, 중종과 인종의 후궁이 자수궁에 들어갔다는 기록이 있다.

조선시대 후궁들은 자신이 모신 왕이 죽으면 왕궁 밖에 나가 살았는데 여생을 비구니로 보낸 경우가 많았다. 이 때문인지 자수궁에 들어온 후궁 가운데에도 머리를 깎고 불교를 믿거나 자수궁 안에 종을 만들어 치고 또 여승이 함께 거주하는 경우가 많았다. 그래서 자수궁은 자수원(慈壽院)과 같은 사찰 이름으로도 기록되며, 또 실제 사찰처럼 보여 탄핵되기도 하였다. 연산군은 선왕(先王)의 후궁들이 여승이 되는 것을 금한다고 명령을 내린 바 있다.

자수원의 옛 터는 『현종실록』 2년(1661) 2월 12일 기록처럼 북학(北學)
터로 변경하고 있다. 이 자수원이 바로 자수궁인지 여부는 알 수 없으나
대략 같은 곳에 있었으리라고 보인다. 이 북학 터는 현재 종로구 옥인동
45번지(현재 군인아파트 일대)로 알려져 있다.

그러나 『영조실록』 41년(1765) 8월 8일의 기록에는 그 전 해인 1764년
에 자수궁을 헐어서 그 재목으로 비천당(丕闡堂)을 지었다고 한다. 그럼
에도 불구하고 1770년 경에 그린 「한양도성도」에는 여전히 자수궁이
표기되어 있다. 한편 『종로구지(하권)』에는 아래와 같이 자수궁이 현종
때 철거된 것으로 기록하고 있다.

> 그 후 현종 4년(1663) 자수궁을 혁파하고 열성위판(列聖位板)을
> 정결한 곳에 매안하여 이곳에 거주하던 여승으로 40세 이하인 자는
> 환속시키고 나이가 들었으나 의탁할 곳이 없는 사람은 성 밖 니원(尼
> 院)으로 보내게 했다. 이 궁의 자재 일부는 성균관의 비천당, 일양재,
> 관입재 건립에 사용함으로써 폐쇄되어 빈터로 남게 되었다.
> −종로구 『종로구지(하권)』, 975~976면

또한 『종로구지(하권)』 977면에는 명나라 남경 출신으로서 명나라 황
후의 궁녀로 있다가 명나라가 망하자 청태종의 황실 궁녀가 된 굴씨(屈
氏)가 청나라 심양(深陽)에 인질로 가 있었던 소현세자와 함께 귀국하여
차후 청나라로 돌아가기를 거절하며 자수궁에 기거하였다는 이야기가
기록되어 있다. 그녀는 손가락과 휘파람으로 인왕산의 새와 짐승을 불
러내고 대화를 나누었다고 한다. 굴씨녀의 묘는 현재 경기도 고양시
대자2동 산65번지에 전하고 있다.

18) 자수궁교(慈壽宮橋) 터

위치: 옥인동 19~33, 통인동 1~2 사이 일대

자수궁교는 근처에 자수궁이 있어 생긴 이름이다. 그리고 명나라 여인 굴씨가 이곳에서 항상 새와 놀았기에 다리의 이름을 '굴다리', '새다리'라고도 불렀다 한다.

이 다리는 1830년경에 만든 『한경지략』에서는 '자수궁교'로, 1840년경에 만든 『수선전도』에는 '자수교'로 표기되어 있다. 현재 이 다리는 자하문

옛 자수궁교의 모습

길을 확대하고 포장할 때 복개되어 볼 수 없다.

19) 청휘각(晴暉閣) 터, 가재우물

위치: 옥인동 47(연대: 1686년)

이 건물을 세운 김수항(金壽恒)은 안동 김씨인데, 인왕산의 안동 김씨 집안은 원래 선원(仙源) 김상용(金尙容, 1561~1637)이 청운동 청풍계(靑楓

정선의 그림 「청휘각(晴暉閣)」

溪) 쪽에 늠연당(凜然堂)과 태고정(太古亭)을 짓고 살았다. 그의 아우인 청음(淸陰) 김상헌(金尙憲, 1570~1652)도 인왕산을 좋아했는데, 그가 옥류동에 노닐다가 어머니의 눈병을 고치기 위해서 약수를 찾아 나섰다.

김상헌은 자신이 옥류동(玉流洞) 쪽에 약수터 찾은 사연을 이렇게 기록하였다.

갑인년(1614) 가을에 어머님께서 눈병을 앓으셨는데, "서산(인왕산)에서 영험한 샘물이 나와, 눈병 앓는 사람들이 그 물로 씻으면 곧 낫는다"는 소문을 들었다. 그래서 곧 날을 잡아 가보았다. 형님과 나와 찬(燦)과 소(熽)가 같이 따라갔다. 인왕동에 들어가 고(故) 양곡(陽谷) 소세양(蘇世讓) 대감의 옛집인 청심당(淸心堂)·풍천각(風泉閣)·수운헌(水雲軒)을 지나갔다. 무너진 섬돌과 남은 주춧돌들을 거의 분간할 수 없게 되었다.

양곡은 문장이 세상에 뛰어난데다 부귀를 누렸으며, 또한 심장(心匠)도 지녔다고 일컬어져, 집 지음새가 매우 공교하고도 아름다웠다. 사귀며 노닌 사람들도 모두 일세의 문장가들과 이름난 이들이어서, 그들이 읊은 시들은 반드시 외어서 전해졌다. 그러나 지금 백년도 채 안되었는데, (그 화려하던 집들이) 하나도 남지 않고 다 없어졌다. 선비들이 후세에 믿고 남길 것이 이러한 건물은 아니다.

이곳을 거쳐 올라가자, 절벽과 폭포, 푸른 잔디와 푸른 언덕이 곳곳마다 아름다웠다. 계속 이곳을 지나 올라가자 돌길이 험준해져, 말을 버리고 걸어서 갔다. 두 번이나 쉬고 난 뒤에야 샘물이 있는 곳에 이르렀는데, 인왕산 중턱쯤 된 곳이었다. 둥그런 바위 하나가 나는 듯이 지붕처럼 가로지르고, 바위 끝은 지붕의 처마 모습으로 되어 있어서, 예닐곱 명이 눈비를 가릴 수 있었다. 바위 바닥 조그만 틈으로 샘물이 솟아올랐는데 물줄기가 몹시 가늘어 한 식경쯤 앉아 있어야 비로소 구덩이에 삼분의 일쯤 물이 찼다. 구덩이 둘레는 겨우 맷돌 하나 크기인데, 깊이도 또한 한 자가 되지 못했다. 물맛은 달고, 별다른 냄새가 없었으며, 아주 차갑지도 않았다.

　　　　　　　　-김상헌『청음집(淸陰集)』권38「유서산기(遊西山記)」

김상헌이 찾아갔던 이 샘물이 바로 뒷날의 가재우물인데, 김상헌의 증손자 노가재(老稼齋) 김창업(金昌業 1658~1722)이 이 물을 즐겨 마셔서 그런 이름을 얻었다. 이들은 이 샘물 때문에 이 땅을 구하고 집을 지었지만, 결국은 뒷날 이 샘물 때문에 송석원까지도 다른 권력자에게 빼앗기고 말았다.

그 뒤에 안동 김씨가 계속 정권을 잡으면서 인왕산 일대에 터를 넓혀 갔는데, 김상헌의 손자인 문곡(文谷) 김수항(金壽恒) 때에 와서는 옥류천(玉流川) 일대까지 차지하게 되었다. 지금의 옥인동 45번지는 원래 북부학당(北部學堂)이 세워질 장소였는데, 결국 세워지지는 않았으며, 1616년(광해군4)에 자수궁(慈壽宮)을 세웠다. 인조반정 뒤에 폐지되어 늙은 궁녀들이 살다가, 뒷날 자수궁 터를 김수항이 사들였다고 한다. 그래서 청풍계(靑楓溪)와 마찬가지로 우암 송시열의 글씨로 옥류동(玉流洞) 세 글자를 새겨놓았다.

김수항은 옥류동에 청휘각을 짓기 전에 살림집부터 지었으며, 먼 길 떠나는 친구를 이곳에서 송별하기도 하였다.「옥류동수세(玉流洞守歲)」라는 시를 보면 1684년에는 이곳 집에서 새해를 맞이했는데, 드디어 1686년에 팔각정(八角亭) 형태로 청휘각을 지었다. 그가 청휘각을 짓자, 이웃에 살던 대제학 남용익(南龍翼)이 시를 지어 축하하였다.

　　　옥류동 연하(煙霞)에 비경이 열렸는데
　　　청휘각 높은 누각에는 티끌이 끊어졌네.
　　　장안에 가을이 돌아와 집집마다 비가 내리고

푸른 산에 폭포가 떨어져 골짜기마다 천둥이 치네.
연꽃잎이 움직이자 물고기 떼는 흩어지고
나무그늘 짙은 곳에 백로도 돌아오네.
놀러온 나그네는 돌아갈 것도 잊고서
처마 앞에 머물며 달 떠오르기를 기다리네.
玉迴煙霞祕境開, 淸暉高閣絶浮埃.
秋生紫陌千家雨, 瀑轉靑山萬壑雷.
荷葉動時魚隊散, 樹陰深處鷺絲回.
遊人自爾忘歸去, 留待簷前霽月來.
       -남용익『호곡집(壺谷集)』, 「추기청휘각배유지흥봉정문곡상공안하
                  (追記淸暉閣陪遊之興奉呈文谷相公案下)」

   이 시를 받고 김수항이 차운하여 시를 지었는데, 그 제목이 무척 길다.
「옥류동의 우리 집에다 새로 청휘각을 지었는데, 제법 수석(水石)이 아
름답다. 감히 시를 부탁하여 크게 빛낼 생각은 없었지만, 호곡(壺谷)
사백(詞伯)이 먼저 율시 1수를 지어 보냈으며, 매간(梅磵) 형께서도 또한
화답하여 보내셨다. 산문(山門)이 이 시 덕분에 빛나게 되었음을 알겠다.
그래서 그 시에 차운하여 감사하는 뜻을 아뢰고, 아울러 매옹(梅翁)에게
도 바쳐 가르침을 구하고자 한다.」

층층 벼랑 중턱에 작은 정자를 지으니
동쪽 번화한 먼지 구덩이에서 멀리 떨어졌네.
반평생 수석을 좋아하는 버릇이 고질병 되어
늘그막에 즐기며 산속 천둥소리를 듣네.
처마 사이로 짙은 안개가 옷을 적시고
베개 맡의 폭포 소리가 꿈을 깨우네.
이제부터는 이 골짜기에 물색이 더할 테니

벗님들이 진중하게 시를 부쳐 보내리라.

청휘각 옆에 있던 남용익의 집에 일섭정(日涉亭)이 있었는데, 후원에 있던 초가 정자이다. 뒷날 송석원 옥계사의 동인 김낙서가 이 부근에 일섭원(日涉園)을 짓고 살았는데, 혹시 이 터가 아닌가 생각된다.

김수항이 청휘각을 낙성할 때에 여러 아들들이 참석했는데, 노가재 김창업도 시를 지었다. 1686년에 지은 「옥동야좌감회(玉洞夜坐感懷)」라든가 「옥동동제인부운(玉洞同諸人賦韻)」 같은 시들에 연못가에 지은 청휘각의 모습이 그려져 있다. 김수항은 아들이 여섯이나 되었지만, 창립 (昌立)과 창순(昌順)은 아버지보다 먼저 세상을 떠났다. 맏아들 창집(昌集)도 영의정 벼슬을 하다가 사약을 받고 죽었으므로, 청휘각은 김창업이 물려받았다. 청휘각을 지은지 30년이 되자 낡고 기울어져, 김창업이 1715년에 다시 지었다.

> 이끼가 바위 글자를 꾸미고
> 단청이 물가 정자를 빛나게 하네.
> 선군께서 맡기신 집이니
> 소자가 어찌 조급하게 하랴.
> 무너진 집을 일으키자 사람들 모두 좋아하는데
> 서글픈 마음에 나 홀로 술이 깨었네.
> 단풍나무 소나무를 반드시 공경할찌니
> 도끼가 찾아들지 않게 해야겠네.

노가재는 건강상 이 집을 좋아했는데, 청휘각 뒤에 약수가 있기 때문이었다. 노가재가 늘 이 물을 마셨다고 해서, 최근까지도 이 우물을 가재우물이라고 불렀다. 뒷날 청휘각을 인수한 윤덕영은 가재우물에 대하여 이렇게 기록하였다.

　　(예전의 청휘각이었던) 일양정(一陽亭) 뒤에는 가재정(稼齋井)이
　라는 우물이 있고, (바위) 벽 위에는 가재(稼齋)의 글씨가 있다. 나는
　항상 이 물을 마시면서 글을 읽고는, 가재공의 글 솜씨를 칭찬하였다.

　노가재의 형제들도 이 집에 자주 찾아와 약수를 마시고, 시도 지었다.
노가재의 형제들이 당시 문단을 이끌었으므로, 청휘각에는 사대부 시인
들이 많이 모여 시를 지었다. 옥류동(玉流洞)이라고 새긴 바위 안쪽에서
솟아 괴던 가재우물은 1950년대까지도 사용했지만, 그 뒤 주택개발로
인해서 메워졌다.

　청휘각은 그뒤 후손들에게
대를 이어 전해지다가, 김수항
의 6세손인 한성부 판윤 김수근
(金洙根, 1798~1854)이 중건했
으며, 그의 아들인 영의정 김병
국(金炳國, 1825~1904)이 물려

옛날 가재우물의 모습. 김영상 사진

받았다가, 김병국의 재종형인 이조판서 김병교(金炳喬, 1801~?)에게 넘
겨졌다. 그러다가 김병교의 아들인 후몽(後夢) 김학진(金鶴鎭)에 이르러
명성왕후의 친정붙이인 민규호(閔奎鎬, 1836~1878)에게 빼앗겼다. 김학
진은『벽수산장일람(碧樹山莊一覽)』에 실린「벽수산장 일양정기(碧樹山
莊一陽亭記)」에서 민규호에게 빼앗긴 과정을 이렇게 설명하였다.

　　옥류동의 송석원은 나의 선조 문곡선생의 별장이다. 선생의 옛집
　이 서울 북부 순화방(順化坊)에 있었는데, 그 뜰에 겨울철에도 청청
　한 여섯 그루의 나무가 있어, 슬하에 여섯 자제를 둔 것과 서로 맞았

다. 그래서 집 옥호(屋號)를 육청헌(六靑軒)이라 하였다. 그 집에서
오른쪽으로 2-30보를 가서 등성이 하나를 넘으면 산골 물이 휘감아
도는 아름다운 언덕과 골짜기가 있다. 이를 차지하니 아침저녁으로
지팡이를 끌며 거닐 만하고, 특히 청휘각에서 내려다보이는 경치가
구경할 만하였다. 가재우물 또한 제격이다.

　여기를 옥류동이라 하는데, 그 옆 깔린 바위에 '옥류동(玉流洞)'이
라 새긴 글씨는 혹 우암 송시열 선생의 필치라고도 전한다. 옥류동
골 안에 있는 '송석원(松石園)'이라 새긴 바위 글자는 추사(秋史) 김
정희(金正喜)공의 필적이다. 기와집은 우리 집에서 번갈아 들어가 살
기를 10여 년 하다가, 황사(黃史) 민상공(閔相公)이 병으로 여기 우물
물을 마시게 되어, 내가 갈 데가 없게 되었다. 이렇게 해서 주인이
처음으로 (김씨에서 민씨로) 바뀌었다.

김학진은 청휘각을 송석원이라고도 하였는데, 이곳이 처음부터 송석
원은 아니었다. 추사가 위항시인 천수경의 집인 송석원에 써준 글씨를
옥계사 동인들이 1817년에 큰 바위에다 새겼는데, 그가 세상을 떠난
뒤에 그 집자리가 청휘각 터로 들어왔기 때문에 자연히 '송석원' 글씨가
새겨진 바위도 울안으로 들어오게 되었고, 그때부터 청휘각 구역을 송
석원이라고도 부르게 된 것이다.

20) 효령대군(孝寧大君) · 안평대군(安平大君) 집터

위치: 옥인동 185-4 일대

수성동에 있었던 안평대군의 옛집은 수성궁이라고도 불렸는데, 고소
설「운영전」, 또는「수성궁몽유록」의 무대이기도 하다.

　수성궁은 안평대군의 옛집으로 장안성 서쪽으로 인왕산 아래에 있

는지라, 산천이 수려하여 용이 서리고 범이 일어나 앉은 듯 하며, 사
직이 그 남에 있고 경복궁이 그 동에 있었다. 인왕산의 산맥이 굽이쳐
내려오다가 수성궁에 이르러서는 높은 봉우리를 이루었고, 비록 험
준하지는 아니하나 올라가 내려다보면 아니 뵈는 곳이 없는지라, 사
면으로 통한 길과 저자거리며, 천문만 호가 밀밀층층하여 바둑판과
같고, 하늘의 별과 같아서 역력히 헤아릴 수 없고 , 번화 장려함이
이루 형용치 못할 것이요, 동쪽을 바라보면 궁궐이 아득하여 구름
사이에 은영(隱映)하고 상서(祥瑞)의 구름과 맑은 안개가 항상 둘러
있어 아침저녁으로 고운 자태를 자랑하니 짐짓 이른바 별유천지(別
有天地) 승지(勝地)였다.   -고소설『운영전』

　　수성동(水聲洞)은 인왕산 기슭에 있으니 골짜기가 그윽하고 깊숙
하여 시내와 암석이 빼어나, 여름에 놀며 감상하기가 좋다. 혹은 이
르기를 이 골짜기가 비해당(匪懈堂)의 옛 집터라 한다. 다리가 있는
데 기린교라 한다.   -『한경지략(漢京誌略)』

　　인왕산 기슭에 있으니 골짜기가 깊고 그윽하다. 곧 비해당의 옛
집터로, 시내와 바위가 빼어나 여름에 놀며 감상하기에 마땅하다. 다
리가 있는데 기린교라 한다.
　　　　　　　　　　　　-『동국여지비고』,「효령대군제(孝寧大君第)」

　제시된 기록을 통해 인왕산 수성동에 효령대군(孝寧大君, 1396~1486)
과 안평대군(安平大君, 1418~1453)의 집이 있었고, 근처에 기린교가 있
었음을 알 수 있다. 그리고 이를 통해 안평대군의 무계정사(武溪精舍)는
집이 아니라 정사(精舍) 또는 별서(別墅)임을 알 수 있다.
　비해당은 안평대군이 아버지 세종(世宗, 1418~1450)으로부터 받은 호
다. 비해당이란 뜻은 노(魯)나라 헌왕(獻王)의 둘째 아들인 중산보(仲山

부암동에서는 무계정사터에
안평대군 이용의 집터라는 안내판을 세웠다.

甫)가 주(周)나라 선왕(宣王)의 명령을 받고 제(齊)나라로 성을 쌓으러 떠날 때에 윤길보(尹吉甫)가 전송하며 지어준 『시경(詩經)』의 「증민(蒸民)」에서 나왔다.

"지엄하신 임금의 명령을 / 중산보(仲山甫)가 받들어 행하고, / 나라 정치의 잘되고 안 됨을 / 중산보가 가려 밝히네. / 밝고도 어질게 / 자기 몸을 보전하며, / 이른 아침부터 늦은 밤까지 게으름 없이 / 임금 한 분만을 섬기네"에서 마지막 구절 원문인 "숙야비해(夙夜匪解) 이사일인(以事一人)"에서 '비해(匪解)'를 취한 것이다. 세종은 재주가 뛰어난 안평대군이 장자(長子)가 아니었기에, 자신이 왕위에 있는 동안은 물론, 동궁(東宮)이 즉위한 뒤에도 '게으름 없이 임금 한 분만을 섬기라'는 당부를 하기 위하여 '비해(匪懈)' 두 글자를 따서 호로 내려준 것이다. 비해당은 수성동에 있었던 안평대군의 집 사랑채의 당호였으리라고 추정된다.

비해당을 지은 뒤에 안평대군은 집 안팎의 아름다운 꽃과 나무, 연못과 바위 등으로 48경을 정했다. 「비해당사십팔영시(匪懈堂四十八詠詩)」란 안평대군의 별장인 비해당 및 그 주변 경치와 사물 등을 주제로 지은 48수의 시다. 이 48영에 대하여 최항(崔恒, 1409~1474)의 문집인 『태허정집』에는 "사십팔영 별인본(別印本)을 참고하니 안평대군이 7언 율시를 선창하자 태허정이 차운(次韻)하고, 신숙주(申叔舟, 1417~1475), 성삼문(成三問, 1418~1456), 이개(李塏, 1417~1456), 김수온(金守溫, 1410~1481), 이현로(李賢老, ?~1453), 서거정(徐居正, 1420~1488), 이승윤(李承胤), 임원준(任元濬, 1423~1500) 등 여덟 분이 5, 7언 율시로 혹은 5, 7언 절구로 하였다"라고 하여 모두 10인이 참여하였음을 밝혔다. 이 중 현재 48영이 모두 전하는 문인은 최항, 신숙주, 성삼문, 김수온 등이며, 서거정은 3편이 빠진 45영만 전하고, 이개는 『동문선(東文選)』에 4영만 전한다. 이 시는 성종 대에도 유행하여 여러 차운시(次韻詩)를 남겼다.

수성동 안평대군의 집 비해당의 주인이 효령대군으로 바뀐 시기는 아마도 안평대군이 계유정란으로 실각한 뒤라고 추측된다.

5. 누상동

1) 누각동(樓閣洞) 약수터, 버드나무 약수터, 불로천(不老泉) 약수터

위치: 누상동 159

> 누상동 159번지에는 '누각골 약물' 혹은 '누상동 약수'라 부르는 약수가 흘러 내렸는데 위장병에 특효가 있었다. 1960년대 말부터 인왕산 정상쪽으로 점점 민가들이 들어서면서 약수터는 주택가로 바뀌어졌다. 이 누상동 약수에서 서북쪽으로 조금 떨어진 곳에 있는 와룡당 위쪽에도 약수가 나왔다. 바위로 된 굴속에 약수가 떨어지고 바위에 '불로천(不老泉)'이 새겨져 있어서 '불로천 약수' 혹은 '불로천'이라 불렀다.   –종로구청 『종로구지(하권)』, 1994년, 972면

지금의 종로구 누상동 159번지 일대에는 '누각골 약수터'가 있었으며 그 서북쪽에 '불로천 약수터'가 있었음을 알 수 있다. 그러나 현재 이 두 약수터는 찾기 어렵다. 그런데 1994년 종로구청에서 소개한 '누각골 약수터'를 현재 '버드나무 약수'라는 이름으로 불리는 약수터와 비교해 보면 매우 비슷하다. 따라서 종로구청에서 소개한 '누각골 약수터' 사진은 지금의 '버드나무 약수터' 사진을 소개하였을 가능성이 높다.

2) 백호정(白虎亭) 각자, 백호정 터, 백호정 약수터

위치: 누상동 166-87

누상동과 누하동의 옛 이름 누각골
에는 백호정이라는 활터, 즉 사정(射
亭)이 있었다. 백호정은 조선시대 서
촌(西村)에 있었던 오처사정(五處射
亭), 즉 다섯 곳의 사정 가운데 하나
였으며 일명 '풍소정(風嘯亭)'이라고도
불렸다.

백호정 각자

인왕산과 북악산에 걸쳐 있는 서촌의 다섯 사정(射亭)은 사직동의 대송
정(大松亭), 옥인동의 등룡정(登龍亭), 필운동의 등과정(登科亭), 누상동
의 백호정(白虎亭), 삼청동의 운룡정(雲龍亭)이다. 호국과 상무정신의 요
람이기도 한 활쏘기가 일제 강점기에 금지되어 활터가 점점 사라지면서
백호정도 이때 사라졌다. 지금은 '백호정(白虎亭)' 각자와 '누각골 약물'로
불리던 약수터만이 남아 있다. 참고로 '백호정' 세 글자는 만향재(晩香齋)
엄한붕(嚴漢朋, 1685~1759)이 쓴 글씨다.

3) 윤동주(尹東柱)의 하숙집 터

위치: 누상동 9번지 일대(연대: 1941년)

윤동주의 하숙집은 후배 정병욱의 증언을 통해 대강의 위치를 확인할
수 있다. 윤동주와 정병욱은 다른 하숙집을 찾기 위해 길을 나섰다가
소설가 김송의 집에 하숙 하게 된다. 당시 김송의 집은 누상동 9번지였다.

그 해 5월 그믐께, 다른 하숙집을 알아보기 위해, 아쉬움이 가득
찬 마음으로 누상동(樓上洞) 하숙집을 나섰다. 옥인동(玉仁洞)으로

내려오는 길에서 우연히, 전신주(電信柱)에 붙어 있는 하숙집 광고 쪽지를 보았다. 그것을 보고 찾아간 집은 문패에 '김송(金松)'이라고 적혀 있었다. 설마 하고 문을 두드려 보았더니, 과연 나타난 주인은 바로 소설가(小說家) 김송, 그 분이었다.

윤동주의 모습

우리는 김송 씨의 식구로 끼어들어 새로운 하숙 생활을 시작하게 되었다. 저녁 식사가 끝나면, 우리는 대청(大廳)에서 차를 마시며 음악(音樂)을 즐기고, 문학(文學)을 담론(談論)하기도 했으며, 때로는 성악가(聲樂家)인 그의 부인의 아름다운 노랫소리를 듣기도 했다. 그만큼 우리의 생활은 알차고 보람이 있었다.

－정병욱『잊지 못할 윤동주』

윤동주의 하숙집은 10년 전에 헐리고, 그 자리에 3층 다가구주택이 들어서 있다. 연희전문학교 졸업반이던 1941년 5월부터 9월까지 이 집

현재 종로구 부암동에서는 윤동주 언덕을 만들고, 그의 대표작 〈서시〉 시비를 세워 놓았다.

에 살면서, 대표작 대부분을 여기서 창작하였다.

4) 이중섭(李仲燮) 집터

위치: 누상동 166-202(연대: 1954년)

이중섭 집터의 전경

사진에 보이는 2층집이 이중섭의 집이었다. 이중섭은 1954년 6개월 정도 이 집에 머물며 그림을 그리고 미도파화랑 전시회를 준비했다.

5) 와룡당 터(臥龍堂 址)

위치. 누상동 139 일대

와룡당은 중국 삼국시대 촉(蜀)나라의 재상이었던 제갈량(諸葛亮)의 사당으로, 와룡은 제갈량의 호이다. 제갈량은 이름 량(亮)보다는 자(字) 인 공명(公明)을 따라 제갈공명이라고 더 많이 불렸다. 이 사당은 대한제 국 때 폐지되었다고 한다. 와룡당 터는 현재 그 흔적조차 찾을 수 없는 데, 『종로구지(하권)』에 약간의 단서가 남아 있다.

> 누상동 약수에서 서북쪽으로 조금 떨어진 곳에 있었으며 그 아래 에 불로천(不老泉) 약수터가 있다.
> -『종로구지(하권)』, 1994년, 972면

그러나 이 기록만으로는 두 약수터의 명확한 위치를 밝힐 수 없어서 아직도 와룡당 터의 정확한 위치는 파악되지 않고 있다.

6. 누하동

1) 이상범(李象範) 가옥

위치: 누하동 178, 179-3, 181, 182

이상범의 모습

청전 이상범(1897~1972)의 가옥은 이화백이 43년간 거주한 곳이다. 그는 일제강점인 1920년대부터 시작하여 해방 후 대한민국 정부가 수립된 이후까지 작품활동을 했다.

그의 가옥은 1930년대 누하동을 비롯하여 경복궁 서쪽 지역에 형성되었던 문화예술인의 도시형 한옥 건물이다. 화실은 이상범 화백이 사용하던 곳으로 이상범 화백이 작업에 열중하는 모습을 연상할 수 있게 당시의 모습이 그대로 남아 있어 선생의 체취를 느낄 수 있다. 청전화숙(青田畵塾)으로 불리는 화실은 대지 20평에 시멘트 벽돌로 지은 8평 남짓한 단층 양옥 건물로 이상범은 사망하기 전까지 이곳에서 작품 활동을 했다.

이상범 가옥

2) 노천명(盧天命) 가옥

위치: 누하동 225-1

노천명은 1911년 황해도 장연에서 출생했다. 1918년 아버지의 죽음으로, 이듬해(1919년)에 이모집인 체부동으로 이사했다. 1920년에는 어머

머니가 창신동 81번지 2호의 집을 구입하여 가족
이 함께 살았다. 이곳에서 거주했던 노천명은
1949년 39세 때 누하동 225번지 1호로 이사 오게
되었고, 여기서 6·25전쟁과 임종을 맞았다.

노천명의 젊은 시절

7. 효자동(孝子洞)

1) 쌍홍문(雙紅門) 터

위치: 효자동 172-1

쌍홍문(雙紅門)은 조원(趙瑗)의 아들 희
성(希正)과 희철(希哲) 형제가 임진왜란 때
모친을 구하기 위해 목숨을 희생한 효행을
기리기 위하여 나라에서 내린 두 개의 정
려(旌閭)를 말한다. 『동국여지비고』에서
"이 두 사람으로 인해 마을을 쌍효자 거리
라고 부른다"고 했으며, 여기서 유래하여
효자동이란 지명이 생겼다고 한다.

쌍홍문 터 표석

효자동에 대한 유래에 대하여 『종로구지(하권)』는 아래와 같다.

효자동의 동명이 유래된 효곡은 조선 선조 때 효자로 이름난 조원
의 아들 희정과 희철 형제가 효자동 100번지에 살았으므로 비롯되었
다. 이를 표창하는 쌍홍문, 즉 두 개의 정문이 세워져 있어서 효자동
쌍효잣골로 불리었다. 1956년 3월 3일 경복고등학교는 효곡의 내력
에 관한 효자유지비(孝子遺址碑)를 교정에 세워 조희정 형제의 효성
을 본받아 효를 본받도록 권하고 있다. 조희정과 희철은 임진왜란이

일어나자 어머니와 어린 조카들을 데리고 피신할 때 갖은 고생을 무릅쓰고 두 형제가 잘 받들어 강화에 도착하였다. 도착한 후 얼마 되지 않았는데 들이닥친 왜적으로 인하여 그들의 모친이 능멸을 당하려 하자 이를 맨손으로 제지하던 큰아들 희정이 왜적의 칼에 맞아 숨졌다. 곧 이어 작은아들 희철이 달려들어 왜적이 들고 있던 창과 칼을 뺏아 꺾어버린 후 왜적과 싸워 이기고 모친을 죽음 직전에 구하여 산속으로 피신시키고 자신은 굶어가며 초근목피로 봉양을 하였으나 왜적과 싸우다 생긴 상처 부위의 악화와 굶주림으로 죽었다. 주변 사람들은 희정과 희철의 순절에 대해 칭송을 하며 조정에 효자문을 세워 줄 것을 요청하였고 조정에서는 이들의 갸륵한 효행을 오래도록 사람들에게 알리기 위하여 운강대 조원의 본가 앞에 쌍홍문을 세웠다.   —『종로구지(하권)』, 966-967면

2) 해공 신익희(申翼熙) 가옥

위치: 효자동 164-2

해방 전후 시기 대표적인 정치 지도자로서 광복 후 제헌국회 부의장, 국회의장을 역임한 해공 신익희가 태어난 집이다. 원래는 지금 위치에서 동남쪽으로 약 200m 지점에 가옥이 있었으나 고종 2년 대홍수로 집이 파손되어 1867년경에 현 위치로 이전하였다고 전하는데 건축물대장에 의하면 1925년에 건축된 것으로 기재되어 있다.

신익희 가옥의 전경

이 가옥이 지어진 1925년은 일제강점기로 신익희는 일제 강점기 교육
계몽운동과 독립운동에 힘썼다. 대한민국 임시정부가 설립되어 조국의
독립에 앞장섰고 해방 후에는 대한민국 정부를 세우고 국회의원을 역임
하였다.

가옥은 안채와 바깥채로 구성되어 있으며 모두 목조기와집으로 전통
한옥의 외관을 잘 간직하고 있다. 안채는 중앙의 2칸 대청을 중심으로
우측에 안방, 좌측으로 건넌방을 두었고, 안방 앞으로 부엌을 두었다.
바깥채는 'ㄱ' 자형으로 가운데에 대문을 두고 좌측에 2칸의 사랑방을
두었다. 이 집은 전체적으로 전형적인 19세기 또는 20세기 초 경기지역
중소 지주계층의 가옥형태를 취하고 있다.

8. 창성동

1) 범씨궁(范氏宮)

위치: 창성동 일대(미상)

범씨궁은 철종(哲宗, 1849~1863)의 후궁인 숙의범씨(淑儀范氏, 1838~
1883)가 살았던 곳이다. 1911년에 작성된 「경성부시가도」를 보면 '범씨
궁동'이란 지명을 볼 수 있고, 고종 황제의 아들인 의왕(義王)의 행장(行
狀)에서 "의왕이 한성부 북부 순화방 사재감(北部 順化方 司宰監) 상패계
(上牌契) 자하동에 있는 범숙의궁(范淑儀宮)에서 탄생하였다"라는 기록
을 통해 확인할 수 있다.

범씨궁은 정식 이름이라기보다는 속칭(俗稱)으로 보이는데, 철종 사
후 출궁한 뒤 거주하기 위해 왕실에서 하사한 집일 가능성이 높다. 이러
한 기록은 『실록』을 통해 확인할 수 있다.

호조에서, '범숙의(范淑儀)와 영혜옹주의 저택 값으로 은자(銀子) 1,500냥을 대전(代錢)하여 수송하고, 유토면세전(有土免稅田) 200 결(結)과 원결(元結) 600결을 획송(劃送)하며, 옹주의 공상(供上)으로 매월 초하루에 백미 8석과 돈 80냥, 숙의의 공상으로 백미 5석과 돈 50냥을 선혜청에서 수송하겠습니다'라고 아뢰었다.

-『고종실록』 3년(1866) 2월 15일

2) 사재감(司宰監) 터

위치: 창성동 일대

사재감은 왕실에 어류·고기·소금·땔나무 등을 공급하던 관청이다. 조선 태조 1년(1392) 고려의 제도를 따라 설치되어 유지되다가 조선말에 폐지되었다. 이 관청으로 인하여 오늘날의 종로구 통의동 일부, 창성동, 효자동, 신교동, 누상동 일대를 조선 영조 27(1751)년 한성부 북부 순화방 사재감계(司宰監契)로 행정구역으로 정했다.

영조 46년(1770) 경에 그린 「한양도성도」를 보면 지금의 통의동과 창성동 사이로 추정되는 곳에 사재감이란 글씨와 함께 건물이 그려져 있고, 1911년에 작성된 「경성부시가도」에서는 종로구 통의동 7번지에 '사재감전동(司宰監前洞)'이란 지명이 표기되어 있다.

3) 서금교(西禁橋) 터

위치: 창성동 117번지

서금교는 경복궁의 서문인 영추문(迎秋門) 북쪽에 있었는데 지금은 철거되어 전하지 않는다. 그러나 「한양도성도(漢陽都城圖)」와 「도성지도(都城之圖)」 등에 지명이 표기되어 있어 그 위치가 지금의 종로구 창성도 117번지였음을 알 수 있다.

다리의 명칭이 서금교인 이유는 냇물이 경복궁 안으로 흘러 들어가 경복궁의 서쪽 금천(禁川)이 되므로 생긴 것으로 보인다. 또한 이 다리를 별칭으로 '서금교', '서금다리'라고 불렀다. 이외 순종 2년(1908) 6월 9일 『관보(官報)』를 보면 석은교(石隱橋)로도 표기했다.

4) 진명여학교(進明女學校) 터

위치: 창성동 67 (연대: 1906년)

진명여학교 1회 졸업생 사진

고종 42년(1905)에 엄준원(嚴俊源)이 달성위궁(達城尉宮)에 사숙(私塾)을 설치했다가, 이듬해 (1906) 4월 고종황제의 후궁인 순헌황귀비 엄씨(純獻皇貴妃 嚴氏)로부터 토지와 재물을 기부받아 순화방 54통 4호에 진명학교를 설립하여 근대 여성교육에서 중요한 자리를 마련하였다.

이 학교는 1912년 진명여자보통학교(4년제)와 진명여자고등보통학교 (3년제)로 다시 인가받았다. 1928년 보통학교를 폐지하고, 진명여자고등보통학교만을 운영했다. 1938년 진명고등여학교로 교명을 바꾸고, 1947년 진명여자중학교(6년제)로 개편되었다. 1951년 진명여자중학교 와 진명여자고등학교로 분리하였고, 1987년 중학교를 폐지했으며, 1989년 서울시 양천구 등촌로 313(목동 927-6번지)으로 이전하였다.

9. 통인동

1) 사포서(司圃署) 터

위치: 통인동 일대

사포서는 조선시대 왕궁의 정원과 채소를 관리하거나 혹은 공급하던 관청이다. 1466년에 전에 있던 침장고(沈藏庫)를 사포서로 이름을 바꾸었으며, 1882년에 폐지되었다.

중부 수진방(壽進坊)에 있다. 제용감(濟用監)과 더불어 이웃하여 있으며, 고려의 제도를 따라 국초(國初)에 설치하였다. 원포(苑圃)와 채소를 관리하였다.　　　　　　　　　　　　－『한경지략』, 「사포서」

북부 준수방(俊秀坊)에 있다. 뒤에 중부 수진방으로 이전하였다. 본조(本朝)때 처음 설치하였으며 원포(園圃: 왕궁에 딸린 또는 소유의 동산 그리고 밭)와 채소를 관리하였다.

－『동국여지비고』, 「사포서」

위 기록을 통하여 사포서는 한성부 북부 준수방(현재 통인동 일대)에 있었다가 한성부 중부 수진방(壽進坊 현재 수송동 116번지)로 이전되었음을 알 수 있다. 사포서의 위치는 1911년에 작성된 「경성부시가도(京城府市街圖)」에서 표기된 사포동(司圃洞)을 통해서도 추정해 볼 수 있다.

사포서터 표석

2) 이상(李箱) 가옥 터

위치: 통인동 154-10 일대

이상(1910~1937)은 1930년대 초현실주의 문학의
선구자였다. 이곳은 이상이 백부의 양자로 들어와
살던 곳이었다. 그러나 1933년 이 집을 팔았고, 뒤에
이 건물은 모두 헐리고 그 터에 새로 집이 지어졌다.

소설가 이상

3) 인덕궁(仁德宮)

위치: 통인동 일대

인덕궁은 조선 제2대 왕 정종(定宗)이 왕위를 양위하고 상왕(上王)으
로 있으며 거주한 곳이다. 이곳은 장의동 본궁과 지척에 있어서 태종은
이곳에 자주 들러 담소를 즐겼다고 한다. 정종은 이곳 인덕궁에서 1420
년 9월 26일 승하했다.

> 경복궁 누각과 못에 거둥하여 두루 돌면서 살펴보고, 또 (장의동)
> 본궁 수각(水閣)에 거둥하여 상왕(上王)을 맞이하여 타구(打毬)하는
> 것을 구경하고 잔치를 베풀어 극진히 즐기었다. 사람을 시켜 또 못
> 에서 고기를 잡게 하고, 창기(唱妓)에게 명하여 어부사(漁父詞)를
> 부르게 하였다. 상기(上妓)와 악공(樂工)에게 저화(楮貨) 1백여 장
> 을 주었다.   -『태종실록』 12년(1412) 4월 17일

4) 장의동 본궁(壯義洞 本宮)·세종대왕 나신 곳(世宗大王 誕降石)

위치: 통인동 일대(참고 표석: 통인동 119)

장의동 본궁(壯義洞, 藏義洞本宮)은 조선 제3대 임금 태종(太宗, 1367~
1422)이 왕위에 오르기 전에 살던 사저를 말한다. 『태종실록』을 보면

태종은 즉위 이후에도 장의동 본
궁을 자주 들렀으며, 이곳 대청
에서 정사를 보았다고 한다. 『세
종실록』의 「총서(總序)」에서 세
종은 1397년 4월 임진(10일)에 잠
저(潛邸)에서 태어났다고 기록되
어 있다. 잠저는 태종이 왕위에
오르기 전에 살던 집으로, 장의
동 본궁은 한성부 북부 준수방 종
로구 통인동 일대로 여겨진다.

세종대왕 나신 곳 표지석

사
직
동

1. 적선동

1) 월성위궁(月城尉宮) 터·김정희(金正喜) 집터

위치: 적선동 67번지 일대

김정희 집터 표지석

월성위(月城尉)는 김한신(金漢藎, 1720~1758)이 영조의 차녀 화순옹주(和順翁主)와 혼인하면서 왕의 사위로서 받은 작호(爵號)이다. 영조는 화순옹주를 특별히 사랑하여 사위 월성위도 각별히 대접했다. 그래서 영조는 옹주를 위해 월성위궁(月城尉宮)을 마련해주었고, 그곳의 내당에 종덕재(種德齋), 외당에 매죽헌(梅竹軒), 소정에 수은정(垂恩亭)이라는 이름을 손수 지어 하사했다고 한다. 1770년 경에 만든 「한양도성도」를 보면 창의궁 남쪽에 별도로 월성위궁이 표기되어 있는데, 위치는 지금의 적선동 67번지 일대이다.

추사 김정희[1]는 월성위 김한신의 증손(曾孫)으로, 원래 태어난 곳은

---

1) 김정희(金正喜, 1786~1856년) 본관 경주, 호는 완당(阮堂)·추사(秋史) 등이다. 순조 19(1819)년 문과에 급제하여 성균관대사성·이조참판 등을 역임하였다. 실학자 박

충청도 해미현 한다리(大橋里)였다. 그러나 큰아버지이자 월성위의 손
자인 김노영(金魯永)의 양자로 들어가 월성위궁에서 살았다. 그래서 이
곳이 김정희 집터로 널리 알려지게 된 것이다.

2. 필운동

1) 배화여학교(培花女學校: 옛 배화학당)

위치: 필운동 12번지(연대: 1916년)

1898년 10월 미국 남감리교
여선교사인 캠벨(Campbell. J.
P)이 현재 위치에서 설립한 여
학교이다. 교육을 통한 기독
교 복음전파와 여성계몽을 목
적으로 설립하여 2명의 여아
와 3명의 남아로 초등교육을

일제시대 배화학당의 모습

시작하였다. 초기에는 국어·한문·성경 등을 중심으로 가르쳤으며,
1902년부터 기숙사생 이외에 통학생을 입학시켜 학생수가 30여 명으로
증가되었다.

1903년 남감리교 여선교부에서 경비를 지원받아 교사를 확장하는

제가(朴齊家, 1750~1805년)에게 글을 배웠으며, 24세 때는 청나라 수도인 북경에
가서 완원·옹방강 등과 교류하여 경학(經學)·금석학(金石學)·서화 등에서 많은 영향
을 받아 귀국 후 깊이 학문을 연구하였다. 특히 함흥 황초령에 있는 신라 진흥왕의
순수비를 해석하였고, 순조 16(1816)년에는 북한산 비봉의 비석이 역시 진흥왕의 순
수비임을 밝혔다. 헌종 6(1840)년 윤상도(尹尙度) 문제로 다시 함경도 북청으로 귀양
을 갔다가 이듬해 풀려났다. 학문에서는 실사구시를 주장하였고, 서예에서는 독특한
추사체를 대성시켰으며, 특히 예서·행서에 독보적 경지를 이룩하였다.

한편 중학교 예비과를 설치하였다. 1905년 5월에 고등과 제1회 졸업
생을 배출하였으며, 1910년 교명을 배화학당(培花學堂)으로 개칭하고
초대 교장대리에 니콜스가 취임하였다. 당시의 교과는 국어·성경·
한문·만국사·식물학·산술대수·작문·영어·자수·음악·창가·체조
등이었다.

 1912년 5월에 3년제 고등과와 4년제 보통과를 설치했으며, 1916년
1월에 현재의 위치 누하동으로 교사를 이전하였다. 같은 해에 고등과를
4년제로 개편하고 1917년 배화유치원을 부설하였으며, 1922년에 보통
과를 6년제로 개편하고 대학예과(大學豫科)를 설치하였다가 1년 뒤에
폐지하였다.

 1925년에 교명을 배화여자고등보통학교로 개칭하면서 필운동 고개
까지 확장했고 이듬해에 캠벨기념관을 신축하였으며, 1938년 3월 배화
고등여학교로 개칭하였다. 그 뒤 1940년 9월에 일제의 계속적인 신사참
배 강요로 기독교학교의 모든 선교사들이 철수하게 되자, 심한 경영난
으로 폐교의 위기에 처하게 되었다. 이 때 교사 이덕봉(李德鳳)·이만규
(李萬珪) 등의 노력과 주선으로 독지가 이민천(李閔天)이 재산을 희사하
여 위기를 모면하게 되었다. 1946년 4월 학제 변경에 따라 6년제의 배화
여자중학교로 개편하였다가 1951년 5월에 다시 배화여자중학교와 배화
여자고등학교로 분리되었다.

 1970년대에 필운동 1번지에서 10번지에 이르는 지역을 모두 사들여,
민가를 헐고 교사를 증축했다. 필운동에서 누상동으로 넘어가는 육각현
고갯길도 이때 막혀버렸으며, 만리장성집 옛터에 폐가처럼 남아 있던
널찍한 기와집도 이때 헐리고 과학관 건물이 들어섰다.

2) 성임(成任) 집터

위치: 필운동 일대

성임[2]의 집이 인왕산에 있었다는 것은 이승소(李承召, 1422~1484)의 「석가산시서(石假山詩序)」에서 "서산 자락 높은 언덕에 있다"라는 구절을 통해서 알 수 있다.

성임의 집에는 가산(假山)이 있어 유명했는데, 서거정(徐居正, 1420~1488)은 「가산기(假山기)」에서 "원림(園林)이 무성한 숲과 긴 대나무, 기이한 화초들로 채워져 있는데 금양(衿陽)에서 기이한 바위를 구해다 가산을 만들고, 물길을 끌어 폭포를 만들고 못도 만들어 도성 안에서 산수의 흥을 즐겼다"고 했으며, 강희맹(姜希孟, 1424~1483)은 「가산찬(假山贊)」에서 "한 길 정도의 석가산

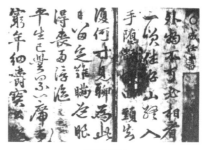

성임의 친필

(石假山) 뒤에 옹기를 놓아 맑은 물을 담고 옹기 배에 구멍을 내어 가산의 허리를 통해 가늘게 흘러 폭포와 개울이 되도록 하고 또 소나무와 대나무, 그리고 꽃들을 심어 울창한 숲으로 만들었다"고 언급했다.

3) 운애산방 터

위치: 필운동 산1-2번지(연대: 19세기 후반)

인왕산 하 필운대는 운애선생 은거지라
풍류재자와 야유 사녀들이 구름같이 모여들어

---

2) 성임(成任, 1421~1484): 조선 시대의 문장가, 학자. 자는 중경(重卿). 호는 일재(逸齋), 안재(安齋). 율시(律詩)에 능하였고 글씨를 잘 썼다. 저서에 『태평통재』가 있다.

날마다 풍악이요 때마다 술이로다 (『금옥총부』 165번)

박효관이 필운대에 풍류방을 만
들어 제자들을 가르치며 스스로 즐
기자, 대원군이 그에게 운애(雲崖)
라는 호를 지어 주었다. 안민영은
그를 운애선생이라 불렀으며, 풍
류재사와 야유 사녀들은 이름을 부
르지 않고 '박선생'이라 불렀다. 위
항시인들이 시사(詩社)를 형성한
것같이, 풍류 예인들은 계(稧)를

필운대 바위에 새겨진 박효관의 이름

만들어 모였다. 안민영은 『금옥총부』 서문에서 그 모임을 이렇게 설명
했다.

> "이때 우대(友臺)에 아무개 아무개 같은 여러 노인들이 있었는데,
> 모두 당시에 이름있는 호걸지사들이라, 계를 맺어 노인계(老人稧)라
> 하였다. 또 호화부귀자와 유일풍소인(遺逸風騷人)들이 있어 계를 맺
> 고는 승평계(昇平稧)라 했는데, 오직 잔치를 베풀고 술을 마시며 즐
> 기는 게 일이었으니, 선생이 바로 그 맹주(盟主)였다."

평생 연주를 즐겼던 원로 음악인들의 모임이 바로 노인계인데, 안민
영은 『승평곡』 서문에서 박한영·손덕중·김낙진 등의 노인계원 10여명
이름을 들고 "당시에 호화로운 풍류를 즐기고 음률에 통달한 이들"이라
고 소개했다. 유일풍소인은 세상사를 잊고 시와 노래를 벗삼은 사람이
다. 벼슬한 관원은 유일(遺逸)이 될 수 없고, 풍류를 모르면 풍소인(風騷
人)이 될 수 없다. 경제적인 여유를 지닌 중간층이 풍류를 즐겼던 모임이

바로 승평계인데, 역시 수십 명의 연주자와 함께 대구 기생 계월, 강릉 기생 행화, 창원 기생 유록, 담양 기생 채희 등의 이름이 밝혀졌다. 성무경 선생은 "박효관의 운애산방은 19세기 중후반 가곡 예술의 마지막 보루"라고 표현했다. 가곡은 운애산방을 중심으로 세련된 성악장르로 거듭나기 위해 치열한 자기 연마의 길에 들어섰던 것이다. 그러한 결과를 스승 박효관과 제자 안민영이 『가곡원류』로 편찬하였다.

음악에 여러 갈래가 있지만, 박효관과 안민영의 관심은 가곡에 있었다. 문학작품인 시조를 노래하는 방식은 시조창(時調唱)과 가곡창(歌曲唱)이 있다. 시조창은 대개 장고 반주 하나로 부를 수 있고, 장고마저 없으면 무릎장단만으로도 부를 수 있다. 그러나 가곡창은 거문고·가야금·피리·대금·해금·장고 등으로 편성되는 관현반주를 갖춰야 하는 전문가 수준의 음악이다. 오랫동안 연습해야 하고, 연창자와 반주자가 호흡도 맞아야 한다. 그런 의미에서 가객을 전문적인 음악가라고 할 수 있다.

전문적인 가객을 키우려면 우선 가곡의 텍스트를 모은 가보(歌譜)가 정리되고, 스승이 있어야 하며, 가곡을 즐길 줄 아는 후원자가 있어야 했다. 박효관과 안민영은 사십년 넘게 사제지간이었으며, 대원군같이 막강한 후원자를 만나 가곡을 발전시킬 수 있었다. 그러나 대원군이 십년 섭정을 마치고 이선으로 물러서자 이들은 위기의식을 느꼈다. 언젠가는 천박한 후원자들에 의해 가곡이 잡스러워질 것을 염려한 것이다. 박효관이 1876년에 안민영과 함께 『가곡원류(歌曲源流)』를 편찬하면서 덧붙인 발문에 그러한 사연이 실렸다.

근래 세속의 녹녹한 모리배들이 날마다 서로 어울려 더럽고 천한 습속에 동화되고, 한가로운 틈을 타 즐기는 자는 뿌리 없이 잡된 노래로 농짓거리와 해괴한 장난질을 해대는데, 귀한 자고 천한 자고 다투어 행하를 던져준다. (줄임) 내가 정음(正音)이 없어져가는 것을 보며 저절로 탄식이 나와, 노래들을 대략 뽑아서 가보(歌譜) 한 권을 만들었다.

그는 이론으로만 정음(正音) 정가(正歌) 의식을 밝힌 것이 아니라, 창작으로도 실천했다. 안민영은 사설시조도 많이 지었는데, 박효관이 『가곡원류』에 자신의 작품으로 평시조 15수만 실은 것은 정음지향적 시가관과 관련이 있다.

> 님 그린 상사몽(相思夢)이 실솔의 넋이 되어
> 추야장 깊은 밤에 님의 방에 들어다가
> 날 잊고 깊이 든 잠을 깨워볼까 하노라.

사설시조는 듣기 좋아도 외우기는 힘든데, 훌륭한 평시조는 저절로 외워진다. 박효관의 시조는 당시에 널리 외워졌는데, 위의 시조는 고교 교과서에 실려 지금도 널리 외워지고 있다. 님 그리다 죽으면 귀뚜라미라도 되어 기나긴 가을 밤 님의 방에 들어가 못다 한 사랑노래를 부르겠다고 구구절절이 사랑을 고백할 정도로, 그의 시조는 양반 사대부의 시조에 비해 직설적이다. 고종의 등극과 장수를 노래한 송축류, 효와 충의 윤리가 무너지는 세태에 대한 경계, 애정과 풍류, 인생무상, 별리의 슬픔 등으로 주제가 다양하다.

삼대 가집으로 『청구영언』과 『해동가요』·『가곡원류』를 드는데, 『가곡원류』는 다른 가집들과 달리, 구절의 고저와 장단의 점수를 매화점으로 하나하나 기록해 실제로 부르기 쉽도록 했다. 남창 665수, 여창 191수, 합계 856수를 실었는데, 곡조에 따라 30항목으로 나눠 편찬하였다. 몇 곡조는 존쟈즌한닙, 듕허리드는쟈즌한닙 등의 우리말로 곡조를 풀어써, 가객들이 찾아보기도 편했다. 그랬기에 가장 후대에 나왔으면서도 10여 종의 이본이 있을 정도로 널리 사용되었는데, 곧 신문학과 신음악이 들어왔으므로 이 책은 전통음악의 총결산 보고서가 되었다.

4) 인경궁(仁慶宮) 터

위치: 필운동 일대

광해군 때 인왕산 아래에 지었던 왕궁이다. 임진왜란으로 불타버린 창덕궁을 광해군 때 복구는 하였으나, 광해군은 창덕궁에서 일어났던 사건과 일부 풍수지리가의 말을 믿고 불길하게 생각하여 이어(移御)를 망설였다.

광해군은 경기도 파주시 교하(交河)에 신궁을 건설하려 하였으나 실패로 돌아간 뒤, 1616년 성지(性智)라는 승려가 풍수지리설을 들어 인왕산 아래가 명당이므로 이곳에 궁전을 지으면 태평성대가 온다고 주장하자 이 말에 따라 이 곳에 궁터를 잡게 한 뒤 그 이듬해부터 공사를 시작하였다.

그런데 공사 도중에 새문동(塞門洞: 지금의 종로구 신문로일대)에 왕기(王氣)가 있다는 설이 나돌자, 광해군이 이를 누르기 위하여 궁궐을 짓게 한 것이 경덕궁(慶德宮, 또는 경희궁)이었다. 이에 따라 인경궁 공사는 거의 중단되다시피하여 1621년부터 본격적인 공사가 계속되었으나 1623년에 일어난 인조반정으로 건설공사는 중지되었다.

인경궁은 경희궁에 비하여 규모가 큰 궁궐이었다. 그런데 병자호란 뒤 1648년(인조 26)에 청인(淸人)들의 요구로 홍제원(弘濟院)에 역참(驛站)을 만들 때 청나라 사신들의 숙소 등의 건물을 새로 짓기 위하여 인경궁과 태평관의 건물을 허물어 재목과 기와를 사용하였으므로, 이

후부터 인경궁의 자취는 사라지게 된 것으로 보인다.

5) 육각현 칠송정 터

위치: 필운동 일대

정선이 그린 육각현

인왕산에 오래 살았던 화가 겸재(謙齋) 정선(鄭敾 1676~ 1759)은 인왕산을 여러 각도에서 여러 모습으로 그렸다. 정선이 육각현을 바라보며 그린 그림이 전하는데, 후배 조영석이 "농은당에서 육강현을 바라보았다"고 썼다. 육강현은 육각현을 소리 나는 대로 쓴 듯하고, 농은당은 김창흡의 형인 농암(農巖) 김창협(金昌協 1651~1708)의 집일 가능성이 있지만, 확인할 수 없다. 왼쪽에 크게 그려진 집이 바로 농은당이고, 언덕 너머 솔숲 사이의 큰 바위가 필운대, 그 너머 고개가 바로 육각현이다.

송석원시사 동인 박윤묵이 장혼의 집에 들렀다가 주인이 없어 육각현에 올라가 지은 칠언율시가 전하는데, 육각현 위에 세운 칠송정(七松亭)이라는 정자가 바로 위항시인들의 모임터였다. 칠송처사 정훈서의 소유였던 칠송정에는 송석원시사의 선배인 정내교(鄭來僑 1681~1759) 때부터 위항시인들이 모여 시를 지었는데, 한동안 버려져 폐허가 되었다가 1840년대에 위항시인 지석관이 수리하여 다시 옛 모습을 찾았다. 박기열·조경식·김희령 등이 칠송정과 일섭원에 모였는데, 이 무렵에는 서원시사(西園詩社)라고 불렸다.

육각현 칠송정이 장안의 주목을 받게 된 것은 대원군이 권력을 잡은 뒤부터이다. 대원군은 안동김씨를 비롯한 당시의 권력층을 무력화시키기 위해 아전들에게 많은 권한을 주었으며, 수많은 중인 서리들이 그의 사조직으로 흡수되었다. 이 가운데 대표적인 인물이 '천하장안'으로 불렸던 천희연·하정일·장순규·안필주의 네 사람이었다. 개화파 지식인 박제경(朴齊絅)은『근세조선정감(近世朝鮮政鑑)』에서 그 실태를 이렇게 기록하였다.

> 형조의 책임을 맡은 아전에는 오도영을, 호조의 책임을 맡은 아전에는 김완조와 김석준을, 병조에는 박봉래를, 이조에는 이계환을, 예조에는 장신영을, 의정부 팔도의 책임을 맡은 아전에는 윤광석을 뽑아서 맡겼다. 이들은 모두 대대로 아전 일을 보았던 집안의 후손들이어서 전례를 잘 알고 있었기 때문에, 일을 당하면 곧바로 판단하여 처리하였다. 대원군이 하나같이 그들의 말을 따랐다.

박제경은 대원군의 아전 정치를 비판적으로 기록했지만, 이 책에 평을 덧붙인 위항시인 차산(此山) 배전(裵㙉)은 그들의 능력을 인정하였다. 특히 이들 가운데 위항시인으로 이름난 여러 명의 행정능력을 이렇게 칭찬하였다.

> 운현궁에서 신임하는 자들을 보면 모두가 민간의 기이한 재주꾼들이다. 윤광석·오도영·장신영 등은 글재주를 사랑할 만하고, 기억력도 놀랍게 총명하였다. 무리 가운데 뛰어나게 민첩하여, 사리를 훤하게 통달하였다.

이들 가운데 오도영과 장신영이 육각현 칠송정시사에 드나들며 시를 지었다. 경복궁을 중건하는 대사업을 벌이던 대원군은 위항시인들의 시사를 격려하기 위해 칠송정을 수리해 주었다. 대원군은 박효관·안민

영 등의 가객들과도 친하여 함께 어울리며 풍류를 즐겼는데, 박효관이
위항시인들보다 더 총애를 받자 칠송정시사의 중심인물이었던 오횡묵
(吳宖黙 1834~?)이 백운동에 집을 짓고 모임터를 옮겼다. 지금의 청운초
등학교 뒷골목이 바로 백운동 골짜기였다.

배화여고는 1970년대에 졸업생 육영수 여사의 도움으로 다시 필운동
1번지에서 10번지에 이르는 지역을 모두 사들여 민가를 헐고 교사를
증축했다. 이 지역 출신으로 『출판저널』 주간이었던 이승우 선생은 "필
운동에서 누상동으로 넘어가는 육각현 고갯길도 이때 막혀버렸으며,
만리장성집 옛터에 폐가처럼 남아 있던 널찍한 기와집도 이때 헐리고
과학관 건물이 들어섰다"고 증언하였다.

6) 장혼 서당, 가대(歌臺), 서벽정(棲碧亭)

위치: 필운대 일대(연대: 18세기 후반~19세기 초반)

위항시인들이 주관하는 백일장인 백전(白戰)에 수백 명이나 참석할
수 있었던 까닭은 송석원시사의 중심인물이었던 천수경이나 장혼이 인
왕산에서 커다란 서당을 운영하고 있었기 때문이다. 위항시인 이경민이
편찬한 위항인들의 전기집 『희조질사(熙朝軼事)』 「천수경」에 의하면,
"한 달에 60전을 내게 하니 (줄임) 배우는 아이가 많게는 300명이나 되었
다"고 한다. "(제자 가운데) 나은 자가 못한 자를 가르쳤다"고 했으니,
조를 나누어 가르칠 정도로 체계를 갖춘 기업형 서당이었음을 알 수
있다. 장혼의 서당에도 아들과 손자 또래의 제자들이 모여 글을 배웠다.

장혼(張混 1759~1828)의 아버지 장우벽(張友壁)은 날마다 인왕산에 올
라가 노래를 불렀다. 사람들이 그가 노래 부르는 곳을 가대(歌臺)라고
불렀다. 장우벽 자신은 글을 웬만큼 알았지만, 총명한 아들 장혼을 서당
에 보내지 않았다. 그래서 장혼의 어머니 곽씨가 집에서 글과 역사를

가르쳤다. 아버지는 떠돌아다니며 노래를 불렀으므로, 가난한 집안 살림은 장혼이 도왔다.

정조가 1790년에 옛 홍문관 터에 감인소(監印所)를 설치하고 여러 가지 책들을 인쇄하여 반포하려고 하자, 오재순이 장혼을 정9품 사준(司準)에 추천하였다. 장혼은 "원고와 다른 글자를 살피고 잘못된 것을 바로잡는 솜씨가 마치 대나무를 쪼개는 것 같았다. 규장각의 여러 고관들 가운데 칭찬하지 않는 이가 없어, 모두 그에게 일을 맡겼다"고 한다. 모친상을 당한 3년을 빼고는 1816년까지 줄곧 사준으로 일하며, 사서삼경을 비롯해 『이충무공전서』, 『규장전운(奎章全韻)』, 『오륜행실』 등의 책들을 간행하였다. 정조의 문집인 『홍재전서(弘齋全書)』도 장혼이 교정보았다.

인왕산 서당에서 아이들을 가르치던 장혼은 『천자문』 말고도 여러 가지 교과서의 필요성을 느꼈다. 자기 서당에 찾아오는 아이들을 효과적으로 가르치기 위해서도 그렇지만, 직접 찾아와 배우지 못하는 아이들을 가르치기 위해서도 좋은 교과서가 필요했다.

장혼이 처음 만든 교과서는 『아희원람(兒戱原覽)』이다. 제목 그대로 아이들이 보아야 할 주제를 열세 가지로 가려 뽑은 책인데, 정리자체 철활자를 빌려 1803년에 인쇄하였다. 그런데 남의 활자를 빌려오려면 비용이 많이 들고 불편했다. 인쇄 전문가였던 장혼은 필서체(筆書體) 목활자를 주로 사용했는데, 이 활자를 장혼이 만들었다는 증거는 없다.

윤병태 교수는 이 목활자에 대해 이렇게 설명하였다. "장혼이 만든 목활자는 폭 12mm 내외 높이 8mm 내외의 비교적 폭이 넓은 납작한 평면을 가진 활자로 보인다. 그 자체(字體)는 필서체로 되어 있으며, 다른 관주활자(官鑄活字)에 비하여 약간 작은 아름다운 글씨체로 보인다."

장혼이 처음 목활자로 인쇄한 교과서는 『몽유편(蒙喩篇)』과 『근취편(近取篇)』, 『당률집영(唐律集英)』 세 권인데, 모두 "경오활인(庚午活印)"이라는 인기(印記)가 있다. 경오는 1810년이니 그가 송석원시사의 중심 인물로 활동하던 시기이다. 장혼이 만든 목활자는 크기가 작지만 만든 솜씨가 정교하면서도 글자 모양이 예뻐서, 이 활자로 찍은 책들은 금속활자본과 달리 부드러운 맛이 있다.

장혼이 직접 짓거나 편집한 책은 위항시인 333명의 시 723수를 천수경과 함께 편집한 『풍요속선(風謠續選)』부터 우리나라 역사를 요약한 『동사촬요(東史撮要)』까지 24종이다. 그가 세상을 떠난 뒤에는 최성환이 이 활자를 인수해서 장혼의 제자나 후배 문집 5종을 인쇄했다. 그의 문집인 14권 분량의 『이이엄집(而已广集)』은 끝내 간행되지 못해 필사본으로 남아 있지만, 그가 편집 인쇄한 책들을 통해 위항문화가 널리 퍼졌으며, 그의 서당 제자들이 금서사(錦西社)와 비연시사(斐然詩社)로 인왕산 시사의 대를 이었다.

7) 필운대, 권율(權慄) · 이항복(李恒福) 집터

위치: 필운동 산1-2번지(연대: 16세기 후반)

인왕산의 다른 이름은 필운산(弼雲山)이다. 1537년 3월에 명나라 사신 공용경(龔用卿)이 황태자의 탄생 소식을 알리려고 한양에 들어오자, 중종(中宗)이 그를 경복궁 경회루에 초대하여 잔치를 베풀었다. 중종은 그 자리에서 북쪽에 솟은 백악산과 서쪽에 솟은 인왕산을 가리키면서 새로 이름을 지어 달라고 부탁하였다. 손님에게 산이나 건물 이름을 새로 지어달라는 것은 최고의 대접이었기 때문이다.

한양 주산의 이름을 새로 짓게 된 공용경은 도성을 북쪽에서 떠받치고 있는 백악산을 '공극산(拱極山)'이라 이름 지었으며, 경복궁 오른쪽에

있는 인왕산은 '필운산(弼雲山)'이라고 이름 지었다. 필운산이라고 이름 지은 까닭을 '우필운룡(右弼雲龍)'이라고 설명했는데, 운룡(雲龍)은 임금의 상징이다. 인왕산이 임금을 오른쪽에서 돕고 보살핀다는 뜻이다. 그러나 인왕산이나 북악(백악)이라는 이름이 조선 초부터 널리 알려져 있었으므로, 공용경이 지은 이름들은 별로 쓰이지 않았다. 명재상으로 알려진 백사(白沙) 이항복(李恒福, 1556~1618)이 살았던 집터에 '필운대'라는 이름으로 전할 뿐이다.

순조 때의 실학자인 유본예(柳本藝)는 『한경지략(漢京識略)』에서 필운대를 이렇게 소개하였다.

(필운대는) 성안 인왕산 밑에 있다. 필운대 밑에 있는 도원수 권율(權慄)의 집이 오성부원군 이항복의 처갓집이므로, 그는 그곳에 살면서 스스로 별호를 필운(弼雲)이라고 하였다. 지금 바위벽에 새겨져 있는 '필운대(弼雲臺)' 석 자가 바로 오성부원군의 글씨라고 한다. 필운대 옆에 꽃나무를 많이 심어서, 성안 사람들이 봄날 꽃구경하는 곳으로는 먼저 여기를 꼽는다. 시중 사람들이 술병을 차고 와

이항복상(李恒福像).
서울대학교박물관 소장

서 시를 짓느라고 날마다 모여든다. 흔히 여기서 짓는 시를 "필운대 풍월"이라고 한다. 필운대 옆에는 육각현(六角峴)이 있으니, 이곳도 역시 인왕산 기슭이다. 필운대와 함께 유명하다.

필운동 9번지에는 이항복의 글씨라는 '필운대(弼雲臺)' 석 자가 아직도 남아 있다. 지금도 필운대 바위 앞에 서면 경복궁과 백악산을 비롯한 서울의 모든 모습이 눈에 들어온다. 옆에는 1873년(고종 10년)에 이항복의 9대손인 이유원(李裕元, 1814~1888)이 찾아와 조상을 생각하며 지었던 한시가 새겨져 있다. 1873년이라면 최익현의 상소로 대원군이 물러나고 이유원이 영의정에 임명된 해인데, 날짜가 없다.

조상님 예전 사시던 곳에 후손이 찾아오니
푸른 소나무와 바위벽에 흰구름만 깊었구나.

이항복 글씨와 이유원의 한시

　　백년의 오랜 세월이 흘렀건만 유풍(遺風)은 가시지 않아
　　부로(父老)들의 차림새는 예나 지금이나 같아라.

　그 옆 바위에는 가객 박효관(朴孝寬, 1800~1881무렵)의 이름이 새겨
져 있다. '계유감동(癸酉監董)'이라는 글자가 새겨진 옆에 박효관을
비롯한 일행들의 이름이 새겨져 있는 것을 보면, 이유원 일행과 함
께 이곳에 와서 풍류를 즐기며 한시를 바위에 새기는 일을 돌봐주었
던 듯하다.

　위항의 가객이었던 박효관은 필운대에 운애산방(雲崖山房)을 마련해
노래 부르며 제자들을 가르쳤다. 이유원도 시조에 관심이 깊어 당시
대표적인 시조 45수를 칠언절구의 한시로 번역했다. 20종 이상의 시조
집을 조사하여 45수를 뽑아내고 한시로 번역해 감상할 정도로 조예가
깊었으므로 위항의 가객들과도 친하게 지냈던 것이다. 그는 또한 악부
(樂府)에도 관심이 많아, 칠언절
구 100수의 연작시로 『해동악부
(海東樂府)』도 지었다.

　필운대 바위에는 이항복의 글
씨로 전하는 '필운대(弼雲臺)' 석
자가 남아 있는데, 가로 23cm, 세
로 94cm이다. 오른쪽에는 이유
원이 지은 한시가 새겨져 있는데,
가로 106cm, 세로 82cm이다.

장시흥이 그린 필운대 그림. 개인소장

　장시흥이 겸재풍으로 그린 「필운대」그림은 필운대에서 보이는 주변
의 전경을 함께 잡아낸 것이 특색이다. 오른쪽이 인왕산 능선, 왼쪽이
백악, 그 사이로 북한산까지 보인다.

필운대 꽃구경

정선이 그린. 필운상화

4검서 가운데 한 사람인 유득공은 조선의 문물과 민속을 기록한『경도잡지(京都雜志)』2권 1책을 지었는데, 역시 대를 이어 검서로 활동했던 그의 아들 유본예도 부자편이라고 할 수 있는 2권 2책의『한경지략(漢京識略)』을 지어 서울의 문화와 역사, 지리를 설명하였다. 이들 부자는 필운대 꽃구경을 서울의 명승 가운데 하나로 꼽았는데, 유득공은『경도잡지』「유상(遊賞)」조에서 "필운대의 살구꽃, 북둔(北屯)의 복사꽃, 동대문 밖의 버들, (무악산) 천연정의 연꽃, 삼청동과 탕춘대의 수석(水石)을 찾아 시인 묵객들이 많이 모여들었다"고 기록하였다. 대부분이 인왕산 일대이다. 유본예는『한경지략(漢京識略)』「명승」조에서 이렇게 소개

하였다. "필운대 옆에 꽃나무를 많이 심어서, 성안 사람들이 봄날 꽃구
경하는 곳으로는 먼저 여기를 꼽는다. 시중 사람들이 술병을 차고 와서
시를 짓느라고 날마다 모여든다. 흔히 여기서 짓는 시를 '필운대 풍월'이
라고 한다."

유득공이 어느 봄날 필운대에 올라 살구꽃 구경을 하다 시를 지었다.

> 살구꽃이 피어 한껏 바빠졌으니
> 육각봉 어구에서 또 한 차례 술잔을 잡네.
> 날이 맑아 아지랑이 산등성이에 아른대고
> 새벽바람 불자 버들꽃이 궁궐 담에 자욱하구나.
> 새해 들어 시 짓는 일을 필운대에서 시작하니
> 이곳의 번화함이 장안에서 으뜸이라.
> 아스라한 봄날 도성 사람바다 속에서
> 희끗한 흰머리로 반악을 흉내내네.

유득공은 역시 검서였던 친구 박제가와 늦은 봄이면 필운대에 올라
꽃구경을 했는데, 흐드러지게 핀 살구꽃이 일품이었다. 육각현에서 술
한 잔 하는 것도 빼놓을 수 없는 즐거움이다. 시인은 그렇게 새해를
시작하고, 또 한 해를 보내며 늙어간다. 반악은 진(晉)나라 때의 미남
시인인데, 그도 나이가 들자 흰머리가 생겼다. 자신은 서얼 출신이라
벼슬 한번 못하고 늙었지만, 반악같이 잘생기고 재주가 뛰어난 시인도
나이들자 흰머리가 생기지 않았느냐고 우스개소리를 한 것이다.

정조도 필운대의 꽃구경 시를 지었다.

> 백단령 차려 입은 사람은 모두 시 짓는 친구들이고
> 푸른 깃발 비스듬히 걸린 집은 바로 술집일세.

혼자 주렴 내리고 글 읽는 이는 누구 아들인가
동궁에서 내일 아침에 또 조서를 내려야겠네.

「필운화류(弼雲花柳)」라는 제목의 시 앞부분은 다른 시들과 같이 필운
대의 번화한 꽃구경 인파를 노래했지만, 뒷부분에선 그 가운데 시인과
독서인을 찾아내고, 장안 사람들이 모두 꽃구경하는 속에서 글 읽는
젊은이에게 벼슬을 주어야겠다는 왕자의 생각을 밝혔다. 물론 이 시를
글자 그대로 해석할 수는 없겠지만, 왕자다운 면모를 엿볼 수 있다.
60년마다 편집한 『소대풍요(昭代風謠)』나 『풍요속선(風謠續選)』, 『풍
요삼선(風謠三選)』에는 엄청난 양의 필운대 시가 실려 있다. 젊은 시절부
터 늙을 때까지 해마다 수천 명이 필운대에 올라 꽃구경하며 시를 짓기에
분량은 많아졌지만, 해마다 같은 내용일 수밖에 없었다. 그래서 '필운대
풍월'이란 말 속에는 천박한 풍월, 판박이 시라는 뜻이 담겨 있다.

조씨 화원

이 시대에 필운대 풍월뿐만 아니라, 꽃구경을 하고 산문으로 기록하
는 유행도 있었다. 영의정까지 지낸 채제공(蔡濟恭 1720~1799)이 도성
안팎의 화원에 노닐며 지은 글이 여러 편 있는데, 필운대 부근의 조씨
화원을 감상하고 「조원기(曹園記)」를 지었다. 주인 조씨의 이름은 밝혀
져 있지 않지만, 심경호 교수는 "조하망(曹夏望)의 후손이었던 듯하다"
고 추측하였다.

계묘년(1783) 3월 10일, 목유선과 필운대에서 꽃구경하기로 약속
하였다. 저녁밥을 다 먹고나서 가마를 타고 갔더니 목유선이 아직
오지 않았기에, 필운대 앞 바위에 자리를 깔고 묵묵히 앉아 있었다.
얼마 있다가 목유선이 이정운과 심규를 이끌고, 종자에게 술병을 들

게 하여 사직단 뒤쪽으로 솔숲을 뚫고 왔다.

처음에는 필운대 꽃구경을 하기로 약속하고 모였다. 그러나 인파가 몰려 산속이 마치 큰 길거리 같이 번잡해지자, 채제공은 곧 싫증이 났다. 동쪽을 내려다보자 서너 곳 활터에 소나무가 나란히 늘어서 있고, 동산 안의 꽃나무 가지 끝이 은은히 담장 밖으로 나와 있어서 호기심이 일어났다. 목유선에게 "저기는 반드시 무언가 있을 거야. 가보지 않겠나?" 물었다. 작은 골목을 따라 들어가자 널빤지 문이 열려 있었는데, 점잖은 손님들이 꽃구경을 하겠다고 들어서자 주인이 집 뒷동산으로 인도하였다. 화원에는 돌층계가 여덟 개쯤 깔려 있었는데, 붉은 꽃, 자주 꽃, 노란 꽃들이 흐드러지게 피어 있어서 정신이 어지러울 정도였다. 유항주·윤상동 같은 관원들도 꽃구경하러 왔다가 채제공이 조씨네 화원에 있다는 소식을 듣고는 따라와서 술잔을 돌리고 꽃을 평품하며 시를 지어 즐기느라고 달이 동쪽에 뜬 것도 몰랐다.

이듬해 윤3월 13일에도 체제공은 친지들과 함께 가마를 타고 육각현 아래 조씨네 화원에 찾아가 꽃구경을 했다. 석은당에 앉아 거문고를 무릎 위에 눕히고 채발을 뽑아 서너 줄을 튕겨 보았다. 곡조는 이루지 못했지만 그윽한 소리가 나서 정신이 상쾌해졌다. 얼마 뒤에 조카 채홍리가 퉁소 부는 악사를 데리고 와서 한두 곡을 부르게 하자, 술맛이 절로 났다. 채제공은 소나무에 기대어 앉아, 퉁소 소리에 맞춰 노래하였다. "아양

겸재 정선이 1750년 쯤에 그린 '필운대'. 간송미술관 소장.

떠는 자는 사랑받고, 정직한 자는 미움을 사는구나. 수레와 말이 달리는
것은 꽃 때문이지. 소나무야 소나무야. 누가 너를 돌아보랴?" 모두들
맘껏 흥겹게 놀다가 흩어졌다. 채제공은 북저동 명승에 노닐고 「유북저
동기(遊北渚洞記)」를 지었는데, "도성의 인사들이 달관(達官)에서 위항
인에 이르기까지 노닐며 꽃구경을 했다. (줄임) 국가의 백년 승평(昇平)
의 기상이 모두 여기에 있다"고 하였다. 위항인들의 경제력이 사대부같
이 되자, 유흥문화도 함께 즐겼다는 뜻이다.

3. 체부동

1) 홍종문(洪鍾文) 가옥

위치: 체부동 158(연대: 1913년)

홍종문가 전경

이 가옥은 안채의 상량문에
의하여 1913년 건립된 것으로 추
정된다. 조선 말기 대감을 지냈
다고 전해지는 권태환이 1922년
구입한 것을 1946년 김태순, 정
두양에게 전매되었다가 1956년
대한독립단회장 등을 역임한 해사 이원순이 구입하여 살았으며, 1962년
대한테니스협회장을 역임한 홍종문이 매입하여 현재에 이르고 있다.

이 가옥은 넓은 정원에 자리 잡은 한옥 안채·정자·광·현대식 양옥
등으로 구성되었는데, 그 가운데 원형이 잘 보존되고 한국 고유의 건
축미를 간직하고 있는 안채와 광·한옥 2동이 서울특별시 민속자료로
지정되어 보존되고 있다. 안채는 대지의 북쪽에 동남향으로 자리잡았
고, 그 앞으로 정자가 있으며, 안채 안마당의 동북쪽으로 광이 있다.

양옥은 안채 서남쪽에 위치하고 있다. 이 가옥에는 조선시대 석등을 갖춘 정원이 안채 남쪽에 일부 남아 있고, 정자 앞쪽에는 담을 끼고 작은 연못이 있다.

안채는 대청을 중심으로 오른쪽으로 전퇴를 갖춘 안방이 있고, 안방 오른쪽에 부엌이 붙어 앞으로 꺾여 나왔으며, 안방과 부엌 뒤로 마루와 방이 있다. 대청 왼쪽 뒤로는 화장실이 있고, 화장실 뒤로는 몸채와 직교하며 돌출한 방이 있다. 화장실 앞으로도 몸채에서 앞으로 꺾여 나온 방과 서재가 차례로 있고 거기서 왼쪽으로 꺾여나가 다시 방이 있는데, 이곳은 원래 사랑채였던 것으로 판단된다. 세벌 장대석으로 쌓은 기단 위에 주춧돌을 놓고 그 위에 사각기둥을 세워 납도리를 건 겹처마 팔작지붕이다.

이 가옥은 사랑채가 안채에서 분리되지 않은 평면 구성을 한 점, 기단을 장대석으로 조성한 점, 통소로를 사용한 점 등에서 1910년대 당시 전통한옥의 특성을 잘 보여주고 있다.

4. 통의동

1) 관상감(觀象監)·대루원(待漏院)·금부 직방(禁府直房) 터

위치: 통의동 7번지 일대

관상감·대루원·금부 직방 터는 다음 기록을 통해 위치를 짐작해볼 수 있다.

학부(學部) 고시(告示) 제4호에 "교육은 개화(開化)의 근본이다. 나라를 사랑하는 마음과 부강해지는 기술이 모두 학문으로부터 생기니 나라의 문명(文明)은 학교의 성쇠에 달려있다. 지금 23개 부(府)

에 아직 학교를 다 세우지 못하였지만 우선 경성(京城) 안에 장동(壯
洞: 지금의 청운동과 효자동에 있었던 마을), 정동(貞洞:지금의 중구
정동 일대), 묘동(廟洞: 지금의 종로구 묘동 일대), 계동(桂洞: 지금
의 종로구 계동 일대) 네 곳에 소학교(小學校)를 세워 아동을 교육하
는데 정동 이외의 세 곳에 있는 학교는 건물이 좁기 때문에 장동의
학교는 매동(梅洞: 지금의 종로구 통의동 안에 있었던 마을)의 전(前)
관상감(觀象監)으로, 묘동의 학교는 혜동(惠洞)의 전(前) 혜민서(惠
民署)로, 계동의 학교는 재동(齋洞)으로 옮겨 설치하라" 하였다

-『고종실록』32(1895)년 9월 28일

　1895년 8월 '소학교령'에 의해 당시 장동에 있는 민가 8칸을 개조
하여 장동관립 소학교로 개교한 데서 유래하였다. 9월에 김상용의
옛 집으로 이전하였다가 11월에 다시 매동의 전(前) 대루원(待漏院)
으로 옮기고 매동관립 소학교로 개명하였다. 1900년에는 금부직방
(禁府 直房)의 건물로 이전하였으며….

-『매동초등학교 역사』

　기록을 통해 관상감, 대루원, 금부 직방은 통의동 7번지 일대로 추정
된다.
　조선시대 관상감은 천문·지리학·역수(曆數: 책력)·측후(測候)·각루
(刻漏) 등의 사무를 맡아보던 관청이다. 관상감은 원래 지금의 종로구
율곡로 75(원서동 206-2번지) 현대 사옥부근에 있었으나 고종 때 경복궁
을 복원하며 고종이 창덕궁에서 경복궁으로 거처를 옮기자 관상감도
따라서 경복궁 근처로 이전되었다. 대루원은 파루(罷漏)에 따라 신하들
이 조회에 참석하기 위하여 왕궁 문이 열리기를 기다리는 곳으로, 경복
궁 영추문 부근에 있었다고 한다. 금부 직방이란 의금부 직방의 줄임
말로, 형조·한성부와 함께 삼법사(三法司)의 하나로 조선시대 왕명에

따라 죄인을 심문하고 처리하는 관청이다.

2) 금천교(錦川橋) 터

위치: 통의동 경복궁역 일대

옛날 금천교의 모습

조선시대 서울에서 가장 오래
된 다리로 유명하였는데, 일설에
는 이 다리가 고려 충숙왕 때 만
들어졌다고도 한다.

『태조실록』 5년(1396) 2월 5일
에 크게 바람이 불고 금천교의
80여 호가 불에 탔다는 기록이 있어 적어도 조선 초기에 이 다리가 있
었음을 알 수 있다.

이 다리는 금천교(禁川橋)·금천다리·금청교(禁淸橋)·금교(禁橋) 등
으로 다양하게 불렸는데 이 명칭은 조선 초기 다리 부근에 금위영이
있던 것과 관련된다고도 한다.

하천에 세 개의 홍예(虹霓) 모양의 수문을 놓아 물이 그 아래로 흐르도
록 하였고 그 위로 돌을 얹어 통행하도록 하였다. 좌우 양쪽에는 귀신
얼굴 같은 모양을 나타냈고 난간에는 연꽃을 표현했다. 전체적인 모양
과 장식이 근처에 있는 왕궁 안의 다리를 모방한 것임을 알 수 있다.
이 다리는 멀리서 보면 다리가 마치 안경처럼 보이므로 일명 '안경다리'
라고도 불렸다. 지금은 금천교시장이라는 지명에 그 흔적이 남아 있다.

3) 창의궁(彰義宮) 터

위치: 통의동 35번지 일대

창의궁은 영조의 잠저로 알려져 있으나 원래 효종의 넷째 공주인 숙

창의궁터 표지석

휘공주(淑徽公主, 1642~1696)와 부마 인평위(寅平尉) 정제현(鄭齊賢, 1642~1662)의 집이라고 한다.

연잉군(延礽君)은 서종제(徐宗悌)의 딸과 숙종 30(1704)년 2월 21일 혼인하였으나 사저가 없어 출궁하지 못하였다. 그래서 숙종은 1707년 8월 29일 이 집을 구입하여 연잉군에게 주었다. 그리고 서재에 양성헌(養性軒)이란 이름을 하사하였다. 연잉군은 사저에서 1남 2녀를 두었다. 이후 경종이 죽자 대를 이어 왕위에 올랐다. 이에 사저를 창의궁으로 고쳐 부르게 되었다.

4) 통의동 백송

위치: 통의동 35-15

영조는 김한신을 사위로 맞아들여 통의동에 있던 월성위궁을 하사

통의동 백송

했다. 이 백송은 월성위궁에 앞마당에 있었던 정원수였다. 이 나무는 김정희가 중국에 사신을 갔다가 돌아올 때 종자를 가지고 와서 심은 것이라고 한다. 빼어난 모습의 수령 600년을 자랑하던 통의동 백송(白松)은 1990년에 벼락을 맞아 수명을 다했다.

예전에 같은 필지였으나 현재는 집터와 백송의 행정구역이 달라져 있다.

1. 인왕산

위치: 옥인동, 누상동, 사직동과 서대문구 현저동, 홍제동에 걸쳐 있는 산

　서울의 물길은 백악과 인왕산 사이에서 시작하여 동쪽으로 흐르는데, 도성 한가운데를 흐르는 이 물을 개천(開川)이라고 하였다. 백악의 남쪽, 인왕산의 동쪽 명당에 궁궐을 지었다.

　조선왕조의 정궁인 경복궁의 주산은 백악(白岳·北岳)이다. 백악의 좌청룡인 동쪽의 낙산은 밋밋하고 얕은 지세인데, 우백호인 서쪽의 인왕산은 높고도 우람하다. 인왕산의 주봉은 둥글넓적하면서도 남산같이 부드럽거나 단조롭지 않으며, 북악처럼 빼어나지도 않다. 그러면서도 남성적이다. 그래서 한양에 도읍을 정할 무렵에 인왕산을 주산으로 삼

현재의 인왕산

자는 의논도 있었다. 차천로(車天輅, 1556~1615)는 『오산설림(五山說林)』
에서 이렇게 기록하였다.

> 무학(無學)이 점을 쳐서 (도읍을) 한양(漢陽)으로 정하고, 인왕산
> 을 주산으로 삼자고 하였다. 그리고는 백악과 남산을 좌청룡과 우백
> 호로 삼자고 하였다. 그러나 정도전이 이를 못마땅하게 여기면서,
> "옛날부터 제왕이 모두 남쪽을 향하고 다스렸지, 동쪽을 향했다는 말
> 은 들어보지 못했다"고 하였다. 그러자 무학이 "지금 내 말대로 하지
> 않으면 200년 뒤에 가서 내 말을 생각하게 될 것이다."고 하였다.

이러한 전설이 민중들 사이에서 오랫동안 전해온 듯하다. 실제로 임
진왜란을 겪고 나자 인왕산에 왕기가 있다는 소문이 다시 퍼져, 광해군
시대에 인왕산 기슭에다 경희궁(慶熙宮)을 세웠으며, 자수궁(慈壽宮)이
나 인경궁(仁慶宮)도 세웠다. 실제로 이 부근에서 살았던 능양군(綾陽君)
이 반정(反正)을 일으켜 광해군을 내몰고 왕위에 올라 인조(仁祖)가 되었
으니, 인왕산 왕기설이 입증된 셈이다.

인왕산에는 왕기만 있는 것이 아니라 경치도 좋았다. 서울의 명승지로
는 반드시 인왕산이 꼽혔다. 『동국여지비고(東國輿地備攷)』의「국도팔영
(國都八詠)」에는 필운대(弼雲臺)·청풍계(淸風溪)·반송지(盤松池)·세검
정(洗劍亭)을 포함했다. 인왕산 자락의 명승지가 서울 명승지의 절반을
차지한 셈이다. 성현(成俔, 1439~1504)이 『용재총화(慵齋叢話)』에서

> 한성 도성 안에 경치 좋은 곳이 적은데, 그중 놀만한 곳으로는 삼
> 청동이 으뜸이고, 인왕동이 그 다음이며, 쌍계동·백운동·청학동이
> 또 그 다음이다. (줄임) 인왕동은 인왕산 아래인데, 깊은 골짜기가
> 비스듬히 길게 뻗어 있다.

라고 말한 것처럼 서울의 5대 명승지 가운데 인왕동과 백운동이 모두 인왕산에 있었다. 장안에서 멀리 떨어진 것이 아니라 도심 가까이 있으니, 성안 사람들에게 환영받을 만한 명승지였다.

서울 시내에서 인왕산을 보면 앞 모습만 보이기 때문에, 우리는 이 모습을 인왕산의 전부로 알고 있다. 실제로 조선시대에는 이 부분에만 집과 관청이 들어섰고 사람이 살았으며, 역사가 이뤄졌다. 골짜기를 따라 여러 개의 마을이 생겼는데, 강희언(姜熙彦, 1710~1764)의 그림에 그 모습이 잘 나타나 있다. 그 뒤 몇 개씩 합해져서 지금의 법정동이 되었으며, 몇 개의 법정동이 합해져서 다시 행정동이 되었다. 사직동부터 체부동을 거쳐 필운동·누상동·누하동·옥인동·효자동·신교동·창성동·통인동·통의동·청운동·부암동까지가 경복궁에서 볼 수 있는 인왕산의 동네들이다.

인왕산에는 약수터도 많아서 조선시대만이 아니라 광복 이후에도 서울 사람들이 자주 찾아갔는데, 1968년 1월 21일 청와대 습격사건 이후 군부대가 주둔하며 일반인들에게 출입이 통제되었었다. 그러다가 입산 통제 25년만인 1993년 2월 25일부터 출입이 자유로워져, 서울시민들에게 등산로로 다시 개방되었다. 338m의 높지 않은 산이지만, 등산로가 14곳이나 되며, 서울시내가 한눈에 내려다보인다.

인왕산은 경치가 좋은 명승지면서도 경복궁에서 가까운 주택지이기도 했다. 그래서 많은 사람들이 모여 살았다. 임진왜란을 겪으면서 경복궁 건물이 모두 불타버려 폐허가 되기는 했지만, 양반과 중인들이 대대로 터를 물려가며 살았다. 그런데 명승지라는 이름에 비해, 이름난 정자들은 많지 않았다. 요즘도 이 일대에 건물을 지으려면 고도제한이 있지만, 임금이 사는 경복궁이 너무 가까운데다, 높은 곳에서 궁궐을 내려다보며 놀 수 없었기 때문이다. 그래서 인왕산에 지어진 집들은 시대마다

그 구역이 달랐다. 경복궁이 정궁이었던 조선 초기에는 경복궁 옆 동네
에 관청만 있었고, 주택들은 많지 않았다. 왕족들이나 인왕산 언저리에
주택, 또는 별장을 지었다.

장동 김씨들이 모여 살았던 청풍계(지금의 청운동)나 위항시인들이 모
여 활동했던 옥류동(지금의 옥인동)은 조선후기에 와서야 활기를 띠었다.
임진왜란 중에 경복궁이 불타버려 오랫동안 폐허가 되자, 높은 곳에
집을 지어도 별문제가 없었기 때문이다. 경아전들이 관아와 거리가 가
까운 인왕산 중턱에 모여들기 시작하면서, 인왕산은 구역과 높이에 따
라 고관들의 호화주택이나 별장과 위항인들의 초가집들이 섞이게 되었
다. 6.25 전까지만 해도 누상동이나 누하동, 필운동 일대에는 초가집들
이 듬성듬성 섞여 있었다.

2. 중인 지식인들이 공동체를 꿈꾸었던 인왕산

중인들은 한 집안에서 같은 직업을 이어받으며 배타적인 기득권을
누렸다. 어려서부터 가정교사를 들여놓고 잡과 시험공부를 시켰으며,
자기네들끼리 추천하여 정원을 나눠 가졌다. 혼인도 같은 직업끼리 했
다. 그렇지만 이웃과 어울려 즐길 줄도 알았다. 한 마을에서 자라며
같은 서당에서 공부하다보면 형제 이상의 우정이 생겨, 평생을 함께
하기로 약속하는 경우가 많았다. 장혼이 중심이었던 옥계사(玉溪社) 동
인들은 기쁨과 슬픔을 함께 하자고 계를 꾸렸으며, 장혼의 서당에서
글을 배웠던 장지완의 친구들도 형제처럼 밤낮 머리를 맞대고 지냈다.

1) 공동체의 규범인 사헌을 정하다

인왕산에서 태어난 장혼의 친구들이 1786년 7월 16일에 옥계(玉溪)
청풍정사에 모여 시사(詩社)를 결성했는데, 이들은 옥계사의 정관이라
고 할 수 있는 사헌(社憲)을 정해 공동체를 만들었다. 22조 가운데 몇
조목만 살펴보아도, 이들이 꿈꾸었던 인왕산 공동체의 면모를 엿볼 수
있다.

1. 우리는 이 계(禊)를 결성하면서, 문사(文詞)로써 모이고 신의(信
義)로써 맺는다. 그러기에 세속 사람들이 말하는 계(契)와는 아주 다
르다. 그러나 만약에 자본이 없다면 비용을 감당하기 어렵기 때문에,
각기 한 꿰미씩의 동전을 내어서 일을 성취할 기반으로 삼는다. 이잣
돈을 불리는 것은 다섯 닢의 이율로 정한다.

1. 여러 동인들 가운데 우리의 맹약을 어기는 사람이 있으면 내어
쫓는다. 그래도 끝까지 뉘우치지 않으면 길이길이 외인(外人)으로
만든다.

1. 한 달에 한 번씩 모여 노는데, 반드시 대보름, 봄과 가을의 사일
(社日), 삼짇날, 초파일, 단오날, 유두(流頭), 칠석, 중양절, 오일(午
日), 동지, 섣달 그믐으로 정하여 행한다. 낮과 밤을 정하는 것은 그
때가 되어 여론에 따른다. 회계나 모임을 알리는 글은 다른 사람들이
보거나 듣지 못하게 한다.

1. 시회(詩會) 때마다 만약 시를 짓지 못하면 상벌(上罰)을 베푼다.

1. 우리 동인들이 정원에서 모이는 모습이나 산수(山水) 속에서 노
니는 모습을 그림으로 그려내어, 이야기 거리로 삼는다.

1. 우리 동인들 가운데 만약 부모나 형제의 상을 당하게 되면 한
냥씩 부의(賻儀)하고, 종이와 초로 정을 표시한다. 자식이 어려서 죽
게 되면 술로써 위로한다. 집안에 상을 당하게 되면 성밖까지 나가서
위로하며, 반드시 만사(輓詞)를 짓되 그 정을 속이지 않아야 한다.

만장군은 각기 건장한 종 한명씩을 내어 놓는다.

1. (벼슬을 얻어) 출사례(出仕禮)를 치를 때에는 후박(厚薄)에 따라 세 등급으로 한다. 상등은 무명 3필, 중등은 2필, 하등은 1필로 한다. 돈으로 대신 바칠 때는 두 냥씩 바친다.

1. 여러 동인들 가운데 상을 당하는 사람이 생기면 그날로 각기 비석 하나씩을 내어 세운다. 장례 하루 전까지 여러 동인들이 각기 만사(輓詞) 한 수씩을 지어 상가로 보내며, 만장군을 그날 저녁밥 먹은 뒤에 보내되 각기 만장을 가지고 가게 한다. 상가 근처에서 명령을 기다리게 하되, 상여가 떠날 때에 검속하는 사람이 없어서는 안되니, 여러 동인들 가운데 한 사람이 무덤 아래까지 이끌고 간다. 장례가 끝난 뒤에 신주를 모시고 돌아올 때에도 따라오되, 마세전(馬貰錢)은 거리가 멀고 가까움에 따라 곗돈 가운데서 지급한다.

1. 여러 동인들 가운데 기복(朞服)이나 대공복(大功服)의 상복을 입게 되는 사람이 있으면, 상복을 처음 입는 날 모두 함께 찾아가서 위문한다.

2) 인왕산 기슭, 옥계와 필운대 사이에 모여 살다

천수경이 옥계로 먼저 이사 오자, 장혼이 찾아와 시를 지었다.

예전 내 나이 열예닐곱 때에
이곳에 놀러오지 않은 날이 없었지.
바윗돌 하나 시냇물 하나도 모두 내 것이었고
골짜기 터럭까지도 모두 눈에 익었었지.
오며 가며 언제나 잊지 못해
시냇가 바위 위에다 몇 간 집을 지으려 했었지.
그대는 젊은 나이로 세상에서 숨어 살 생각을 즐겨
나보다 먼저 좋은 곳을 골랐네그려.
내 어찌 평생동안 허덕이며 사느라고

이제껏 먹을 것 따라다느니라 겨를이 없었나.
싸리 울타리 서쪽에 남은 땅이 있으니
이제부턴 그대 가까이서 함께 살려네.
이 다음에 세 오솔길을 마련하게 되면
구름 속에 누워서 솔방울과 밤톨로 배 불리세나.

어릴 적 친구들이 하나둘 모여들어 이웃에 살았는데, 이들의 서재
이름은 다음과 같다.

천수경 : 송석원(松石園)
장　혼 : 이이엄(而已广), 다 허물어진 집 세 간뿐.
임득명 : 송월시헌(松月詩軒), 이웃에 지덕구가 살았다.
이경연 : 옥계정사(玉溪精舍). 적취원(積翠園)은 아들 이정린에게
　　　　물려주었다.
김낙서 : 일섭원(日渉園). 아들 김희령에게 물려주었다.
왕　태 : 옥경산방(玉磬山房). 뒷날 육각현으로 이사갔다.

이들은 인왕산 친구들끼리 모이면서, 마음에 맞지 않는 사람은 참석
하지 못하게 했다. 그랬기에 남들이 보지 못하게 통문을 돌렸으며, 한때
동인이었더라도 일단 쫓겨나면 외인(外人)으로 취급했다. 이들의 계(禊)
는 진나라 시인 왕희지의 난정수계(蘭亭修禊)를 본뜬 문학적 모임이지
만, 계(契)의 성격을 살려 기금을 모으고 기쁨과 슬픔을 함께 하였다.
이들의 직업은 다양해서 만호(차좌일), 규장각 서리(김낙서, 임득명,
김의현, 박윤묵), 승정원 서리(이양필), 비변사 서리(서경창), 훈장(천수경,
장혼), 술집 중노미(왕태) 등이었는데, 시 짓기 좋아하고 술을 좋아한다
는 것이 공통점이다.
이들은 보고 싶을 때마다 이웃집에 찾아가 시를 짓고 술을 마셨다.

그러나 직장 일에 얽매이다보니 자주 만날 수 없어, 일년에 며칠을 미리 정해 놓고 만났다. 친척들이 모이는 명절날마다 이들이 모여 시를 짓고 놀았던 것을 보면, 이들은 친척보다 옥계사 동인들과 더 친밀하게 지냈음을 알 수 있다.

3) 일 년 열두 달의 모임터

이들은 날짜와 장소를 정하고, 그날 할 일도 정했는데, 사자성어로 표현했다. 이들이 정한 「옥계사 십이승」은 다음과 같다.

> 7월. 단풍 든 산기슭의 수계 (楓麓修禊)
> 8월. 국화 핀 뜨락의 단란한 모임 (菊園團會)
> 2월. 높은 산에 올라가 꽃구경하기 (登高賞華)
> 6월. 시냇가에서 갓끈 씻기 (臨流濯纓)
> 1월. 한길에 나가 달구경하며 다리밟기 (街橋步月)
> 4월. 성루에 올라가 초파일 등불 구경하기 (城臺觀燈)
> 3월. 한강 정자에 나가 맑은 바람 쐬기 (江榭淸遊)
> 9월. 산속 절간에서의 그윽한 약속 (山寺幽約)
> 10월. 눈 속에 마주앉아 술 데우기 (雪裏對炙)
> 11월. 매화나무 아래에서 술항아리 열기 (梅下開酌)
> 5월. 밤비에 더위 식히기 (夜雨納凉)
> 12월. 섣달 그믐날 밤새우기 (臘寒守歲)

이들은 이따금 인왕산을 벗어나기도 했는데, 이들이 정한 우선순위를 보면 역시 단풍 든 가을과 꽃 피는 봄의 모임을 좋아하고, 눈 내리는 겨울이나 더운 여름은 덜 좋아했다. 모일 때마다 자신들이 노니는 모습을 시로 짓고 그림으로 그렸는데, 1786년 7월의 모임에서는 12승에 해당되는 달마다 동인들이 1수씩 시를 지었다. 이때 편집한『옥계사(玉溪社)』수계첩에는 모두 156편의 시가 실리고, 겸재 정선의 제자인 임득명의 그림이 2월, 1월, 9월, 10월의 시 앞에 실려 있다.

4) 인왕산 10경을 선정하고 그림 그려 즐기다

이들은 참석자 숫자만큼 수계첩을 만들어서 나누어 가졌는데, 1786년 7월 16일의 수계첩은 당시 가장 연장자였던 최창규의 소장본이 삼성출판박물관에 남아 있으며, 1791년 유두(流頭)의『옥계아집첩』은 김의현의 소장본이 한독의약박물관에 남아 있다. 갑자년(1804) 명단에 세상을 떠난 선배들 이름이 보이지 않더니, 무인년(1818) 수계첩에는 송석원 주인 천수경의 이름마저 명단에 보이지 않는다.

영국 대영도서관에 소장된 무인년 수계첩에는 임득명이 그린 옥계십경(玉溪十景)이 실려 있다. 경치가 아름답다는 것은 주관적인 평가인데, 아름다운 경치의 숫자를 정해놓고 하나하나 의미를 찾아내는 예술적 작업이 바로 팔경(八景), 또는 십경(十景)의 선정이다. 팔경이나 십경 앞에서 시인들은 시를 짓고, 화가는 그림을 그렸다. 그런데 이 경치에는 공간뿐만 아니라 시간까지 포함된다. '아름다운 나무의 무성한 그늘(嘉木繁陰)'은 한여름의 인왕산 모습이고, '깊은 눈속의 이웃집(數隣深雪)'은 겨울의 인왕산 모습이다. 인왕산은 하나이지만, 철따라 다르게 다가온다. 옥계 외나무다리를 건너 이웃 친구를 찾아가는 시인의 모습에서 인왕산의 문기(文氣)를 엿볼 수 있다.

1. 봄의 인왕산 모습 '산기운이 맑아지다(山氣陰晴)'

2. 여름의 인왕산 모습 '아름다운 나무의 무성한 그늘(嘉木繁陰)'

3. 가을의 인왕산 모습 '옥같이 흐르는 물이 골짜기를 채우다(玉流全壑)'

4. 겨울의 인왕산 모습 '깊은 눈속의 이웃집(數隣深雪)'

참고문헌

1. 단행본 및 논문

경성부, 『경성부사』, 1934.

국립중앙박물관, 『겸재 정선』, 1992.

『동국여지비고(東國輿地備攷)』.

김영상, 『서울육백년』, 대학당, 1994.

_____, 『서울名所古蹟』, 서울, 1958.

김정동, 『근대건축기행』, 푸른역사, 1999.

         『문학 속 우리도시기행』, 푸른역사, 2005.

_____, 「한국근대건축의 재조명(8)」,

대통령경호실편, 『청와대와 주변 역사 문화유산』, 대통령경호실, 2007.

서울시사편찬위원회, 『서울六百年史 2』, 서울特別市史編纂委員會, 1978.

_____, 『서울六百年史-文化史蹟篇』, 서울特別市史編纂委員會, 1987.

서울특별시, 『서울文化財大觀』, 서울特別市, 1987.

서울역사박물관, 『바위글씨전』, 서울역사박물관, 2002.

서울학연구소, 『궁궐지(宮闕志) 1·2』, 서울학연구소, 1996.

유본예, 『한경지략(漢京識略)』.

윤평섭, 「송석원에 대한 연구」, 『한국정원학회지1. No3』, 한국정원학회, 1984.

이규태, 『서울600년』, 조선일보사, 1993.

전우용, 『서울은 깊다』, 돌베개, 2008.

종로구 부암동사무소, 『세검정 역사문화명소』, 2004.

종로구청, 『종로구지』, 1994.

_____, 『종로의 명소』, 1994.

『증보문헌비고(增補文獻備考)』.

최완수, 『겸재의 한양진경』, 동아일보사, 2004.

_____, 『겸재 정선의 진경산수화』, 범우사, 1993.

허경진, 『조선의 르네상스인 중인』, 랜덤하우스, 2008.

_____, 「인왕산에서 활동한 위항시인들의 모임터 변천사」, 『서울학연구13』,
　　　 서울학연구소, 1999.

2. 홈페이지

서울역사박물관 홈페이지

종로구청 홈페이지

청계천 문화관 홈페이지

한국고전번역원 홈페이지

한국학중앙연구원 홈페이지

허경진

1952년 목포에서 태어나 인천에서 자랐다. 연세대학교 국문과를 졸업하면서 시「요나서」로 연세문학상을 받았고,「허균 시 연구」로 연세대에서 문학박사학위를 받았다. 목원대학교 국어교육과를 거쳐, 지금 연세대학교 국문과 교수로 있다.

저서로는 『허균평전』, 『조선위항문학사』, 『대전지역 누정문학연구』, 『충남지역 누정문학연구』, 『한국의 읍성』, 『사대부 소대헌 호연재 부부의 한평생』, 『중인』, 『숙천제아도』 등이 있으며, 역서로는 『한국의 한시』 총서 40여 권, 『삼국유사』와 『연암 박지원 소설집』, 『서유견문』을 비롯한 10여 권이 있다.

문학의 공간 옛집

2012년 4월 27일 초판 1쇄 펴냄

지은이 허경진
펴낸이 김흥국
펴낸곳 도서출판 보고사

책임편집 한나비
표지디자인 오동준

등록 1990년 12월 13일 제6-0429호
주소 서울특별시 성북구 보문동7가 11번지 2층
전화 922-5120~1(편집), 922-2246(영업)
팩스 922-6990
메일 kanapub3@chol.com
http://www.bogosabooks.co.kr

ISBN 978-89-8433-991-0 93810
ⓒ 허경진, 2012

정가 18,000원